KB265582

占神 점신

김승호 지음

도서출판 섬영사

머리말

　우선 이 소설의 제목을 짓는 데 상당히 애를 먹었다는 것을
밝히고 싶다. 이 소설의 내용 중 어느 면에 주요 관점을 두느냐
가 문제였기 때문이다.
　물론 소설이라면 단순히 흥미만 주어지면 그만이라고 생각하
는 이도 있을 것이다. 하지만 나는 작품을 통해 인생의 보람이
나 그 이상의 가치를 찾고 싶었다.

　이 소설에는 이 세상에서 가장 숭고하고 위대한 사랑과 처절
한 운명으로 울부짖는 한 남녀의 이야기가 펼쳐진다. 또한 미래
를 완벽하게 예언하는 초능력자를 등장시켜 더욱 흥미진진하게
풀어간다. 그러나 이 예언자의 신기한 삶보다 나는 앞의 두 가
지 즉 사랑과 운명에 더 큰 비중을 두었다.
　인생에 있어서 가장 중요한 것이 무엇이냐 하는 문제는 종교
적, 철학적 신념에 따라 차이가 있을 수 있겠지만 사랑은 그 무
엇보다도 소중할 것이다.

　사랑의 성취는 우리들에게 아주 큰 행복을 안겨 준다. 사람에

따라서는 그 사랑을 위해 불행한 운명마저도 감수할 수 있을 것이다. 이 소설에서는 사랑에 모든 것을 바친 한 젊은이가 비극적인 운명을 극복하기 위해 필사적으로 노력하는 모습을 다루고 있다. 이를 통해 우리는 인생에 있어서 진정한 용기와 사랑의 아름다움, 그리고 또한 운명이란 존재가 무엇인지를 깨닫게 될 것이다.

끝으로 언제나 좋은 책을 펴내는 선영사가 이 소설의 가치를 인정하고 혼쾌히 출간을 허락해 준 데 감사를 드리고 싶다.
사랑을 성취하고 운명을 이기려는 모든 사람에게 이 책을 바친다.

1997년 11월 김 승 호

차 례—1

차 례 — 2

차 례 — 3

불운한 인생

최민숙 여사는 그리 부자는 아니었으나 유산도 좀 있고 남편의 사업도 원만해서 남부럽지 않은 생활을 하는 편이었다. 다만 한 가지 근심이 있다면 자식이 불구라는 점이었다. 슬하에 하나밖에 없는 세 살짜리 아들이 어려서 심한 관절염을 앓고 난 뒤로 한쪽 다리를 못쓰게 되어 절뚝거렸던 것이다. 그러나 성격은 명랑하고 잘생긴 편이었다.

여사는 아들을 각별히 사랑하거니와 이를 항상 애처롭게 생각하였다. 그뿐 아니라, 모종의 죄책감도 갖고 있는데, 아들이 그렇게 된 것을 순전히 자기 잘못으로 여기고 있었다. 거기에는 그럴 만한 사연이 있었다.

아직 아들이 태어나기 전인 임신중의 일이었다. 최여사는 점치는 일을 아주 좋아했는데, 하루는 그녀가 뱃속의 아이에 대해 점을 쳤던 것이다.

점쟁이는 아기가 태어날 달이 나쁘다면서 불운한 앞날을 예고했다. 태어나지도 않은 아이에 대해 이처럼 점쟁이가 불길한 애기를 하는 것은 주제넘은 짓인지 모르겠으나 최여사는 그것을 굳게 믿었다. 점쟁이를 신봉하고 있기 때문이었다. 점쟁이는 아주 신통한 면이 있었는데, 최여사의 일에 대해 무엇이든 잘 맞혔고, 남편의 사업도 점쟁이가 성공시켰다고 해도 과언은 아니다. 이런저런 이유 때문에 크게 신임하고 있는 터라 점쟁이가 아들의 장래를 걱정한다는 것은 이유가 있어 보였다.

문제는 아이가 태어날 달인데, 점쟁이는 부모의 운과 결부되어 그 달은 몹시 나쁘다는 것이었다. 그래서 결국 편법을 강구했다. 인위적으로 태어나는 달을 바꾸기로 했다. 방법은 간단했다. 의사와 협의하여 날짜를 앞당기면 되는 것이다. 산달을 바꾸려면 열흘 이상이나 앞당겨야 했는데, 의학적으로는 그리 무리가 아니었다. 흔히 하는 방법이려니와 최여사도 점쟁이의 말에 따라 사주를 조절한 것이다.

물론 점쟁이가 그 방법을 종용한 것은 아니었다. 점쟁이는 다만 달이 바뀌면 사주가 바뀌어서 불운을 면할 수 있다고 말한 것뿐이었다. 그런데 뒤늦게 보는 자식이 불운할 뿐 아니라 그 아이로 인해 부모까지 망한다고 하니 남편도 걱정 끝에 날짜 조절에 찬성했던 것이다.

최여사의 아들은 이렇게 해서 태어났다. 이름은 석준일.

준일이는 첫돌이 되기 전에 심한 병을 앓았는데, 결국 불구가 되고 말았다. 이것도 불운이라면 불운이지만, 점쟁이는 별다른 말을 하지 않았다. 생각하기에 따라서는 산달을 조절함으로써 더 큰 불운을 면한 것이라고 볼 수도 있었다.

그러나 최여사의 가정에 또 다른 불운이 확실하게 일어났다.

준일이의 아버지가 몇 차례 사업에 실패하고 감옥 생활까지 하게 되었는가 하면 준일이가 심한 열병으로 병석에 누워 1년이 넘도록 일어날 줄을 몰랐다. 집안은 차츰 몰락하고 있었다.

그러던 중 준일이는 회복되었는데 문제가 좀 있었다. 후유증이었다. 이번에는 신체의 문제가 아니라 정신의 문제였던 것이다. 기억력이 가물가물하거나 생각에 조리가 없게 된 것이다.

갑자기 바보가 된 것일까? 의사도 그 원인을 몰랐다. 최여사는 별의별 방법을 다 동원했지만 준일이의 정신 상태는 개선될 줄을 몰랐다.

결국 준일이는 정신 박약아로 자라게 되었다. 나이가 차서 초등학교에 들어갔지만 6학년이 되도록 한글을 익힐 수가 없었다. 이는 지능이 낮기 때문이었는데, 준일이는 지능 못지 않게 성질까지 몹시 나빴다. 한마디로 악한 인간이었던 것이다. 물론 최여사의 눈에는 가엾은 아이였을 뿐이다.

준일이는 중학교에 들어가지 못하였다. 나이가 들면서 몸은 점점 튼튼해져 갔지만 지능만은 개선될 기미가 보이지 않았다. 그리고 성격은 더욱 악해진 듯 보였다. 한글만은 20세가 되어서야 겨우 익힐 수 있었다. 물론 깔끔하게 익힌 것이 아니라 철자법이 엉망이고 문장의 앞뒤가 전혀 논리에 맞지 않았다. 겨우 이름이나 쓸 수 있다고 봐야 할 것이다. 그렇지만 최여사에게 있어서만큼은 그나마 걷고 말하고 보고 하는 것이 대견스럽게만 느껴졌다.

준일이의 말소리는 갑자기 커지거나 더듬는 경향이 있었다. 목소리는 탁하고 듣기에 거북했다. 시력은 몹시 나빴는데 청력만은 아주 뛰어났다. 몸은 뚱뚱했는데 절뚝거리며 걷는 모습이 보기에 흉했다.

어느덧 준일이의 나이 30세. 세월은 덧없이 흐르고 있었다. 최여사는 이제 인생이 다 지나간 느낌이었다. 행복은 이미 오래전에 사라졌다. 생활 형편은 점점 더 나빠져서 늙은 몸에 근근히 살아가고 있다. 못된 아들은 아직도 제구실을 못 하고 있었다.

그러던 어느 날 엉뚱한 일이 발생했다. 못나고 악한 바보인 준일이가 헛소리를 한 것이다.

"어머니!"

"……."

"아버지가 죽겠어요."

아들의 엉뚱한 소리에 최여사는 별 대꾸를 하지 않았다. 원래가 바보인 데다가 당치않은 소리에 이제는 신물이 났던 것이다. 준일이는 계속해서 재수 없는 소리를 반복했다.

"어머니, 아버지가 죽게 된다니까요."

"뭐? 멀쩡한 사람이 왜 죽어? 바보 같은 소리 그만 해!"

최여사는 날카롭게 꾸짖었다. 아들은 용돈을 받고 밖으로 나가 버렸지만, 이런 일이 있고 나서 며칠 뒤에 묘한 일이 발생했다. 남편이 술을 마시고 오다가 다리에서 추락한 것이다. 겨울이었는데, 발견 당시에는 이미 죽어 있었다.

최여사는 크게 놀랐다. 술주정뱅이 남편이 죽은 것은 그다지

놀랄 만한 일이 아니었지만, 자신의 아들이 그러한 사실을 미리 알고 말했다는 것이 놀라웠던 것이다. 바보의 헛소리라고 보기에는 너무나 신통하지 않은가!

최여사는 남편의 장례식을 마치고 나서 아들에게 물었다.

"애, 네가 전에 아버지가 죽는다고 했지?"

"네, 자살하는 것이 보였어요."

"뭐? 자살했다고?"

"다리에서 뛰어내렸어요."

"……."

최여사는 기가 막혔다. 남편이 다리에서 떨어졌다는 사실을 아들에게 알려준 적이 없기 때문이었다. 바보인 아들에게 아버지가 어째서 죽었는지를 말할 필요가 없었던 것이다. 바보가 죽음의 뜻을 안다는 것조차 믿어지지 않을 정도였다. 그러나 아들의 태도는 심상치 않았다. 죽음을 정확히 예언했을 뿐 아니라 다리에서 떨어진 것까지 알아맞힌 것이다. 게다가 그 원인을 자살이라고까지 말하지 않는가!

최여사는 나중에 남편의 친구를 만나서 그 사실을 확인했다. 죽던 날 남편과 함께 술을 마셨던 사람인데, 그날 따라 남편이 심하게 비관을 했다는 것이다.

"이런 세상 살아서 뭐해! 자살이라도 해야지……."

술은 얼마 취하지도 않았고 주정도 없이 정신이 말짱한 상태에서 이렇게 말했다고 한다.

최여사는 결국 남편이 자살을 했다고 생각하기에 이르렀다. 그

리고 그 사실을 아들이 며칠 전에 예언했다는 것을 확인한 것이
다.

이는 충격이었다. 평소 사이가 나빴던 남편의 죽음은 세월이
지나면서 그런 대로 잊혀졌다. 그러나 아들이 그의 죽음을 예언
했다는 사실은 두고두고 마음속에 남아 있었다.

두 번째 예언

최여사는 남편이 죽고 난 후에도 굳건히 살아갔다. 남편이 세상을 떠난 지도 어느덧 1년, 준일이는 31세가 되었는데도 여전히 바보짓을 하면서 무위도식으로 인생을 낭비하고 있었다. 남편을 여읜 뒤로 최여사는 시장에서 옷장사를 하고 있는데, 하루는 재미있는 일이 일어났다. 바보 아들이 또다시 엉뚱한 소리를 했던 것이다.

"어머니, 오늘은 좋겠어요!"

"뭐가?"

최여사는 아들의 말이 헛소리가 아니라고 간주하고 반문했다.

아들도 제법 똑똑한 발음으로 대답했다.

"장사가 잘 될 거예요."

"그래? 정말 그랬으면 좋겠다!"

최여사는 건성으로 얘기했지만 싫지는 않았다. 요즘 들어 여러 날째 장사가 안 되었기 때문에 말이나마 잘될 것이라고 하는 게 듣기에 좋았다. 바보가 용돈을 타내기 위해 엉뚱한 꾀를 짜낸 것일까? 그러나 아무래도 좋았다. 꾀가 있다면 그나마 좋은 게 아닌가!

최여사는 그날 밤 몹시 기분이 좋아서 들어왔다. 정말로 장사가 잘되었던 것이다. 금년 들어 최상의 매상이었다. 평소의 열 배나 팔렸는데, 불경기에 이렇게 많이 팔렸다는 것이 더욱 기분을 좋게 했다. 하지만 최여사를 가장 기쁘게 한 것은 바보 아들이 예언한 대로 되었다는 것이다. 작년에 이어 두 번째의 예언이 적중한 셈이다.

최여사는 묘한 기분에 사로잡혔다. 불구이고 정신이 이상한 아들이 이토록 신통하다니! 그것은 결코 우연이 아니었다. 남편의 자살과 불경기에 장사가 잘될 것을 예견한 점, 우연으로 보기엔 너무나 정밀했다. 최여사는 두근거리는 마음으로 생각했다.

'준일이는 바보가 아닐지도 몰라. 어쩌면 그렇게 신통한 능력이 있는 것일까?'

최여사의 얼굴에는 어느새 희색이 감돌았다. 그 동안 줄곧 아들이 바보라서 괴로워했는데, 그렇지 않다면 이보다 즐거운 일이 더 있을까!

최여사는 다음날 아침 아들에게 용돈을 듬뿍 주고 가게로 나갔다. 장사는 잘 안 되었다. 불경기이기 때문에 당연한 일이었다. 그러나 전처럼 괴롭지는 않았다. 아들의 재발견, 이것이 최여사의 마음을 흐뭇하게 했던 것이다.

최여사는 하루 종일 아들을 생각하고 밝은 기분으로 집으로 돌아왔다. 아들은 여전한 모습이다. 그러나 최여사의 눈에는 아들이 새롭게만 보였다. 그리고 희망이 열리는 것 같았다. 바보가

아닌 신통한 아들! 최여사는 문득 이 아들에 대해 충분한 조사
를 하기로 마음먹었다. 준일이는 어머니가 들어온 줄도 모른 채
세상 모르고 잠에 취해 있었다.

저능아의 수업

다음날 최여사는 가게문을 닫고 아들과 함께 외출을 했다. 몇 년 만의 일이다. 그 동안은 생활에 바쁜 탓도 있었지만, 바보이고 불구인 아들과 나다니기가 싫었던 것이다. 그러나 이제 아들을 새롭게 바라보게 된 최여사는 편안한 기분으로 집을 나섰다. 준일이는 어디 가느냐고 묻지도 않고 어머니를 무심코 따라 나왔다.

준일이의 걸음은 몹시 느렸는데, 이는 다리가 불편한 데다가 시력까지 나쁘기 때문이었다. 게다가 정신도 이상하여 열심히 걷지도 않는다. 가끔가다 거리의 어떤 광경을 보면 눈을 찡그리며 보려고 애쓴다.

최여사는 아들의 모습을 보며 잠시 슬픔에 잠겼다. 그러나 오늘은 아들에게 무엇인가 해 주기로 마음먹은 날. 이내 마음을 고쳐 먹은 최여사는 아들의 팔을 부축하고 길을 걸었다.

최여사가 찾아간 곳은 정신병원이었다. 아들의 정신 상태를 새삼 점검해 보고 싶었던 것이다. 준일이는 그저 무심코 쫓아갔을 뿐이다.

최여사가 의사에게 말했다.

"선생님, 우리 아들을 봐 주세요."

"무슨 일로 왔는데요?"

"정신 상태를 알고 싶어요. 지능이라든가 그 외에 어떤 것이든 지요."

"네, 들여 보내세요."

최여사는 밖으로 나가고 준일이는 의사 앞에 마주 앉았다.

"이름은?"

"석준일."

"나이는?"

"몰라. 아니 서른 한 살인가?"

준일이는 멍청하니 앉아서 관심없다는 듯이 대답했다. 그나마 반말이었다. 의사는 묻고 살피며 상태를 살피고 있었다.

"음……."

진료를 마친 의사가 최여사를 불렀다.

"아드님이라고 했지요?"

"네."

"입원시킬 건가요?"

"아녜요. 상태만 알고 싶어요."

"아드님은 지능이 낮습니다."

"알고 있어요. 어느 정도인가요?"

"글쎄요. 기준이 모호하지만 정신 연령이 6세 미만입니다."

"그렇군요. 다른 것은?"

"정서적으로 안정이 안 되어 있습니다. 돌발적이고 난폭합니다. 그리고 사악한 마음이 있어요. 부모에게 이런 말씀을 드려 죄송하지만……."

"괜찮아요. 미친 것은 아니지요?"

"미쳤다는 말은 의학 용어가 아닙니다. 아드님은 지능이 낮고 정서가 불안해서 치료를 받아야 합니다."

"지능도 치료하나요?"

"아닙니다. 지능은 어쩔 수 없으나 정서불안은 치료할 수 있습니다."

"특별한 점은 없나요?"

"특별한 점이라니요? 아드님은 집중력이 심하게 결여되어 있는 데다가 배타적인 감정이 있어 위험합니다."

"저런 아이가 효도를 할 수 있을까요?"

"네? 효도는 인격 개념입니다. 인격이란 어느 정도 정신력이 있어야 하는데 댁의 아드님은 그런 개념을 모릅니다."

"건강은 어떤가요?"

"육체는 별탈이 없는 것 같군요. 정신은 아주 나쁜 상태입니다. 심한 편이지요."

"……."

최여사는 말없이 고개를 끄덕였다. 아들은 역시 비정상이었던 것이다. 더 이상 할말은 없었다.

"네, 그럼……."

최여사는 힘없이 일어났다. 아들에게서 기대했던 것을 의사가 발견해 주지 못했던 것이다. 오히려 의사는 아들의 나쁜 점만을 지적해 주었다. 하지만 최여사는 실망하지 않았다. 더구나 아들이 사악하다는 말에 대해서는 심한 거부감이 들었다. 지능과 정서에 있어서는 의사가 바로 봤는지도 모른다. 그렇다고 해서 의사가 마음의 선악까지 판단할 수 있을까?

최여사는 아니라고 생각하고 병원문을 나섰다. 아들은 여전히 힘들게 걷고 있었다. 최여사는 택시를 탔다. 두 번째로 찾아간 곳은 최여사가 찾아다니던 점집, 수십 년 단골집이다. 이제 노인이 된 점쟁이는 최여사를 반갑게 맞이했다.

"어서 오시오. 오랜만이군요!"

"네, 안녕하세요?"

최여사는 정중히 고개 숙여 인사하고 자리에 앉았다.

"준일이도 거기 앉거라!"

점쟁이는 익히 알고 있는 준일이에게도 미소를 지으며 자리를 권했다. 준일이는 떨떠름한 표정으로 털썩 주저앉았다.

"선생님, 아들 준일이 때문에 왔는데요. 긴히 상의 드릴 일이 있습니다."

"오, 그래요? 얘기해 보시지요."

점쟁이는 준일이를 힐끗 보면서 친절하게 말했다. 준일이는 천천히 주위를 둘러보는 등 멍청한 표정을 짓고 있을 뿐이다.

최여사가 말했다.

"선생님, 우리 아들 어떤가요?"

"글쎄요, 건강해 보입니다."

점쟁이의 말은 의례적이었다. 최여사는 점쟁이를 빤히 보며 요점을 물었다.

"정신 말입니다. 어떻게 보이나요?"

"별탈이 없는데요."

"그래요? 애가 공부를 할 수 있을까요?"

"물론입니다. 공부 나름이겠지만……."

"선생님, 애는 미래를 아는 힘이 있는 것 같습니다."

"신통한 일이군요."

"그래서 말씀입니다만……."

"……."

"애가 점 공부를 할 수 있을까요?"

"네?"

점쟁이는 뜻밖이라는 표정을 지었다. 최여사가 심각한 목소리로 말했다.

"선생님, 아들이 점 공부를 할 수 있나 봐 주세요."

"글쎄요. 그게 저……."

점쟁이는 난감해 하는 듯 보였다. 그러자 최여사는 아주 진지하게 말을 이었다.

"선생님, 이 아이에게 점 공부를 시키고 싶어요."

"……."

점쟁이는 잠시 생각하고 있었다. 평소 준일이의 정신 상태를 잘 아는 터라 선뜻 말할 수 없기 때문이었다. 바보가 어떻게 점 공부를 할 수 있으랴! 점이란 고도의 학문으로서 특별한 지능을 필요로 하는 것이다.

최여사가 다시 간절한 목소리로 말했다.

"선생님, 부탁입니다. 아들이 점 공부를 할 수 있게 해 주세요."

"저에게 맡기신다는 말씀입니까?"

"네, 선생님 말고 누가 있겠어요?"

"……"

점쟁이는 대답을 못 하고 있었다. 최여사의 심정은 충분히 이해하지만 지능이 없는 아이를 어떻게 가르친단 말인가! 앉은뱅이라든가 장님이라면 공부를 못 시킬 것도 없다. 하지만 정신에 장애가 있다면 문제가 다르지 않는가. 최여사의 입장에서는 장애자인 아들에게는 점 공부라도 시키고 싶을 것이다.

"선생님, 부탁합니다!"

최여사는 매달리고 있었다.

"……"

점쟁이는 눈을 감고 한동안 생각에 잠겼다. 최여사로 말하면, 30여 년 전부터 알고 있는 사이였고, 자식인 준일이도 태어나기 전부터 인연이 있었던 것이다. 어떻게 보면 준일이가 이렇게 된 것은 자기에게도 일말의 책임이 있다고 볼 수 있었다. 당초 준일이의 태어나는 날짜를 앞당겨야 한다고 말한 사람은 바로 자기였기 때문이다.

물론 그 당시는 아이의 불운과 부모의 불행을 생각해서 그렇게 말했을 뿐이다. 그런데 준일이가 태어나면서부터 부모는 몰락의 길을 걸었다. 이는 점쟁이가 당초 지적했던 것이지만, 날짜의 조절로도 부모의 불행은 막을 수 없었던 것 같다. 점쟁이는 한참 만에 눈을 떴다. 그리고는 비장한 결심을 하듯 말했다.

"해 봅시다. 정 소원이라면……."

저능아의 수업은 이렇게 해서 결정되었다. 이제 준일이는 유명한 점술가의 제자가 된 셈이다. 점술가인 여암 선생은 제자를 처음으로 맞아들인 것인데, 저능아인 준일이가 공부를 할 능력이 있기 때문에 맞아들인 것은 결코 아니었다. 단지 최여사의 부모된 입장을 생각했을 뿐이다. 최여사는 깊게 감사를 표하고 집으로 돌아갔다.

준일이는 여암 선생 댁에서 묵으며 공부를 하기로 정해졌다. 최여사는 물론 아들로부터 열심히 공부하겠다는 단단한 다짐을 받아 놓은 상태였다. 최여사는 자신의 그러한 주문에 선뜻 응하는 준일이가 대견스러웠는데, 준일이는 자신이 앞으로 해야 할 공부가 무엇인지 잘 아는 듯 보였다.

최여사는 아들이 초등학교 이래 처음으로 공부를 하게 된 일에 대해 행복감을 느꼈다. 그리고 왠지 일이 잘 풀려 나갈 것이라는 생각도 들었다. 여암 선생의 마음은 어땠을까? 저능아를 가르칠 무슨 대책이라도 있는 것일까?

천재의 발견

최여사는 무엇인가 큰일을 했다는 기분으로 편안한 생활을 해 나가고 있었다. 아들에게는 당분간 찾아가지 않을 생각이었다. 갑자기 바뀐 생활에 준일이가 잘 적응하기를 원했기 때문이다.

며칠이 지났다. 최여사로서는 여암 선생에게서 한동안 기별이 오지 않기를 바랐는데 1주일도 채 안 되어 전화가 왔다. 긴히 할 얘기가 있다는 것이었다. 최여사는 아들이 무슨 사고라도 쳤느냐고 물었다. 그러자 여암 선생은 아니라고 하면서 밝은 목소리로 말했다.

"빨리 만나 뵙고 싶습니다."

"가게로 찾아갈까요?"

최여사는 그랬으면 고맙겠다고 했고, 다음날 오전 여암 선생이 가게로 찾아왔다. 두 사람은 옷가게 안에서 마주 앉았다.

여암 선생이 먼저 서두를 꺼냈다.

"최여사님, 아들 일이 궁금하지 않습니까?"

최여사는 좋은 육감을 느끼면서 대답했다.

"궁금하다 마다요. 아들이 공부할 만한가요?"

"물론입니다. 사실 공부를 하는 정도가 아니라 희한한 일이 있습니다."

"네?"

"준일이 말입니다. 보통 아이가 아니에요."

"……."

최여사는 여암 선생을 빤히 바라보았고, 여암 선생은 눈을 잠시 감았다 뜨며 말을 이었다.

"최여사님, 묘한 일이 있었습니다. 며칠 전 일이지요. 나는 손님을 맞이하고 있었는데 준일이가 기다리는 손님에게 말을 걸지 뭡니까. 실례되는 일이었지요. 하지만 별탈은 없었습니다. 그날 일을 얘기하지요."

여암 선생은 당시의 일을 설명하기 시작했다.

준일이는 점방 대기실에서 기다리는 여자에게 말을 걸었다. 중년 부인이었는데, 준일이의 말투는 아주 무례했다. 그럴 수밖에 없는 일이었다. 원래 지능이 낮은 데다 배운 바가 없으니 교양이란 것이 있을 리 없었다.

준일이는 부인의 어깨를 툭 치며 말했다.

"아줌마…… 딸 때문에 왔지?"

완전히 반말 투였다. 부인은 상당히 놀란 표정을 지었다. 첫째는 준일이의 무례한 태도 때문이었는데, 속으로는 다른 일로도 놀라고 있었다. 부인은 바로 딸의 일로 여암 철학원을 찾아왔기 때문이었다.

'어머, 웬일이야? 이 사람은 누구지?'

부인은 속으로 이렇게 생각했다. 겉으로 보면 불구이고 정신박약아임에 틀림없는데, 이렇게 남의 심중을 꿰뚫어 보다니! 부인은 어안이벙벙해서 준일이를 잠시 바라다보았다.

그러자 준일이의 다음 말이 이어졌다.

"당신 딸 걱정 말어. 오늘은 들어올 거야."

"……!"

부인은 더욱 놀라고 말았다. 준일이의 말투는 거칠고 목소리도 불쾌했지만 내용만은 틀림없기 때문이었다. 부인은 딸의 가출 건으로 점을 치러 왔는데, 어느 괴상한 인간이 그것을 거론했던 것이다. 물론 딸이 아직 집으로 온 것은 아니었다. 하지만 딸이 나간 것을 그토록 잘 안다면 들어오는 것도 알 일이 아니겠는가!

부인은 불쾌감도 잊고 어느덧 신비한 기분에 사로잡혀 있었다. 그것은 준일이에 대한 존경심과 신뢰감이었다.

밝은 표정을 지으며 부인이 말했다.

"선생님, 저는 딸 때문에 왔어요. 오늘 들어온다구요?"

"그래."

준일이는 여전히 반말 투였다. 그러나 부인은 전혀 개의치 않았다. 오히려 경의를 표하면서 다시 물었다.

"선생님은 누구세요?"

"나? 그건 알아 뭐해. 돈이나 줘!"

"……"

부인은 말문이 막혔다. 그리고 실망감도 들었다. 신통한 선생님이 무식한 말투로 돈을 달라고 하다니! 부인이 생각하기에 준일이는 학문이 높은 괴 도사로서 돈 같은 것에는 초연할 것 같았다.

그러나 준일이는 빤히 쳐다보며 돈을 달라는 것이었다. 복채를 달라는 것이리라! 이때 준일이의 모습은 더욱 추해 보였는데, 곁눈질을 하면서 작은 눈을 크게 뜨려고 애쓰고 있었다. 무서운 얼굴이었다. 부인은 속으로 섬뜩한 생각이 들었다. 그래서 돈을 꺼내 주려는데 여암 선생이 불렀다.

"부인, 들어오세요."

부인은 잘됐다 생각하고 급히 방으로 들어갔다.

고상하게 생긴 여암 선생이 인자하게 물었다.

"부인, 밖에서 무슨 일이 있었습니까? 듣자니 돈 얘기가 나오던데……."

"저…… 밖에 계신 선생님이 복채를 달랬어요."

"복채라뇨? 그 무슨 애깁니까?"

"저분이 점을 쳐 주었어요."

"네? 그런 일이……."

여암 선생은 놀랐다. 속으로는 준일이가 무례한 사고를 친 것으로 생각했다. 준일이는 며칠 동안 철학관에 있으면서 점을 치고 돈을 받는 것을 봐 왔던 것이다. 필경 그 흉내를 낸 것이리라! 여암 선생은 고개를 저으며 잠시 생각하고는 그녀에게 사과를 했다.

"부인, 저 사람은 정신이 좀 이상하니 개의치 마십시오."

"네, 괜찮아요."

부인은 미소를 지었다. 여암 선생과는 익히 아는 사이로, 철학관의 단골 손님이었던 것이다.

여암 선생이 물었다.

"부인, 오늘은 무슨 일로 왔소?"

점치러 온 용건을 물었지만 그 용건은 이미 밖에서 마쳤기 때문에 별 재미가 없었다.

부인이 밖을 흘끗 보면서 대답했다.

"딸 때문에 왔는데 저 사람이 다 얘기해 줬어요."

"저 아이가 점을 쳤단 말이오?"

"네, 저 사람이 내가 딸 때문에 왔다는 것을 맞혔어요. 오늘 중에 딸이 들어온댔어요."

"그래요? …… 허, 희한한 일이구먼."

여암 선생은 고개를 갸우뚱하면서 부인을 돌려보냈다. 이미 점을 쳐서 결과를 알았다면 다시 칠 필요가 없기 때문이었다.

부인은 떠나기 전에 말했다.

"선생님, 복채는 어떡하지요?"

"그냥 가세요."

"그래도…… 저 사람이 달라고 할 텐데요."

"괜찮아요. 오늘 점이 맞으면 다음에 와서 준다고 하세요."

"네, 그럼."

부인은 밝은 낯으로 돌아갔다. 그리고는 다음날 전화를 했다.

딸이 돌아왔으므로 점이 맞았다는 것이었다.

준일이는 부인의 얼굴을 보고 모든 사실을 알아맞힌 것이다. 여암 선생은 이를 깊게 음미하고 있었다. 준일이는 분명 미래를 알았던 것이다.

그런데 이런 일은 두 차례나 더 있었다. 부인이 다녀간 다음날이었다. 밖에서 서성이던 준일이가 느닷없이 방으로 들어와서는 다급하게 말했다.

"선생님! 밖에 경찰이 와 있어요. 선생님이 죄를 졌나요?"

뚱딴지 같은 소리였다.

여암 선생이 밖에 나와 보자 대기실에 손님이 와 있었다. 그 손님은 단정한 신사복 차림이었는데 여암 선생이 잘 아는 형사였던 것이다. 물론 준일이가 그 사실을 알 리가 없었다. 경찰복도 안 입은 데다 말끔하게 생긴 사람이어서 누가 봐도 형사로 보이지 않았다. 하지만 준일이는 이 사람을 보고 놀라서 뛰어들어왔던 것이다.

"……."

여암 선생은 깊게 생각에 잠기며 고개를 끄덕였다.

또 한 가지 사건은 이틀 후에 있었다. 역시 점 손님이 찾아왔는데 마침 준일이가 방 청소를 하고 있던 중이었다. 여암 선생은 준일이를 내보내면서 손님을 들어오게 했다. 그런데 준일이가 나가면서 그 손님에게 말을 걸었다. 손님은 젊은 여자였는데 여전히 무례하게 말했다.

"아가씨, 당신 임신했지? 그 남자는 안 돌아와."

"……."

여자는 심한 충격을 받았다. 임신이래 봤자 두 달째여서 겉으로 봐서는 표시 나지도 않을 텐데…….

여암 선생은 준일이가 무례하게 말하고 나가는 것을 보고 여자에게 물었다.

"아가씨는 무슨 일로 왔소?"

"네, 저는……."

여자는 사연을 얘기하기 시작했다. 애인이 있는데 그 사람이 요즘 들어 바람을 피운다는 것이었다. 변심을 한 것이지만 여자는 그 사람의 아기를 임신하고 있는 중이란다.

여암 선생은 그 여자와 남자의 궁합을 풀어 주었다. 아주 나쁜 관계였다. 여자는 울면서 매달렸지만 여암 선생은 타일러서 돌려보냈다. 운명이란 어쩔 수 없는 것이 아니던가!

어쨌건 준일이가 운명을 꿰뚫어 본다는 것은 사실이었다. 여암 선생은 이것을 뼈저리게 느꼈다. 최여사에게 들은 준일이의 신통한 얘기도 바로 이것이었다.

여암 선생은 어느 날 아침 준일이에게 물었다.

"애야, 너는 사람의 미래를 알 수 있니?"

"……."

준일이는 말없이 고개를 끄덕였다. 미래를 안다고 간단히 대답한 것이다. 기가 막힐 노릇이었다.

여암 선생은 다시 물었다.

"준일아, 나의 미래도 알 수 있니?"

"……."

준일이는 이번에도 고개를 끄덕였다.

"오, 그렇구나! 나의 미래에 대해 얘기 좀 해 주겠니?"

"싫어요."

"왜? 내 미래를 알고 싶어서 그래. 얘기 좀 하렴."

"안 돼요."

"왜 안 되니?"

"선생님이기 때문이에요."

"음? 그게 무슨 말이니?"

"선생님의 미래를 얘기하면 재미없잖아요."

"음……."

여암 선생은 허탈한 미소를 지을 뿐이었다. 준일이는 분명 여암 선생의 미래를 알 수 있지만 얘기를 해 주지 안겠다는 것이었다.

여암 선생이 말했다.

"싫으면 그만이지. 좋아, 네 어머니의 미래도 알 수 있니?"

"……."

준일이는 고개를 끄덕였다. 안다는 뜻이다.

"얘기해 주겠니?"

여암 선생은 인자한 미소를 지으며 물었다.

준일이가 대답했다.

"싫어요."

"왜 싫어?"

"어머니이기 때문이에요."
"어머니면 어때서?"
"싫어요. 재미없어요."
"……."

여암 선생은 잠시 할말을 잃었다. 신통한 준일이는 어머니에 대해서도 절대 말하지 않겠다는 것이었다. 준일이가 미래를 알 수 있다는 것은 틀림없어 보였다. 단지 어머니이고 선생님이기 때문에 말해 주지 않겠다는 것이었다. 이유는 재미가 없기 때문이라면서. 재미가 없다는 뜻은 무엇일까? 여암 선생은 허탈한 미소를 짓고는 또다시 물었다.

"얘, 준일아, 다른 사람의 미래는 알 수 있니?"
"모를 때도 있어요."
"뭐, 모를 때도 있다고?"
"네, 미래가 항상 보이는 것은 아니에요."

준일이는 이렇게 말하면서 눈을 비볐다, 마치 눈으로 미래를 보기라도 한다는 듯이.

여암 선생은 준일이에 대해 얘기하기 위해 지금은 그 어머니와 마주 앉아 있다. 최여사는 여암 선생의 얘기를 듣고 놀라움과 기쁨, 그리고 신비함에 도취되어 있었다.

여암 선생이 말했다.

"최여사님, 준일이는 보통 아이가 아닙니다. 일종의 천재라고 봐야 하는데, 이제까지 저토록 뛰어난 능력이 있는 사람을 본

적이 없습니다."

"……."

최여사는 말문이 막혔다. 자신의 아들이 바보가 아니라 천재라니! 그것도 세상에서 최고로 뛰어난…….

여암 선생의 말이 이어졌다.

"최여사께서는 저 아이를 공부시키라고 제게 맡기셨는데 미래를 아는 일에 관한 한 공부시킬 것이 없습니다. 오히려 내가 배워야 할 것 같습니다."

"어머나! 우리 준일이가 그 정도예요?"

"그렇습니다. 점이란 미래를 알기 위해서 필요한데 준일이는 이미 미래를 알고 있습니다."

"미래를 알고 있다니요?"

"미래를 본다는 뜻입니다. 우리가 눈으로 세상을 보듯이 준일이는 마음으로 미래를 보는 것 같습니다."

"확실한가요?"

"그렇습니다. 나는 며칠간 관찰하고 여러 가지 시험을 해 봤습니다. 그러던 중 발견한 것이 있습니다."

"그게 무엇이지요?"

"네, 그 아이의 눈입니다. 준일이는 시력이 몹시 나빠서 몇 발짝 앞도 잘 못 봅니다. 그래서 항상 눈을 찡그리고 곁눈질도 하는데, 실은 다른 이유도 있습니다."

"……."

"준일이는 눈을 찡그리고서 미래를 바라보고 있는 것입니다.

이런 때는 보통 때보다 눈을 더욱 찡그리지요. 바로 그 순간입니다. 그 순간에는 현재 세계는 보이지 않고 다른 세계, 즉 미래의 세계가 보이는 겁니다."

"그것을 어떻게 알 수 있지요?"

"준일이에게 물어봤습니다. 그리고 시험을 해 봤는데 여전히 찡그리면서 미래를 보고 있더군요."

"대단하네요. 모든 미래가 다 보인다고 하던가요?"

"아닙니다. 다 보이는 것은 아니고 어떤 때만 보인답니다. 그리고 미래를 볼 때는 전신을 긴장시켜야 하기 때문에 몹시 힘들다고 합니다. 땀을 흘리기도 했지요."

"저런…… 가엾어라!"

최여사는 이렇게 말했지만, 가엾다기보다는 대견한 마음이 더 컸다.

여암 선생이 말했다.

"준일이는 자신의 능력을 더 키우기 위해 애써 노력하고 있습니다. 그 능력은 점점 더 향상되어 나갈 것입니다."

"그래요? 그 동안은 왜 그러지 않았을까요?"

"이유가 있습니다. 준일이는 평소에도 가끔씩 미래가 보였는데 그게 미래인 줄 몰랐던 것입니다."

"그게 무슨 뜻이지요?"

"네, 준일이는 미래가 보일 때마다 환상인 줄 알고 눈이 잘못됐다고 생각했지요. 게다가 미래를 본다는 것은 필요 없는 짓인 줄 알았어요."

"저런, 저런! 가엾군요."

최여사는 진심으로 가엾게 생각했다. 준일이는 지능이 낮고 정신이 이상하기 때문에 미래를 보는 능력을 잘못된 육체 현상으로 생각했던 것이다. 불구인 준일이는 어려서부터 고립되어 있었고 자신의 내면 세계를 남과 얘기할 기회조차 없었을 것이다. 부모인 최여사도 아들의 내면에 대해 관심이 없었던 것이 사실이었다.

불쌍한, 그야말로 불쌍한 준일이는 긴긴 세월 동안 자신이 미래를 보는 능력을 병으로 생각하고 괴로워했던 것이다. 최여사도 이제 와서 생각났던 것이지만, 준일이는 종종 눈을 심하게 찡그리고 땀을 흘리는 적이 있었다. 그때는 고개를 저으며 우울해 했던 것 같다.

최여사는 이제야 그 이유를 알게 되었다. 그런데 당시에는 아들이 원인 모를 깊은 병이 있어서 그런 줄로만 잘못 알았던 것이다. 현재의 준일이 얼굴은 오랜 세월 동안 찡그림으로 인해 괴상하게 보인다. 그래서 누가 보면 흠칫 놀라기조차 하는 것이다.

최여사는 저도 모르게 눈물이 나왔다. 준일이가 그토록 신통한 아이인 줄 알았다면 그 동안 좀더 정성껏 보살펴 줄걸……. 죽은 남편도 이 사실을 진작에 알았다면 자식에 대해 그토록 괴로워하지는 않았으리라! 준일이는 분명 천재였다.

최여사는 손수건으로 눈물을 훔치면서 말했다.

"선생님, 사람이 어떻게 그런 능력을 가질 수 있을까요?"

"가능합니다. 예로부터 내려오는 말에 의하면, 하늘의 천재는 태어나면서부터 배우지 않아도 미래를 보는 능력이 있다고 합니다. 땅의 천재는 배워야만 미래를 알 수 있지요. 준일이는 저 하늘의 천재입니다."

"아, 네! 그럼 왜 다른 일은 저토록 바보일까요?"

"바보가 아닙니다. 준일이의 정신 구조는 세상 사람들과는 아주 다릅니다. 그것을 인간이 같은 기준으로 바라보고 고치려 했기 때문에 더욱 혼란이 왔던 것입니다."

"저런, 가엾어라! 그럼 지금은 어떻습니까?"

"이제부터는 다릅니다. 나는 준일이를 이해했기 때문에 저 아이 방식대로 가르칠 것입니다. 차차 나아지겠지요."

"지능도 회복될까요?"

"물론입니다. 사실 준일이의 지능은 우리보다 훨씬 뛰어납니다. 필경 하늘 아래 최고일 것입니다. 단지 준일이의 정신이 지금은 혼란한데, 그것의 질서를 잡아 줘야겠지요."

"고맙습니다, 선생님! 저 아이를 끝까지 잘 좀 지도해 주십시오."

"염려 마십시오. 준일이는 나를 좋아합니다. 잘 따르고 있지요. 이제부터는 차근차근 모든 것을 가르치겠습니다."

"네, 선생님만 믿겠습니다. 고맙습니다!"

최여사는 또다시 눈물을 흘렸다. 기쁨의 눈물인 것이다.

여암 선생이 말했다.

"최여사님, 이제 준일이의 새로운 인생이 시작될 것입니다. 최

여사께서도 준일이의 상태를 이해하시고 거기에 맞게 대해 줘야
합니다."

"물론입니다, 선생님! 알겠습니다."

최여사는 몇 번이고 고개를 끄덕였다. 여암 선생은 잠시 눈을
감고 있다가 미소를 지으며 말했다.

"이제 가 봐야 합니다. 준일이가 심심해 할 테니까요."

"네, 선생님! 감사합니다."

최여사는 문 밖까지 배웅을 나왔다. 여암 선생은 뒤도 돌아보
지 않고 빠른 걸음으로 사라졌다. 하늘은 밝게 빛나고 있었다.

악연(惡緣)

　회사원 박씨는 퇴근 후에 책방에 들렀다. 부인의 부탁으로 전생에 대한 책을 사기 위해서였다. 부인은 심심풀이로 보겠다며 신신당부했었다. 박씨는 다소 귀찮아했다. 원래부터 종교가 없는 박씨는 전생이니 천당이니 하는 것은 질색이었지만, 또한 부인의 심부름도 질색이었다. 더군다나 박씨는 전생이니 뭐니 하는 책을 사 들고 다니는 것을 부끄러워하는 사람이었다.

　'에이, 책을 사려거든 직접 가서 살 것이지…….'

　박씨는 속으로 투덜거렸다. 책방인 종로서적까지 가려면 회사에서 한참 걸어가야 했다. 그리고 집으로 가려면 다시 버스 타는 곳까지 가야 한다. 집까지는 전철이 닿지 않기 때문이었다. 박씨는 책을 다음에 사 주겠다고 말했지만 부인은 한사코 꼭 오늘 사 가지고 들어오라고 졸라 댔던 것이다.

　할 수 없이 박씨는 종로서적에 들어가 급히 책을 골랐다. 그리고는 누가 볼까 봐 포장을 해 달라고 부탁한 후 곧 바로 서류가방 속에 집어넣었다. 누가 볼 염려는 없었다. 이제 집에 가는 일만 남았다.

'걷기 귀찮은데 택시를 탈까?'

박씨는 속으로 망설였다. 300m 정도 걸어서 버스를 타면 바로 집 앞에서 내린다. 그러나 오늘 따라 왠지 걷기가 귀찮다. 박씨는 잠시 생각하다가 택시를 타기로 결정했다. 마침 빈 택시들이 자주 눈에 띄었다. 박씨는 길에 서서 잠시 기다렸다. 그런데 방금 전 빈 택시가 세 대나 지나간 이래 한동안 택시가 오지 않았다. 사람을 태운 택시만 바삐 지나갈 뿐이었다. 평소 성질이 급한 박씨는 짜증이 났다.

'오늘은 뭔 일이 안 돼. 에이, 더워 죽겠는데……'

박씨로서는 집에 일찍 들어가 시원하게 샤워라도 하고 싶었다. 사람을 태운 택시가 몇 대 더 지나갔다. 박씨는 전철 입구 쪽을 무심코 바라봤다. 전철을 타고 가는 방법은 없을까 하고 생각해 본 것이다. 그런데 바로 이때 누군가 전철 아래로 내려가는 것이 보였다. 박씨가 잘 아는 사람이었다. 박씨는 그 사람과 친했었기 때문에 급히 뒤따랐다. 그 사람은 층계의 중간쯤에서 만날 수 있었다.

"이보게, 강사장!"

"음? 이게 누구야? 아니, 박형!"

강사장이란 사람이 반갑게 손을 내밀었다.

"오랜만이야. 희한하게 만나는군!"

박씨는 악수하며 미소를 지었다. 두 사람은 몇 년 만에 만나는 것이었다. 강사장은 개인 사업을 하는 사람으로서 박씨하고는 한때 사업 거래로 친하게 지냈던 사이였다.

"강사장, 차 한잔 해야지?"

"아니, 어디 가서 소주나 한잔 할까?"

"소주? 그래, 그게 좋겠네. 하하하……."

두 사람은 층계를 다시 올라와 종로 뒷골목으로 찾아갔다.

"어떻게 지냈어? 이민을 간다고 하더니……."

술자리에 앉자 박씨가 편안히 안부를 물었다.

강사장은 소주를 한잔 마시고 대답했다.

"재미가 없더구먼. 다시 돌아왔어."

"잘했어. 아름다운 서울에서 살아야지!"

"그래, 고향이 좋지. 자, 한잔 들자구."

두 사람은 거리에서 우연히 만나 이렇게 술을 마시고 헤어졌다. 세상에 흔한 일이었다. 그러나 이날 일은 중대한 운명의 계기가 되었다. 특히 박씨의 부인에게는 악운의 시작이었다.

며칠 후 강사장은 박씨의 회사로 전화를 걸었다.

"시간 있어? 오늘 술 한잔 하자고!"

강사장은 기분 좋은 목소리로 말했다. 박씨는 마다하지 않았다. 술을 좋아하는 데다 마침 무료하던 참이었다.

퇴근 후 두 사람은 종로에서 만났다. 처음에 만난 곳이 종로였기 때문에 무심코 종로로 정했던 것이다. 만일 두 사람이 을지로에서 처음 만났더라면 그쪽으로 정해졌을지도 모를 일이었다. 이런 일은 우연이라면 우연이겠지만 생각하기에 따라서는 묘한 운명인 것이다.

두 사람은 종로 뒷골목을 걸었다. 적당한 술집을 찾으려는 것이다. 그런데 이때 누가 말을 걸어 왔다. 술집 웨이터였는데, 신장 개업을 선전하고 있는 중이었다.

"손님, 와 보세요. 술값 싸고 아가씨들 예쁩니다."

웨이터는 명함과 화장지를 나눠 주고 있었다.

강사장이 말했다.

"박형, 이 집을 가 볼까?"

"음? 글쎄…… 아무렇게나……."

두 사람은 잠깐 동안 생각하고 쉽게 결정해 버렸다. 두 사람 다 술을 좋아했고, 마침 적당한 장소가 나타났기 때문이었다.

잠시 후 두 사람은 신장개업 집에 들어갔다. 이것이 특별한 일은 아니었다. 우연일 뿐이었다. 술자리는 아주 좋았던 것 같다. 두 사람은 늦도록 술을 마시고 기분 좋게 헤어졌다. 도시인의 평범한 하루였다.

그런데 며칠이 지나지 않아서 박씨는 이 집을 또 찾았다. 이번에는 혼자였다. 그러니까 박씨로서는 일부러 이 술집을 찾아온 것인데 그때 상당히 마음에 들었던 모양이다.

사실 박씨가 이 술집을 다시 찾게 된 것은 특별한 이유가 있었다. 지난번 강사장과 함께 신장개업 날 이 집에 왔을 때 시중을 들던 아가씨가 몹시 마음에 들었던 것이다.

박씨로서는 드문 일이었다. 박씨는 업무상 술집에 자주 가는 편이었지만 여자가 예뻐 보였던 적은 없었다. 물론 그런 여자를 만나 보지 못했기 때문이었겠지만, 박씨는 워낙 여자에 대해 무심했었다. 그런데 그날만은 아주 예외였던 것 같다. 오죽하면 이렇게 혼자 일부러 술집을 찾아왔겠는가! 오로지 그날 그 아가씨를 만나기 위해 술집을 다시 찾았던 것이다.

박씨는 다시 찾은 술집에서 지난번 그 아가씨와 함께 술을 마셨다. 이날도 기분은 여전히 좋았다. 박씨는 늦도록 술을 마시고 나왔다. 박씨의 단골 술집은 이렇게 정해졌다. 우연이고 또한 운명이랄 수 있을 것이다.

아무튼 문제는 그 다음부터였다. 박씨는 몇 개월 동안 계속해서 그 술집을 드나들었는데, 나중에는 그 집 아가씨와 밖에서 만나기 시작했다. 말하자면 본격적으로 바람이 난 것이다. 물론 박씨의 부인 입장에서 봤을 때이다. 술집 아가씨 입장에서는 진실한 사람을 만났을 뿐이다.

두 사람의 관계는 끊임없이 이어졌고, 사랑은 깊어만 갔다. 이것은 결국 박씨의 가정에 파탄으로 이어졌다. 박씨는 점점 부인을 싫어하게 되었고, 그로 인해 당연히 싸움이 잦아지게 되었다. 늦게 들어오고, 안 들어오고, 거짓 출장을 가고…… 박씨는 이런 식으로 변해 갔던 것이다. 그리고 종내는 이혼의 길로 들어서게 되었다. 운명이란 참으로 알 수가 없었다. 그토록 다정했던 부부가 이런 식으로 갈라서게 될 줄이야…….

무엇이 원인이었을까? 박씨 부인의 생각대로 전생의 인연이었을까? 아니면, 점쟁이 말대로 궁합이 나빴던 것일까? 이유는 얼마든지 생각할 수 있을 것이다. 어쩌면 모든 것이 종합적으로 어우러져 생긴 일인지도 모를 일이었다.

다만 현실적으로 가까운 원인이 없지는 않았다. 그것은 박씨가 강사장이란 사람을 만난 일이다. 그 사람을 만나지 않았더라면 종로 뒷골목의 술집을 찾아갔을 리가 없는 것이다. 물론 박씨가 종각 앞에서 택시를 타려고 서성이지만 않았다면 강사장을 만날 리도 없었다.

하지만 박씨는 종각에 왜 갔던 것인가? 책을 사러 갔었다. 책은 왜 사러 갔는가? 부인이 부탁했기 때문이다. 그렇다면 문제는 부인이었다. 하필 그날 책을 사 달라고 할 건 뭔가! 모든 것이 그로써 비롯되었다. 박씨가 나중에 사 주겠다고 하는 것을 한사코 그날 사 달라고 졸랐던 것이다.

결국 박씨는 부인과 이별했다. 강사장을 만난 것이 그 원인이 되었던 것이다. 이른바 악연인 것이다.

그러면 박씨의 부인은 어땠는가? 옆집 부인이 전생 애기를 해 준 것이 화근이었다. 전생 애기에 흥미를 느낀 박씨 부인은 남편에게 전생에 대한 책을 사 달라고 졸랐다. 이웃 부인도 악연이었다. 전생 책이 원수였다.

그러나 가장 큰 악연은 박씨였다. 공연히 만나서 결혼한 것이다.

천재가 나서다

박씨와 헤어진 뒤로 이정숙은 운명이라는 것을 믿게 되었다.

당초 여암 선생은 박씨와의 결혼을 반대했었다. 서로 궁합도 안 맞고 두 사람의 사주가 모두 이혼할 운명이기 때문에 만일 결혼하게 되면 이혼은 피할 수 없게 된다는 것이었다. 그런데도 이정숙은 당시 박씨를 너무 사랑한 나머지 점쟁이의 말을 무시했던 것이다. 그때 여암 선생은 이렇게 말했었다.

"나는 모르겠소. 사랑으로 운명을 극복해 보세요. 다만 내가 두 사람의 결혼을 반대했다는 것을 기록해 놓겠소. 5년을 살고 나서 나를 찾아오면 내가 백 배 사과를 하리다."

"……."

그로부터 세월이 3년이나 흘렀다. 여암 선생이 말한 5년을 채우지 못한 것이다. 이정숙은 23세에 결혼해서 26세에 이혼을 했다. 너무나도 젊은 나이에 나쁜 운명을 겪은 것이다. 하지만 앞으로 남은 인생은 길고도 길다. 적어도 이정숙은 그렇게 생각했다. 문제는 앞날이었다.

이정숙은 아직 젊고 미모가 있는 데다 교양도 있었다. 게다가 이정숙의 부모도 아직 건재했다. 모든 조건이 앞날을 다시 개척하기에 충분한 것이다. 다만 이제부터는 실수가 없어야 한다. 특히 사람을 만나 결혼을 하는 일은 절대로 신중해야 하는 것이다. 사랑이 만능은 아니다. 사랑이 식어 갈 때는 운명밖에 의지할 데가 없다.

그렇다. 운명을 알고 살아야 하는 것이다. 이정숙은 박씨를 잊어 가는 괴로운 세월 동안 줄곧 운명을 생각하며 지냈다. 그리고 마침내는 평온한 기분을 회복하게 되었다. 이제 무엇을 해야 할까? 이정숙은 자식도 없기 때문에 다시 부모에게 돌아가 그곳에 머물고 있는 중이다. 나이는 27세가 되었다. 이정숙은 여암 선생을 찾아가 보기로 했다. 그분은 운명에 관한 한 스승이나 마찬가지였다.

‘그때 그분의 말씀을 들었더라면 실패는 없었으리라!’

이정숙은 이런 생각을 하며 여암 선생을 찾아갔다.

여암 철학원은 도봉산 자락에 있는 한옥이었는데 수십 년의 세월 동안 의연하게 자리 잡고 있었다. 이정숙은 4년 만에 이곳을 찾았다. 혹시 여암 선생이 어디론가 떠나 갔으면 어쩔까 염려도 했지만 이정숙은 ‘5년이 지나면 찾아오라’는 말을 생각해 냈다.

산 쪽으로 올라가는 길목은 다소 변한 듯 보였다. 길가에 새 집이 들어서고 도로도 말끔히 포장되어 있었다. 이정숙은 도봉산 쪽을 바라보며 마치 고향에 찾아온 듯한 느낌을 받았다.

‘선생님께서 나를 알아보실까?’

이정숙은 철학원 단골이 아니고 4년 전에 한 번 찾아왔을 뿐이었다. 다만 그 당시 여암 선생이 아주 친절하게 대해 줬기 때문에 인상이 깊었던 것이다.

저쪽에 철학원이 보였다. 누가 문앞에서 서성이고 있었다. 손님인가? 아니, 거지일까? 아주 험상궂게 보인다. 이곳으로 걸어오고 있지 않은가! 다리를 절고 있었다.

'불쌍한 사람! 불구인 거지이구나.'

이정숙은 이런 생각을 하며 그의 곁을 지나치려는데 그 거지가 자기를 쳐다보는 듯했다. 이정숙도 얼핏 마주 보았는데 인상이 험악하다. 눈을 심하게 찡그리고 곁눈질을 하고 있었다.

'장님일까? 얼굴을 너무 찡그리네. 어머, 무서워!'

이정숙이 이런 생각을 하며 철학원 안으로 급히 들어서자 바로 여암 선생이 보였다. 여암 선생은 뜰앞의 채소를 바라보고 있었다.

"어머! 안녕하세요?"

"오, 아가씨!"

여암 선생은 당장에 이정숙을 알아보았다. 깜짝 놀랄 일이 아닐 수 없었다. 4년이란 세월이 흘렀는데도 여암 선생은 자기를 반사적으로 알아보았던 것이다. 화장도 바뀌고 옷도 바뀌었을 텐데…… 도인의 정신은 이토록 맑단 말인가!

이정숙이 감탄스런 어조로 여암 선생에게 말했다.

"선생님, 저를 알아보시겠어요?"

"그럼, 알다마다. 이혼은 안 했나?"

여암 선생은 이정숙을 살피면서 선뜻 말했다.

이정숙은 미소를 지었다. 전혀 놀랄 일이 아니었다. 신통한 선생님이라 당연히 알고 있으리라는 느낌이 전해졌다.

"선생님, 오늘은 좀 한가하신 모양이군요. 저는 작년에 이혼했어요."

"음, 운명이니까 어쩔 수 없지. 마음이 몹시 상했겠구먼."

"지금은 괜찮아요."

"다행이군. 안으로 들어갈까?"

여암 선생이 손수 음료수를 한잔 갖다 주며 한가하게 말했다.

"아가씨는 여전하구먼. 어떻게 지내고 있나?"

"부모님하고 있어요. 요즘은 마음이 편안하죠."

"잘 지내고 있군. 그런데 오늘은 무슨 일로 여기에 왔지?"

"선생님을 뵈려구요. 저의 앞날이 궁금해요."

"운명 말인가?"

"아녜요. 그보다는 사는 방법을 알고 싶어요."

"사는 방법? 그야 인격적으로 살아야지."

"알아요, 선생님. 하지만 어떻게 해야 행복한 운명을 만나는지 알고 싶어요."

"허허, 대단한 문제로군."

여암 선생은 이정숙의 모습을 살피며 고개를 끄덕였다.

이정숙이 말했다.

"선생님, 저 뭐했으면 좋겠어요?"

"직업 말인가?"

“아무거나 말이에요. 뭐든 잘될 일을 말씀해 주세요.”

“허허, 이제 철이 든 모양이군. 가만 있자…….”

여암 선생은 인자한 미소를 짓다가 잠시 눈을 감았다. 이때 여암 선생의 마음속에는 준일이가 떠올랐다.

‘준일이에게 보여 볼까? 이 아가씨는 새로운 인생을 설계해 보고 싶은 게야.’

여암 선생은 자신이 판단해 주는 것보다 준일이에게 맡겨 보고 싶은 생각이 들었다. 신통한 준일이의 능력을 보고 싶기도 하고, 아가씨에게 보다 확실한 미래를 알려주고 싶기도 했기 때문이었다. 준일이가 엉뚱한 소리는 하지 않을까? 여암 선생은 잠깐 이런 생각을 하고는 이정숙에게 말했다.

“아가씨, 여기 좀 있어요. 잠깐 나갔다 올 테니.”

여암 선생은 뜰로 나왔다. 준일이는 없었다. 대문 밖에서 생각에 잠겨 있을 것이리라! 여암 선생은 다시 대문 밖으로 나왔다. 준일이가 저쪽에서 천천히 걸어오고 있었다, 절뚝거리면서.

잠시 후 준일이가 다가오자 여암 선생이 말했다.

“준일아, 기분이 괜찮으냐?”

“네.”

“음, 네게 부탁을 좀 해야겠다.”

“뭔데요?”

“방에 손님이 와 있어. 그 여자의 미래를 알려주고 싶어서 그래.”

“저도 그 여자를 봤어요.”

"그래? 어떻더냐?"

"이혼한 여자잖아요!"

"그렇지. 앞으로는 어떨까?"

"남자를 또 만나요."

"좋은 남자니?"

"좋은 남자가 뭔데요?"

"음? 글쎄……, 마음씨 착하고 잘사는 사람이겠지!"

"바로 그런 사람이에요."

"그래? 그 사람과 아가씨가 잘 지낼까?"

"죽을 때까지 살 거예요."

"행복하게?"

"행복이 뭔데요? 어쨌든 돈 많이 벌고 살 거예요."

"건강은 어떨 것 같니?"

"병은 없어요."

"그럼 다행이구나. 그 사람을 언제 만나겠니?"

"금년 중에요."

"호, 어디서 만나지?"

"그 여자 집 동네에 있는…… 어, 뭐더라? ……아, 헬스 클럽이라는 곳에서요."

"고맙다, 준일아!"

여암 선생은 준일이의 어깨를 두드려 주고 다시 방으로 돌아왔다.

"아가씨, 내가 좋은 방법을 알려주겠네."

"사는 방법 말예요?"

"그래, 행운을 잡는 방법이지."

"어머, 좋아라!"

"잘 듣게. 집 근처에 헬스 클럽 있나?"

"글쎄요……. 아, 있어요!"

"바로 거기야. 그곳을 다니게."

"네? 저보고 운동을 하라구요?"

이정숙은 의아스러운 미소를 지으며 반문했다.

"운동은 마음대로 하게. 아무튼 그곳을 다녀야 하네."

"그래요? 그게 운명하고 상관 있나요?"

"자세히 알 필요는 없어. 어쨌든 내일부터 꼭 그곳에 다녀야
하네."

"아이 참, 선생님이 다니라고 하면 다니겠지만, 도대체 이유가
뭐예요?"

"그럼 그만 가 보게. 다음에 또 찾아오면 되지 않겠나!"

"알았어요, 선생님."

이정숙이 복채를 내고 기쁜 낯으로 돌아가자 여암 선생이 준
일이를 불러 말했다.

"얘야, 뭐가 먹고 싶으냐?"

"술요."

"음? 너도 술을 마실 줄 아니?"

"네, 잘 먹어요."

"그래? 다른 것은 뭐 먹고 싶니?"

"고기요."

"허, 이 돈 가지고 가서 사 먹고 와라."

그러자 준일이가 돈을 빼앗다시피 잡아채어 자기 호주머니에 집어넣으면서 말했다.

"내일 먹을래요."

"그래, 마음대로 하려무나. 그런데 오늘은 왜?"

"일이 있어요."

"무슨 일인데?"

"경찰이 와요."

"뭐? 경찰이 오다니?"

"저번에 왔던 사람 말이에요."

"그 사람이 왜 오지?"

"사건이 났어요. 물어보러 올 거예요."

"그래? 언제 오지?"

"이따가요."

"……."

김형사는 3시간 후에 찾아왔다.

"선생님, 안녕하신가요?"

"오, 김형사, 어서 오게! 오늘은 무슨 일로 왔는가?"

"네, 그저…… 선생님도 뵙고, 겸사겸사해서 왔어요."

"사건이 난 게로군?"

여암 선생은 자신의 생각을 말한 것이 아니었다. 준일이가 한 말을 그대로 되뇌인 것뿐이었다.

"아니, 선생님! 그걸 어떻게 아셨어요?"

"글쎄……, 그런 게 점쟁이의 할일 아니겠나!"

"아, 네, 그렇군요. …… 실은 문제가 좀 있습니다."

김형사는 난감한 표정으로 말했다.

"업무상의 일인가?"

여암 선생이 다시 묻자 김형사가 머리를 긁으며 대답했다.

"그렇습니다. 사건이지요."

"사건? 그런 일로 이곳엘 왔다고?"

"아니, 뭐…… 그저 답답해서요."

김형사는 얼굴을 붉히며 망설였다. 자신의 주업무인 사건 때문에 점쟁이를 찾은 것이 부끄럽기 때문일까? 여암 선생은 인자하게 말했다.

"상관없네. 때로 점쟁이의 의견도 참작할 필요가 있지. 그래, 무슨 사건인가?"

"선생님께서 도와주시겠습니까?"

"허, 이 사람아! 사건부터 들어 봐야 하지 않겠나!"

"살인 사건입니다."

"뭐, 살인 사건? 범인을 못 잡았나?"

"네, 4개월 전에 일어났던 사건인데 오리무중입니다."

"어려운 사건인가 보군!"

"그렇습니다. 해결될 기미가 보이지 않습니다."

"음, 자세히 말해 줄 수 있겠나?"

김형사는 사건을 설명하기 시작했다. 죽은 사람은 할머니였다.

살해된 장소는 도봉산 중턱이었는데 할머니는 아침 산책을 나왔다가 변을 당한 것이다. 사망 추정 시간은 새벽 5시 전후. 사망 원인은 뇌진탕이었다. 할머니는 후두부를 강타 당했던 것이다.

현장에서 단서가 될 만한 것은 발견되지 않았다. 할머니는 살해된 장소에서 산 위쪽으로 이동되었는데, 이것으로 보면 범인은 힘이 상당히 센 것으로 보인다. 필경 체구가 큰 사람일 것이다. 할머니 주변에 원한을 가질 만한 사람은 없었다. 동기가 될 만한 일도 없었다. 할머니는 부자도 아니었다. 사건은 우발적인 것으로 보였다.

단지 이상한 것은 할머니의 음부가 심한 손상을 입은 것이었다. 막대기로 가해한 것이다. 아랫도리는 완전히 벗겨져 있었다. 강간은 당하지 않았다. 할머니는 후두부를 강타 당해 죽은 후 음부에 상처가 가해졌고, 그 이후에는 산 위로 이동되었다. 이동된 경로는 사람이 잘 다니지 않는 곳으로 난코스였다.

할머니의 시신을 어째서 이렇게 굳이 힘들여 위쪽으로 옮겨 놓았을까? 사건은 참으로 기묘했다. 미친 사람의 소행일까? 경찰은 인근 불량배를 폭넓게 조사했지만 이렇다 할 혐의점을 발견하지 못했다.

사건의 책임을 맡은 김형사는 4개월 만에 완전히 손을 들었다. 여암 선생을 찾은 것은 그야말로 답답했기 때문이다. 어떤 미친 놈이 범인이고, 그 자는 지금 어느 곳에 있을까? 김형사는 고개를 젓고 있었다.

여암 선생이 말했다.

"기묘한 사건이군!"

"그렇습니다. 저는 지쳐 버렸습니다."

"음, 방법이 있겠지……. 아, 사람을 소개하겠네."

"어떤 사람을요?"

"사건을 해결해 줄 사람이야. 밖에 있는 내 제자 봤지?"

"문앞에 있더군요. 그 사람은 바보 아니에요?"

"저런! 무례한 말을 말게. 그 사람이 자네가 찾아올 것을 예언했다네."

"네? 정말이에요?"

"그럼! 내가 언제 빈말하는 걸 봤나? 잠시만 기다리게."

여암 선생은 밖으로 나가자 준일이가 여암 선생에게로 다가왔다. 여암 선생을 기다리고 있었던 것이다.

"준일아, 저 경찰관이 일이 있다는구나!"

"살인 사건인가요?"

준일이는 마치 김형사의 말을 직접 들은 것처럼 태연하게 말했다.

"음, 네가 좀 도와줄 수 있겠니?"

"범인을 잡으려구요?"

"그래."

"왜 잡아요?"

"나쁜 사람이니까."

"왜 나빠요?"

"사람을 죽였으니까 그렇지."

“이유가 있어서 죽였겠지요.”

“그렇겠지. 하지만 살인을 하면 나쁜 거야.”

“……”

준일이는 무엇인가 골똘히 생각하고 있었다. 살인이 나쁜 이유를 생각하는 것일까?

여암 선생이 기다리다 못해 말했다.

“얘, 준일아. 그 일을 도와주겠니?”

“범인 잡는 일 말이에요?”

“그래, 잡을 수 있겠니?”

“안 보여요.”

“음, 할 수 없지……”

여암 선생이 다소 실망한 빛을 보이며 안으로 들어가려는데 준일이가 말했다.

“사건이 어디서 났는데요?”

“음, 산이라고 하는구나.”

“그곳에 가 보고 싶어요.”

“그래? 거기 가 보면 뭔가 나타날까?”

준일이는 고개를 끄덕였다.

“좋아, 들어가자. 김형사를 소개시켜 줄게.”

“싫어요.”

“왜?”

“경찰이잖아요.”

“경찰이면 어떠냐?”

"잡아가잖아요."

"아니야, 경찰은 죄인만 잡아간단다."

"죄인이 뭐예요?"

"법을 어긴 사람이야."

"법이 뭔데요?"

"나쁜 일을 하지 못하도록 나라에서 정해 놓은 거지. 자, 그만 들어가자."

"……."

준일이는 망설였다.

"괜찮아, 들어가자!"

여암 선생은 준일이의 어깨를 감싸고 보호하듯 안으로 데리고 들어갔다. 김형사가 준일이를 쳐다보자 준일이는 옆으로 피하면서 다른 곳을 쳐다봤다.

"괜찮아, 준일아!"

여암 선생은 부드럽게 달래며 김형사를 소개했다.

"안녕하십니까? 김기섭입니다."

김형사가 쾌활하게 인사를 건넸으나 준일이는 아무런 대꾸도 하지 않았다.

여암 선생이 김형사에게 말했다.

"이 사람이 도와줄 거네. 그 현장을 보고 싶다는군."

"아, 네! 그럼 지금 갈까요?"

세 사람은 현장으로 향했다. 현장은 바로 도봉산으로, 아주 가까운 거리였다. 여암 선생은 천천히 걸었다. 준일이도 절뚝거리며 열심히 걸었다. 산길은 싱싱한 느낌을 주었다. 오후가 되어서 하산하는 사람이 눈에 많이 띄었다. 김형사는 두 사람의 보조에 맞추어 한가하게 걷고 있었다. 속으로는 많은 상념이 일고 있는 중이었다.

‘저 바보가 범인을 잡는다고? 기가 막힐 노릇이군. 공연히 힘만 들이는 거겠지. 그나저나 범인은 어떤 놈일까? 사람이 많이 내려오는군. 저들 중에 범인이 있을까? 허, 저 사람은 취했군. 저 여자 보게, 너무 짧잖아……!’

김형사는 또 다른 생각을 하기 시작했다.

‘범인은 무엇 때문에 시체를 지고 올라갔을까? 저 바보가 힘든가 보군. 선생님은 대체 저런 멍청이를 왜 제자로 맞아들였지? 범인이 잡힐까? 범인의 운명은 어떻게 되어 있을까? 범인을 잡으면 진급할 거야……. 다 왔군.’

김형사가 앞장서며 말했다.

“선생님, 이쪽입니다. 올라가실 수 있겠어요?”

“염려 말게. 준일이가 걱정이군!”

“나도 갈 수 있어요.”

준일이가 김형사를 흘끗 노려보며 말했다. 경찰관이라서 미워하는 것일까? 아니면, 다친 다리 때문에 짜증이 났던 것일까? 김형사는 부지런히 올라갔다. 두 사람은 김형사의 뒤를 힘겹게 따라 올라갔다. 산길은 숲속으로 이어지고 있었다. 다소 낯선 길로, 사람이 흔히 다니는 길은 아니었다.

‘할머니는 어째서 이런 길로 들어섰을까?’

여암 선생은 언뜻 이런 생각이 머리 속에 떠올랐다.

바로 그때 준일이가 말했다.

“여기예요.”

“음? 여기가 그 현장인가?”

여암 선생이 준일이와 김형사를 번갈아 보며 묻자 김형사가 비웃는 표정을 지으며 대답했다.

“아닙니다, 선생님. 현장은 더 올라가야 합니다.”

“……”

준일이는 김형사의 말을 못 들었는지 주변을 두리번거렸고, 여암 선생은 그런 준일이의 행동을 눈여겨 바라보고 있었다.

“올라가시지요!”

김형사가 준일이를 쳐다보고 실망했다는 듯이 고개를 저으며 재촉하자 준일이가 손가락으로 숲 쪽을 가리키며 소리쳤다.

“선생님, 저것 보세요! 할머니는 여기서 산기도를 했어요.”

“음?”

여암 선생이 바라보니 숲 쪽의 소나무에 붉은 천이 둘러져 있는 것이 보였다.

준일이가 다시 말했다.

“범인은 저기 숨어 있었어요. 그리고는 뒤를 따랐지요.”

“……”

“난 그 범인을 알아요. 할머니는 머리를 맞아서 죽었어요. 선생님……”

준일이는 여암 선생을 똑바로 바라보며 흥분한 목소리로 소리를 질렀다.

"범인은 할머니의 딸 집에 있어요. 남자예요. 딸하고 가까운 사람이에요."

"딸이라고? 어떤 딸이지?"

김형사는 관심을 갖고 바싹 달려들어 물었다. 준일이는 이를 외면하고 여암 선생을 향해 말했다.

"큰딸이에요. 그 여자 애인이 할머니를 죽였어요."

"……."

상황은 이렇게 끝났다. 후에 김형사가 조사한 바에 의하면, 과부로 사는 큰딸에게는 정부가 있었다. 이 정부가 할머니를 죽였던 것이다. 이유는 돈이었다. 딸이 어머니 앞으로 보험을 들어 놨는데 그 정부는 그 돈을 노리고 살인을 저지른 것이었다. 할머니가 죽으면 제법 큰돈이 딸에게 돌아오게 되어 있었고, 딸은 돈이 생기면 정부에게 주게 되어 있었던 것이다.

몇 단계를 건너뛴 살인이었다. 범인은 체구가 작았다. 하지만 머리는 비상했던 것 같다. 시체를 산으로 나른 것은 수사에 혼선을 주기 위해서였다. 할머니 음부에 손상을 남긴 것도 마찬가지였다.

김형사는 살인 사건을 해결한 공로로 일계급 특진을 하였거니와 여암 선생은 준일이의 능력에 새삼 놀라고 말았다. 과연 하늘 아래 최고의 천재라 아니 할 수 없었다. 준일이는 자신이 큰 공을 세웠음에도 불구하고 김형사가 찾아오면 피해 버렸다. 싫은 사람은 어쩔 수 없는가 보다.

이 사건 이후 여암 선생은 자주 준일이에게 일을 맡겼다. 이는 준일이의 능력을 길러 주기 위해서이기도 했지만, 여암 선생 스스로는 점치는 일이 싱거워졌기 때문이다. 준일이 같은 천재가 곁에 있는데 점치는 일이 무슨 의미가 있겠는가! 여암 선생은 준일이를 바라보고 연구하는 일을 낙으로 삼을 뿐이었다. 다만 준일이가 가끔씩 모르겠다고 고개를 저을 때가 있는데, 이때만 여암 선생이 능력껏 나섰다.

준일이는 미래를 보는 능력 외에는 매사가 어리석었다. 배움이 적은 탓일까? 여암 선생은 이렇게 생각하고 있었다. 그렇기 때문에 애써 가르치고 있는 것이다. 준일이도 조금씩 깨쳐 가는 것 같았다.

운명과의 맞대결

공자는 말했다, 군자는 세 가지를 두려워한다고.
첫째는 '천명'이다. 이는 운명을 말하는 것이리라.
둘째는 '대인'이다. 이는 인격자를 말하는 것이리라.
셋째는 '성인의 말씀'이다. 이는 진리를 말하는 것이리라.

사람이 진리를 알고, 인격을 갖추고, 운명마저 좋다면 이보다 나은 일이 없을 것이다. 특히 운명이 좋다는 것은 가장 복된 일이 아닐 수 없다. 운명이 나쁘면 인간의 노력도 허사가 되고 말 것이다. 그래서 군자는 운명을 두려워하는 것일까?

운명을 아는 것은 두 번째 문제이다. 힘들여 알게 된 운명이 나쁜 것이라면 얼마나 괴롭겠는가! 그렇기 때문에 우선 운명이 좋고 봐야 한다. 운명이 좋다면 모른다 해도 그리 큰 지장은 없을 것이다. 그러나 운명이 나쁜 사람은 정말로 난감한 일이 아닐 수 없다.

물론 어떤 사람은 운명을 개척할 수 있다고 말한다. 과연 운명이란 변할 수 있는 것일까? 만일 운명이 변할 수 없는 것이라면, 운명이 나쁜 사람은 어떻게 살아가야 하는 것일까? 이러한 문제들은 상당히 어려운 문제려니와 여암 선생도 아직 풀지 못하고 있는 문제였다.

여암 선생은 평생을 진지하게 살아온 사람이었다. 점을 치는 일은 남에게 희망을 주기 위해서였는데, 그럼 자신의 희망은 무엇이란 말인가! 여암 선생에게는 가족도 없었다. 나이는 80세에 이르렀다. 평생을 진리 추구에만 열중해 온 여암 선생은 자신의 나이가 들어 가는 것을 잊고 있었다. 하지만 80세에 이르면 기력도 쇠약해지는 법이다. 요즘에 와서 여암 선생의 기력은 현저히 떨어지고 있었다.

이런 이유도 있고 해서 여암 선생은 며칠간 쉬기로 했다. 준일이에게도 휴가를 주어 집으로 보냈다. 여암 선생 자신은 벗과 함께 여행을 하기로 한 것이다. 장소는 여암 선생의 고향인 변산의 바닷가로 정했다. 출발은 월요일 아침에 이루어졌다. 함께 가는 일송 선생은 여암 선생의 도반으로, 평생을 운명학 공부에 매달린 학자였다.

두 사람은 그 분야의 거두로서 최고 인물로 평가받고 있는 것이다. 하지만 남의 평가보다는 스스로의 만족이 더욱 중요한 것이 아니겠는가. 이런 점에서 보면 여암, 일송 선생은 둘 다 미미한 존재였다. 두 사람은 남의 평가와는 달리 스스로를 만족하게 생각하지 않았다. 학문은 끝이 없고 자기들이 성취한 것도 성현의 경지에 이르지 못한다고 생각했기 때문이다. 순수한 도인의 자세인 것일까?

기차가 출발하자 두 사람은 즉시 눈을 감고 휴식 수면에 들어
갔다. 그러나 수원을 지나자 약속이나 한 듯 두 사람은 동시에
눈을 떴다.

"이보게, 일송!"

여암 선생이 먼저 말을 꺼냈다.

"내가 어떻게 보이나?"

"건강해 보이는군."

"운명 말일세."

"운명? 그 무슨 말인가?"

일송 선생이 의아스러운 표정을 지으며 빤히 바라다보자 여암
선생은 미소를 지으며 말을 이었다.

"심각한 표정 짓지 말게. 내 일진을 물었을 뿐이야."

"일진이라니?"

"이번 여행 말일세. 별탈 없을까?"

"허허, 이 사람 별것을 다 걱정하는군. 내가 다 살펴봤어. 안심
하라구!"

"그래야겠지. 하지만 나는 궁금하다네."

"뭐가 말인가?"

"내 신수 말이야."

"신수? 그게 어때서?"

"문제가 있는 것은 아닐까?"

"뭐 걱정되는 일이라도 있나?"

"그렇다네. 별것은 아니지만……."

"뭐가 걱정인가? 불길한 점괘라도 나왔나?"

"글쎄, 나도 잘 모르겠어."

"무슨 말이야? 여암, 자네 왜 그러는가?"

일송 선생은 고개를 갸우뚱했다. 평소 활달하던 여암 선생의 표정이 좀 어두워 보였기 때문이었다.

그러나 잠시 상념에 차 있던 여암 선생이 밝은 목소리로 말했다.

"얘기할 것이 있네. 나 말일세……."

"그래, 어디 한번 속 시원하게 말해 보게나."

"여행을 가지 말라고 경고를 받았다네."

"그래? 의사에게서?"

"아니, 점쟁이한테서."

"점쟁이라니? 누구?"

"내 제자일세."

"뭐? 자네에게 제자가 있었나?"

"그렇다네. 아주 신통한 제자야."

"그 제자가 뭐라고 했는데?"

"이번에 여행을 하면 큰 상처를 입는다고 했어."

"그래? 조심해야겠구먼. 하지만 제자가 뭘 안다고 그런 불길한 소리를 하는가?"

"제자는 대단해. 가히 하늘 아래 최고라고 할 수 있지."

"음? 자네 진담인가?"

"진담일세. 실은 할 얘기가 있네……."

"……."

"자네와 여행을 함께 가자고 한 것은 긴 얘기를 나누고자 함일세. 내 제자 얘기를 하겠네."

"제자 얘기라고? 그게 그토록 중요한가?"

"그럼, 내 얘기를 들어 보게. 사실 제자라는 것은 명칭뿐이야. 석준일이라는 아이인데 신통하기가 그지없다네. 우리 같은 사람은 만 명이 와도 못 당해."

"그런가? 실감이 안 나는군. 자세히 얘기해 보게나."

일송 선생은 심각하게 말했다. 여암 선생의 태도가 심상치 않았기 때문이었다.

"음, 얘기하지……."

여암 선생은 진지한 표정을 짓고 천천히 서두를 꺼냈다.

"35년 전으로 거슬러 올라가네. 당시 나는……."

얘기는 시작되었다.

여암 선생은 35년 전 최여사의 해산 날짜를 잡아 준 것으로부터 준일이의 31세까지를 우선 얘기하였다. 그리고 제자로 맞아들인 일과 그 이후 4년간의 준일이의 행적에 대해 낱낱이 밝히고 있었다. 얘기는 긴 시간 동안 진행되었다.

이윽고 말을 다 마치자 일송 선생은 잠시 허공을 쳐다보고 있었다. 공포가 섞인 표정이었다. 여암 선생은 고개를 여러 번 저으며 천천히 말을 내뱉었다.

"믿어지지가 않아. 대단한 일이야!"

여암 선생이 다시 말했다.

"사실 그대로일세. 그 신통한 사람이 내게 여행을 가지 말라고
한 것이네."

"상처를 입는다고?"

"음."

"그것 참, 난감한 일이군."

"위험할 것 같나?"

"나는 모르겠네만, 그토록 신통한 사람이 얘기했다면 이유가
있지 않겠나!"

"그럴 테지! 어떡하면 좋을까?"

"뭐? 자넨 이상하군. 그런 정도라면 왜 여행을 하고 있나?"

"글쎄, 나름대로 생각이 있다네."

"생각이라니?"

"이유가 있어. 더 들어 보게.

"……."

"나는 그 아이에게 물었지, 조심하면 되지 않겠느냐고. 그랬더
니 소용없다고 하더군. 그래서 다시 물었어. 조심하면 되지 왜
소용이 없느냐고. 운명이기 때문이라고 대답하더군. 그래서 나는
또 물었지. 운명도 알면 피해 갈 수 있는 게 아니냐고 말일세.
그 아이는 고개를 젓더군. 그리고는 입을 다물어 버렸어."

"결국 상처를 입는다는 건가?"

"그런 뜻이지."

"좋아, 그럼 자넨 모험을 하려는가?"

"글쎄, 모험이라고 할 수도 있겠지. 하지만 나는 연구를 하고

싶을 뿐이야."

"연구?"

"음, 운명이 고쳐지나 안 고쳐지나 말일세."

"생각은 좋군. 그래, 어쩔 생각인가?"

"나는 최선을 다해 조심을 할 거야. 자네도 나를 도와주게."

"운명을 피해 가도록 말인가?"

"그렇다네. 우리가 힘을 합쳐 운명을 피할 수 있는지 한번 보자구."

"……."

일송 선생은 잠시 허공을 응시하더니 무엇인가 결심이 서는 듯 입을 악물어 보이며 말했다.

"자네 뜻을 알겠네. 좋아, 나도 돕겠네. 이제부터 나는 자네의 운명 경호원이야."

"그런 셈이군. 문제는 여행을 마칠 때까지 내 몸이 상처를 입지 않도록 하는 것일세!"

"물론이지. 어디 싸워 보자고……."

두 사람이 이렇게 결심을 다지고 있을 동안 기차는 어느덧 종착역으로 들어서고 있었다.

신의 조언(助言)

　남양물산의 회장인 김선웅 씨는 좋은 운명을 갖고 태어난 것 같다. 이 사람은 자수성가했는데 하는 일마다 성공하여 지금은 재벌권에 들어선 것이었다. 김회장이 운수가 좋은 것은 돈뿐이 아니었다. 매사가 잘 풀려 나갔던 것이다. 김회장에게는 자식이 다섯 명이나 있는데 이들도 모두 성공해 있었다. 김회장은 건강이 뛰어나게 좋았다. 물론 마음씨 면에서도 가히 인격자라고 할 수 있었고.

　자식들은 모두가 착하고 머리가 좋았다. 큰아들은 사업가, 둘째 아들은 의사, 셋째 아들은 교수, 넷째 아들은 판사였다. 막내딸은 외국 유학을 마치고 최근에 돌아왔다. 모두들 나무랄 데가 없었다.

　김회장은 다만 한 가지 완결시키지 못한 일이 있었는데, 그것은 막내딸 지민이의 혼사 문제였다. 지민이에게는 현재 혼처가 세 곳이나 들어와 있는데 이들을 모두 마다하고 있었다. 아버지인 김회장은 이들 혼처에 대해 모두 만족하고 있었다. 요는 딸아이가 선택만 하면 되는 것이었다. 하지만 딸아이는 세 사람을 다 싫다고 하였다. 그러나 그게 별 문제는 아니었다. 다시 사람을 구해도 되고, 설득해서 세 사람 중 누구에겐가 보내면 되었기 때문이다.

김지민의 나이는 26세, 여자 나이로 보면 그리 어린 나이는 아니지만 뛰어나게 미인이어서 많은 사람들이 부러워하였다. 지민이는 착하고 총명한 데다가 교양도 있었다. 가히 보석 같은 여자라고 할 수 있었다. 김회장에게 있어서도 세상에 이토록 귀한 존재는 또 없을 것이다.

김회장은 금지옥엽인 지민이에 대해 한번 점쟁이에게 물어볼 예정이다. 첫째는 지민이의 장래이고, 둘째는 사위를 맞이하는 일이었다.

김회장은 사람을 고르는 데 있어서는 자신도 바른 눈을 가지고 있다고 생각하였다. 인물을 보고, 학벌을 본다거나, 성품을 보고, 가정을 본다. 그리고 현재의 재산이나 직업, 장래성을 보면 되는 것이다.

이제껏 김회장은 여러 방면에 사람을 정하는 문제에 대해 큰 실패를 모르고 지냈다. 하지만 딸아이의 문제는 여간 신경이 쓰이는 것이 아니었다. 신중히 선택해야 할 것이다. 더구나 운명이란 모르는 것이 아니더냐!

모든 것이 잘될 것 같은 사람도 갑자기 불행에 빠지게 된다. 운명이란 이런 것이다. 화재 현장에서 죽는 사람을 보라. 누구인들 불에 타 죽기를 원하겠는가! 자기도 모르는 사이에 그런 장소에 갔다가 화를 당하는 것이다. 멀쩡한 사람이 호텔을 잘못

선택해 다음날은 불에 타 죽기도 하고, 버스를 잘못 타서 강물에 추락해 죽기도 한다. 운명이란 도대체 알 길이 없는 것이다. 이제껏 좋았다고 해서 앞으로도 좋으란 법은 없다. 매사에 조심하고 특히 운명을 생각해야만 한다.

김회장은 이 점을 잘 알고 있었다. 그것은 김회장의 평소 철학이기도 하지만 경험을 통해 뼈저리게 깨달은 것이다. 운명이란 반드시 존재하는 것이고, 그것을 잘 운용하는 자만이 행복을 성취할 수 있다. 김회장은 이러한 생각을 수십 년 전부터 마음속 깊이 묻어 두고 있었다.

그런데 김회장에게는 마침 운명을 상담해 줄 훌륭한 선생이 있었던 것이다. 그리고 그로 인해 오늘날의 김회장이 있을 수 있었다. 여암 선생이라는 훌륭한 도인이 바로 그였고, 그 사람은 김회장에게 많은 것을 이룩할 수 있게 해 주었다.

한 마디로 김회장은 운명이 불행하지 않았다. 모든 것이 선택의 범위 내에 있었기 때문이다. 여암 선생 같은 사람을 만날 수 있게 된 것도 바로 운명이었던 것이다. 김회장은 그렇게 생각하고 있다. 운명이란 가능성 자체를 포함하고 있는 것이다. 김회장은 지난날 많은 가능성을 기억하고 있다. 그 중에서도 최선의 길만 걸어 왔던 것이다.

물론 그것은 여암 선생으로부터 힘입은 바가 컸다. 수십 년의 세월 동안 여암 선생은 언제나 올바른 길을 제시해 주었다. 그것은 김회장 자신이 결코 생각할 수 없는 운명의 가르침이었다.

최근에 와서는 더욱 절실한 느낌이었다. 특히 여암 선생의 제자라는 사람은 신통하기가 그지없다. 어떻게 그런 사람이 존재할 수 있는지……. 귀신인지 사람인지 종잡을 수 없는 느낌마저 든다.

김회장은 지난 2년 동안 그 괴상한 사람으로부터 많은 행운을 얻어 냈다. 그 중에서도 작년의 어떤 사건은 생각만 해도 통쾌하다. 준일이가 정부의 공개 입찰 건에 대해 절대적인 조언을 해 주었던 것이다. 그 결과 여러 경쟁자를 물리치고 좋은 조건에 낙찰을 받아 낼 수 있었다. 그것은 아주 큰 정부의 공사로서 회사를 반석 위에 올려 놓았다. 만일 그때 준일이가 없었다면 그 공사는 틀림없이 다른 회사로 넘어갔을 것이다.

당시 준일이는 회사가 정해 놓은 방침이 실패할 것이라고 지적하고 응찰 액수를 조절해 주었다. 그 액수는 다른 회사보다 불과 10만 원이 많은 액수였다. 결국 10만 원 차이로 수천 억 공사를 따낼 수 있었던 것이다.

이것은 준일이가 사업을 도와준 예이지만, 그 외에도 사사건건 많은 조언을 해 주었다. 사실 조언이라고 말할 정도가 아니었다. 준일이의 말은 마치 신의 예언과 같은 절대적인 것이었다. 김회장은 행운은 잡아냈고 액운은 피해 갔다.

회사 일뿐이 아니었다. 준일이는 김회장의 자식들에 대해서도 많은 조언을 아끼지 않았다. 만일 준일이가 없었다면 오늘날 김회장의 집안은 다른 모습이었을 것이다.

준일이는 하늘이 내려준 존재였다. 준일이에게서 얻어낸 행운은 그야말로 천복(天福)이고 기적이었다. 그리고 준일이가 있는 한 김회장은 신과 함께 살아가는 셈이었다. 이제 김회장은 막내딸에게도 축복을 내려줄 생각이다. 필경 준일이는 막내딸의 행복한 미래를 점지해 줄 것이리라.

숙 적

대경상사는 남양물산과 라이벌 관계에 있는 기업이었다. 회장은 40대의 젊은 사람인데 몇 년 전 아버지로부터 기업을 상속받은 재벌 2세였다. 최일찬, 이 사람은 비록 젊지만 경영 능력이 뛰어나 재계에서도 널리 인정받는 인물이었다. 최일찬이 아버지의 뒤를 이어 회장이 된 지는 4년. 그 동안 회사를 운영하며 명실공히 수완을 보여 왔다.

최회장에게는 한 가지 소망이 있었다. 그것은 남양물산을 이겨 보는 것이었다. 최회장이 남양물산의 김회장과 직접적으로 원한이 있는 것은 아니었지만, 아버지로부터 전수받은 원한은 상당히 깊은 것이었다. 일선에서 은퇴한 최명준 전(前)회장은 남양물산의 김회장과는 지금까지 수십 년 동안 원한이 서려 있었다. 그것은 김회장이 특별히 무슨 죄를 지어서가 아니라 운명적으로 맺어진 숙적의 관계였다.

원한의 발단은 사소한 것이었다. 지금 김회장의 부인은 먼 옛날 최회장이 꿈에도 사모했던 여자였다. 그런 여자가 자신을 외면하고 김회장에게 시집을 간 것은 두고두고 평생토록 한이 되었다. 그로 인해 최회장은 김회장에 대해 적개심을 품고 인생을 살아 왔다. 그러던 것이 사업에 있어서도 줄곧 김회장과 부딪쳐 패배를 하게 되자 원한은 더욱 증폭되어 갔던 것이다.

한때 최회장은 물리적인 힘으로 김회장을 살해하려고까지 마음먹은 적이 있었다. 최회장은 편집증이 심하고 인격이 비뚤어진 사람이었다. 그러한 성품은 아들인 최일찬 회장도 마찬가지였는데, 기필코 아버지의 원수를 갚겠다고 벼르고 있었다.

최일찬이 아버지를 따라 사업에 투신한 지는 10여 년. 그 동안 그는 끊임없이 김회장과 싸우며 아버지 일을 도와 왔다. 그런데 이제는 아버지가 지쳐서 물러나고 더욱 지독한 아들이 모든 사연을 인수한 것이다. 최일찬은 회장 취임식 날 아버지에게 공언했다, 김회장을 반드시 말살시키겠다고.

최일찬은 회장이 된 이래 회사의 체제를 쇄신하고 사업의 기틀을 잡아 가는 한편 김회장에 대해서도 일격을 가할 기회를 호시탐탐 노리고 있었다. 최회장은 오늘 늦은 시간에 집무실에서 비서실장을 만나고 있었다.

"회장님, 중요한 사실을 알아냈습니다."

비서는 김회장에 대해 보고하는 중이었다.

"작년도 항만 공사 입찰건 말입니다. 그 내막이 자세히 밝혀졌습니다."

"내막? 비리가 있었나?"

"아닙니다. 당당한 공개 입찰이었지요. 단지 거기에는 사연이 있었습니다."

“음······.”

“회장님, 그 당시 우리는 거의 낙찰받을 뻔했습니다. 남양물산과는 10만 원 차이였지요.”

“······.”

“당시 남양물산에서는 응찰 이틀 전에 모든 것을 결정해 두었습니다. 그것이 응찰 당일날 변경되었지요. 우리보다 10만 원 많게 말입니다.”

“스파이가 있었나?”

“아닙니다. 우리의 응찰 액수는 회장님과 저만 알고 있었습니다. 서류는 비밀 금고 속에 있어서 누구도 손 댈 수가 없었지요.”

“음······.”

“그런데 김회장에게는 아주 중요한 사람이 있었습니다. 바로 점쟁이였지요.”

“뭐, 점쟁이?”

“그렇습니다. 신통한 점쟁이지요. 그 점쟁이는 석준일이라고 합니다만, 이자가 김회장에게 응찰 액수를 바꾸라고 강력히 조언했던 것입니다. 당초 김회장은 우리보다 액수가 훨씬 적어서 우리가 낙찰될 상황이었습니다. 그런 것을 석준일이라는 점쟁이가 액수를 변경해서 우리를 이긴 겁니다.”

“허, 점쟁이 때문에 일을 망친 것이라구?”

“네, 보통 점쟁이가 아닙니다. 저는 그 점쟁이에 대해 자세히 알아보았습니다. 그자는 불구인 데다 정신박약입니다. 여암 선생

이라는 유명한 점쟁이의 제자라는데 귀신 같은 존재입니다. 그
자는 김회장에게 2년 동안 수많은 조언을 해 주어서 엄청난 이
익을 안겨 주었습니다."

"음……."

"회장님, 지난 2년 동안을 생각해 보십시오. 김회장은 모든 면
에서 이상하리만치 일이 잘 풀려 나가지 않았습니까!"

"그랬던 것 같군!"

"그게 다 점쟁이 덕입니다. 그 점쟁이는 미래를 손바닥처럼 들
여다본다고 합니다. 한번은 미궁에 빠진 살인 사건도 해결했는
데 아예 범인을 본 것처럼 지적했답니다. 그리고 그쪽 회사에
심어 둔 우리 편에게 물어봤는데 그것 말고도 기막힌 일이 있었
습니다."

"기막힌 일이라니……."

"김회장은 그 점쟁이한테 물어서 우리 쪽 사정을 훤히 꿰뚫어
보고 있답니다."

"그래? 그 점쟁이가 그토록 신통하단 말인가?"

"말도 마십시오. 신 같은 존재랍니다. 미래를 물건 보듯이 그
냥 바라본다고 합니다."

"대단하군! 그런 자가 있다면 난감한 일이야."

"그렇습니다. 그 점쟁이가 있는 한 우리는 남양물산을 영원히
이기지 못합니다."

"음……."

최회장은 허공을 응시하며 얼굴을 찡그리고 있었다. 낙심한 표

정이 역력했다.

"회장님, 가만히 앉아서 당할 수만은 없지 않겠습니까?"

"그렇지. 그럼 무슨 대책이라도 있나?"

"있습니다. 그 점쟁이를 우리 편으로 만드는 것입니다."

"가능할까?"

"해 봐야지요. 방법이 있을 겁니다."

"돈을 줘서 끌어 오나?"

"그 방법은 안 됩니다. 이미 김회장이 많은 돈을 안겨 줬습니다."

"그렇다면?"

"미인계를 써 볼 생각입니다. 그놈은 아직 총각입니다. 당연히 여자를 좋아할 게 아닙니까!"

"글쎄, 정신박약이라면 여자도 모를 수 있겠지!"

"아닙니다. 알아본 바에 의하면 그놈은 술도 잘 마시고 여자에 대해 관심도 많다고 합니다."

"그래? 그런 일을 할 여자가 있겠나?"

"염려 마십시오. 적당한 여자를 오늘 만나기로 했습니다."

"음, 알아서 해 주게. 그런 점쟁이라면 나에게도 절대 필요해."

"네, 기다려 보시지요."

비서가 자리에서 일어나자 최회장은 허공을 노려보았다.

운명의 늪

　회사원 이씨는 출장지에서 하루 일찍 돌아왔다. 주어진 업무가 의외로 잘 풀려 나갔기 때문에 시간이 남았던 것이다. 이씨는 그래서 야간 열차를 타고 서둘러 집으로 돌아왔다. 원래는 출장지에서 하룻밤 자고 다음날 아침 천천히 돌아왔어도 좋았다. 그러나 이씨는 일도 없이 공연히 여관방에 자면 무엇하랴 싶었다. 잠은 기차 안에서 자면 된다. 이렇게 하면 시간도 하루를 벌게 된다.

　이씨는 하루 남는 시간을 부인과 함께 보내기로 마음먹었다. 마침 출장비도 절약되었으니 부인과 가까운 야외라도 나갈 생각이었던 것이다. 이씨가 서울역에 도착한 시간은 새벽 2시였다. 택시를 타고 집에 돌아오니 거의 3시가 되었다. 그런데 집에 와 보니 부인이 없었다.

　'아니! 이게 웬일이지?'

　박씨는 걱정과 함께 덜컥 의심이 들었다. 남편의 출장을 틈타 부인이 바람을 피우는 것은 아닌지 불안한 생각이 들었던 것이다. 그러나 자세히 생각해 보니 그게 아니었다. 부인은 한 살 난 아기를 데리고 나갔을 뿐 아니라, 출장 가기 전 친정에나 다녀

올까 하고 말했던 적이 있었다.

'필경 친정에 갔으리라!'

이씨는 편안히 생각하고 잠을 청했다. 마침 여행의 피로가 몰려 오고 있는 중이었다. 이씨는 곧 잠에 떨어졌다.

시간은 흘러갔으나 이씨는 그것을 못 느꼈다. 곤하게 잠이 들었던 것이다. 그런데 꿈결에 무슨 소리가 들려왔다. '쐐—' 하는 소리 같기도 했고 뿌지직거리는 소리 같기도 했다. 이씨는 갈증을 느끼고 잠에서 깨어났다. 깨고 보니 몹시 더웠다. 아니, 뜨거웠다. 방에 연기도 차 있었다.

이게 웬일인가! 주위가 온통 화염에 싸여 있는 게 아닌가! 불이 난 것이다. 이씨의 방은 3층이었다. 창밖을 내다보려고 했으나 너무 뜨거워서 접근이 힘들었다. 불길이 사방에서 들끓었다. 이씨는 현관문을 열었다. 그러자 뜨거운 기운이 태풍처럼 몰아쳐 이씨는 뒤로 나뒹굴었다. 층계는 이미 불길에 휩싸여 불타오르고 있었다.

이씨는 화장실로 들어갔다. 수도꼭지를 틀었으나 물은 나오지 않았다. 다시 밖으로 나와 보려 했으나 사방은 이미 불타고 있었다. 이씨는 급히 문을 닫았다. 그러나 벽이 뜨거워지고 있었다. 이씨는 사람 살리라고 소리를 지르기 시작했다. 하지만 집안의 집기들이 타는 소리가 더욱 커서 목소리가 건물 밖으로 나가지 않았다.

소방서에서 달려왔을 때는 이미 늦었다. 이씨는 3시간 후에 시체로 발견되었다. 같은 건물 내에서 인명 피해는 이씨뿐이었다.

이씨 부인은 친정에 가 있는 덕에 화를 모면했다. 우연이었다. 친정에 가기를 아주 잘했던 것이다. 그런데 이씨는 어땠는가! 집으로 급히 돌아왔다, 그날 밤 화재가 날 줄도 모르고. 운명의 신은 무심했다. 이씨에게는 사전에 아무런 징조도 없었다. 그저 업무가 일찍 끝나서 좋아했을 뿐이다. 성실한 이씨는 남은 시간을 부인과 함께 보내려고 애써 집으로 돌아왔던 것이다. 이씨의 업무가 늦게 끝났더라면, 그리고 일찍 끝났어도 다음날 돌아왔더라면 그런 끔찍한 일은 당하지 않았을 것이다.

이씨는 젊은 나이에 생을 마쳤다. 그와 함께 간직했던 포부나 희망도 물방울처럼 터져 버렸다. 부인은 과부가 되었고, 아들은 아비 없는 자식이 되어 버렸다. 그나마 부인과 아들은 죽음을 모면했다. 이제 또 다른 인생을 개척해야만 한다. 그러나 운명을 조심해야 하리라!

좋은 사주

박유식은 어려서부터 가난하게 살았다. 아버지가 농사를 짓고 살았기 때문에 별볼일 없었던 것이다. 조상들도 대대로 농사를 짓고 살았다 한다. 박씨 자신도 특출한 사람은 아니었다. 대학도 가지 못하고 잡상인 노릇을 하며 지냈던 것이다. 장래성이라곤 생각할 수도 없었다. 고작 아버지가 남겨 준 밭뙈기 몇 천 평이 재산이고 머리도 나빠서 사업을 일으킬 수완도 없었다. 그래서 어느 때는 농사도 지어 보고 어느 때는 시원찮은 장사도 해 보았다. 하지만 이런 일로 인생의 변화가 오는 것은 아니었다. 박씨는 향상도 퇴보도 없이 그럭저럭 지낼 뿐이었다.

박씨에게는 이렇다 할 포부도 없었고, 먼 미래를 생각할 머리도 없었다. 다만 큰 욕심이 없었기 때문에 큰 실패도 없었다. 그저 분수에 맞게 살아갈 뿐이었다.

그러나 하늘은 이러한 박씨에게 분수를 고쳐 주었다. 어느 날 자고 났더니 박씨는 부자가 되어 있었다. 조상이 남겨 준 밭의 가격이 1,000배나 올랐는데 그것을 몇 년 더 놔 두었더니 10배가 더 뛰었던 것이다. 그뿐이 아니었다. 다음해에는 또 그보다 5

배가 뛰어올랐다. 엄청난 일이었다. 수년 만에 박씨는 거부가 되고 말았다.

지금 박씨는 강남에 거대한 빌딩을 짓고 떵떵거리며 살고 있다. 예전에는 1년에 벌 돈을 하루 용돈으로 쓰고 있는 것이다. 박씨의 자식들은 아예 가난이란 것을 모르고 자란다.

이들이 인생에 있어서 잘한 일은 무엇일까? 아무것도 없었다. 부(富)가 하늘에서 벼락처럼 떨어졌을 뿐이다. 스스로는 도저히 상상도 못 할 일이었다.

박씨는 언젠가 점쟁이에게 사주를 본 적이 있는데, 그때 점쟁이는 박씨더러 큰 부자가 될 것이라고 말했다. 당시 박씨는 유산도 없고 배우지도 못했으니 부자가 될 일이 무엇이냐고 반문했다. 그러나 점쟁이는 사주가 좋기 때문에 무조건 부자가 된다고만 말했다. 그런데 그 예언대로 되었다. 사주 하나 좋아서 부자가 된 것이다.

점쟁이는 앞으로도 계속 좋을 것이라고 말한다. 행복하게 될 수밖에 없다는 것이다. 박씨 같은 사람이 부럽다. 인간의 노력이 얼마나 성과를 볼 것이냐! 박씨는 아예 점쟁이를 사업의 고문으로 정해 놓고 있다. 일류 대학을 나온 일 잘하는 전문 경영인이 어디에 필요하랴! 운명이 좋게 태어난 인생이니 잘 따라가기만 하면 될 것이다.

아름다운 음모

술집에 다니는 이양은 단골손님과 만나고 있었다. 손님은 대경상사의 비서실장인 김기원 씨였다.

"실장님, 웬일이세요? 그 동안 한 번도 안 찾아 주시더니!"

이양은 애교 있게 눈을 흘기며 말했다.

"음, 그 동안 일이 좀 바빴어. 오늘은 단단히 한턱 낼게."

김실장은 아첨이 담긴 미소를 지으며 다정하게 말했다. 이양은 느닷없이 연락을 해 온 김실장에 대해 흥미를 느꼈다. 이양이 아는 김실장이란 사람은 사리가 분명하고 실없이 시간을 보낼 사람도 아니었다.

그렇다면 필히 용건이 있을 터, 술집 여자에게 용건이 있다면 으레 돈이 따르게 마련이다. 이양은 돈만 준다면 무슨 일이든 다할 여자다. 하지만 이양은 마음속의 관심을 감추고 시치미를 떼었다. 겉 다르고 속 다른 게 이양의 특기다.

김실장이 말했다.

"이양, 날 좀 도와줘야겠어. 중요한 사업이야."

"사업요? 제가 무슨 능력이 있겠어요!"

이양은 당치않다는 듯이 웃으며 대답했다.

그러자 김실장은 목소리를 낮춰서 심각하게 말을 이었다.

"이양, 큰돈을 벌고 싶지 않아? 이 일을 성취시켜 주면 1억을 줄게."

"어머! 큰돈이네요. 하지만 무슨 내용인지 알아야 할 게 아녜요?"

"좋아, 식사부터 주문할까?"

두 사람은 각자 취향대로 음식을 주문하고 김실장이 다시 말했다.

"이양, 사람을 유혹하는 일이야. 자신 있지?"

"누군데요?"

이양은 크게 흥미를 나타냈다.

김실장은 주위를 흘끗 살펴보고 나서 말했다.

"바보 같은 사람이지. 정확히 말하면 정신박약이지만……."

"또라이예요?"

이양은 손가락으로 자신의 머리 쪽에다 대고 빙글빙글 몇 바퀴 돌려 대며 물었다.

김실장이 대답했다.

"글쎄, 그저 정신이 좀 이상할 뿐이야. 나이는 35세지."

"그런 사람에게 여자가 통하겠어요?"

"그래도 남자야. 이양이 하기에 달린 거야."

"어떤 남자인데요?"

"점쟁이야."

“네, 호호, 점쟁이라구요?”

“그래, 점쟁이가 뭐 우습나?”

“재미있어요. 내가 어떻게 하면 되는데요?”

“그 사람을 우리 회사에 들어오게 하려고 해.”

“직원으로요?”

“음, 우리 회장님 고문으로 말이야.”

“어머, 상당히 높은 자리네요. 그냥 오라고 하면 안 되나요?”

“불러서 올 사람이 아니야.”

“왜요?”

“그를 원하는 사람이 또 있어서야. 현재 다른 데 소속되어 있는 셈이지.”

“그걸 빼오는 거군요?”

“그렇지. 이양이 그자를 유혹해서 우리 쪽으로 데려오라구.”

“금방은 안 되겠네요.”

“그럼, 오랫동안 꼬드겨서 적당할 때 끌어들여야 해.”

“그 사람이 나를 좋아할까요?”

“바보 같은 소리! 여자가 능력껏 꼬시면 안 넘어갈 남자가 어딨나! 더군다나 이양은 미인이잖아!”

“어머, 알아주니 고맙네요. 해 보겠어요. 돈은 어떻게 주시겠어요?”

“그자가 우리 회사에 들어오겠다고 하면 1억을 줄게.”

“정말이지요?”

“그럼! 내가 실없는 소리하는 거 봤나?”

"알았어요, 계약금을 주세요."

"그런 게 뭐 필요해! 먼저 꼬드겨 봐. 이양이 그를 따로 만나는 것을 보면 천만 원을 줄게."

"좋아요, 그 사람 있는 곳을 알려주세요."

"그래, 식사부터 하자고."

마침 식사가 날라져 왔다. 두 사람은 열심히 먹고 다시 시작했다.

"잘 들으라구. 이게 약도야. 도봉산이지. '여암철학원'이라는 곳인데 점치는 데야."

"……"

"그리고 여기는 술집인데 그자가 자주 다니는 곳이야. 주막집이지. 이건 그자의 사진이야. 무섭게 생겼어. 다리도 절고 있지. 그런데 조심할 것이 있어. 그자는 바보지만 점치는 데는 귀신이야. 우습게 보다가는 탄로난다구."

"알겠어요. 조심할게요."

"만나는 방법은 이양이 알아서 해. 점을 치러 가든 술집엘 가보든지. 그리고 그자는 남의 마음도 꿰뚫어 보는 힘이 있어. 그러니까 진심인 것처럼 해야 돼."

"어머, 무섭네요!"

"겁나나?"

"아뇨, 재미있어요. 그런데 제가 그 남자를 진짜 좋아하면 어떡하죠?"

"그건 마음대로 해. 우리는 그자를 해치려는 게 아니야. 우리 회사에 데려다가 호강시켜 주려고 할 뿐이지.”

“좋아요, 기필코 끌어 오겠어요. 돈은 정말 주는 거지요?”

“염려 말아. 들통이나 내지 말라고. 그럼 나갈까?”

두 사람은 밖으로 나와 서로 헤어졌다.

이럴 즈음 중곡동 석준일의 집 동네.

준일이는 포장마차에 앉아 술을 마시고 있었다. 술은 이미 많이 마신 듯, 옆에 술병이 여러 개 놓여 있었다. 하지만 준일이의 모습은 멀쩡했다. 준일이는 원래 주량이 많고 잘 취하지도 않는다.

술 먹는 자세는 단정하다. 바보인 준일이는 술에 대해서만은 선비처럼 마신다. 누구와 함께 마시는 것도 아니다. 혼자 구석에 앉아 벽 쪽을 바라보며 마신다. 얼굴이 험상궂어 누가 얼씬도 안 하는 것이다.

그런데 준일이의 얼굴이 더욱 험상궂어졌다. 얼굴을 찡그리고 눈을 꿈쩍거리고 있다. 눈의 흰자위가 드러나 보여 무서운 모습이다. 준일이의 마음속에 하나의 광경이 떠오르고 있었던 것이다.

도봉산이었다. 이어 술집이 나타났다. 그 안의 손님도 보였다. 바로 준일이 자신이었다. 그런데 술집 안에 다른 손님도 보이고 있었다. 여자였다. 준일이는 눈을 더욱 꿈쩍거렸다. 여자는 아름다운 모습이었다. 준일이에게도 그렇게 보였는지 애써 바라보고 있었다. 그런데 순간, 여자가 사라졌다. 준일이도 술집도 도봉산도 모두 사라졌다. 그리고는 현실로 돌아왔다. 방금 전 준일이는 미래를 본 것이다. 지금은 현실로 돌아와 생각을 하고 있었다.

'나의 미래가 보였어! 그거 참…… 그 여자는 누구지? 아주 예쁘게 생겼는데…….'

준일이는 허공을 응시하며 여자의 모습을 그려 보았다. 그러나 선명하게 나타나지 않았다. 방금 전에는 그렇게 선명하게 보였던 모습이 지금은 가물가물한 것이었다. 준일이는 답답한 나머지 술을 한 모금 들이켰다. 그래도 가슴은 시원해지지 않았다.

여인의 모습은 점점 희미해져 갔다. 그러다가 마침내는 그 모습을 그려 볼 수 없게 되었고, 단지 아름다운 여인이었다는 느낌만 남았다. 준일이는 그 미래를 다시 한 번 보고 싶었다. 너무나 짧게 사라진 미래가 궁금했던 것이다.

어째서 미래가 보이다 마는가! 그것은 여인에 대한 감정 때문이 아닐까? 준일이는 잠깐 떠올랐던 미래 속에서 아름다운 여인을 바라보았고, 그것을 자세히 확인하려 했던 것이다. 그러자 미래의 영상은 사라졌다. 준일이 자신의 미래였기 때문에 그랬던 것일까? 아니면, 여인에 대한 호기심이 마음을 현실로 끌어당긴 것일까?

준일이는 고개를 저으며 자리에서 일어났다.

밖으로 나오자 거리는 아직 행인들이 많았다. 준일이는 절뚝거리며 집으로 향했다.

바닷가의 두 위인

여암 선생과 일송 선생은 기차에서 내려 버스 정류장으로 갔다. 목적지는 조금 더 가야 했기 때문이다. 마침 버스가 손님을 기다리고 있었다. 그러나 두 사람은 버스를 타지 않았다. 그 대신 거리에 선 채로 점을 치고 있었다. 점은 주역점(周易占)으로서 대나무 가지를 사용하는 것이었다. 이것은 여암 선생이 서울서 출발할 때 가져왔던 것이다. 여행 중에 점을 치기 위해서였다.

"어떤가?"

일송 선생이 물었다.

여암 선생이 대나무 가지를 챙기면서 대답했다.

"수산건(水山蹇)일세. 다음 차를 타도록 하세."

"음, 점괘가 나쁘군!"

버스는 그냥 떠나갔다. 수산건 괘는 산이 구름 속에 갇히는 형상으로, 이는 험난을 예고하는 것이다. 여암 선생은 자신이 상처를 입을 운명이라고 준일이가 예고해 주었기 때문에 매사에 점을 치기로 작정한 것이다. 그리고 기필코 상처 없이 집으로 돌아가겠다고 결심한 것이다.

다음 버스가 왔다. 그러자 일송 선생이 말했다.

"이 버스는 타도 되겠군!"

이번에는 일송 선생이 점을 친 것이다. 일송 선생은 나름대로 점을 치는 방법이 있었다.

두 사람은 버스를 탔다. 불길하지 않은 버스라는 것을 점치고 나서 탄 것이다. 버스는 목적지를 향해 출발했다. 도로는 잘 포장되어 있어 흔들림이 없었다. 가는 길도 순탄하여 버스는 쉬지 않고 달렸다.

이윽고 목적지에 도착, 버스에서 내리자 바다가 내려다 보였다. 두 사람은 마주 보며 미소를 짓고는 바다를 향해 걸어갔다. 잠시 후 두 사람은 여관을 잡고 얼마간 휴식을 취한 뒤 다시 바닷가로 나왔다. 여관을 잡을 때 점을 친 것은 물론이었다. 그리고 나올 때도 점을 쳤다. 만일 점괘가 나쁘게 나왔다면 두 시간 정도를 방에서 기다리고 다시 점을 쳤을 것이다.

두 사람은 변화가 있을 때마다 점을 치기로 했고, 또한 변화가 없으면 두 시간에 한 번씩 점을 치기로 방침을 정해 두었다. 두 시간이란 한 시진(時辰)이기 때문에 매 시진마다 운명을 살펴보겠다는 것이다. 그리고 현상이 변하면 운명이 변하는 것이므로 새로운 움직임이 있을 때 점을 치면 된다.

지금은 바닷가 산책을 위해 점을 쳤는데 뇌수해(雷水解)가 나왔다. 이는 자유롭다는 형상으로 사고를 만날 위험은 없다는 뜻이다. 두 사람은 바닷가 바위에 편안히 앉았다. 술과 생선회도 준비한 터라 그것을 들면서 한가함을 즐기면 그만이다.

여암 선생은 바닷가의 풍경을 좋아한다. 광대하게 열린 해수면이 좋은 것이다. 여암 선생은 평생을 긴장 속에서 살아 왔다. 그것은 살얼음판 같은 운명의 세계를 탐구하면서 살았기 때문이다. 이제 시원한 바다를 바라보며 긴장을 떨쳐 버린다. 이 순간만은 운명의 굴레에서조차 벗어난 느낌이다. 여암 선생은 운명을 탐구하면서도 언제나 운명에서 벗어나기를 바랐다. 그리하여 허공처럼 걸림이 없는 인생을 살고자 하는 것이다.

'아무 걸림이 없는 자가 한 길로 생사를 걷는다(一切無碍人 一道出生死).'

이 말은 여암 선생의 이상을 표현하고 있다.

"자, 한잔 들게나."

일송 선생은 후련한 표정으로 여송 선생에게 술을 권했다.

두 사람의 모습은 흡사 신선과도 같았다. 천진하고 자유로운 이들은 그 무엇이라 해도 좋았다. 술잔을 내려놓은 여암 선생이 바닷바람을 느끼면서 말했다.

"일송, 나는 준일이가 걱정된다네."

"그게 무슨 말인가? 그토록 신통한 아이를……."

"그래, 신통하지. 고금을 통해 저토록 미래를 꿰뚫어 보는 사람은 없었을 거야. 하지만……."

"……."

"인격에 문제가 있어. 그 아이의 마음속에는 사악함이 흐르고 있지. 그리고 그것은 점점 증폭되고 있는 중일세."

"허, 그렇다면 문제군."

"음, 나는 그 아이를 4년간이나 기르면서 관찰해 왔다네. 그런데 선과 악을 구분할 줄 모르더군. 게다가 사람을 미워하고 있어."

"왜 그럴까?"

"열등의식과 편집증일 거야. 그 외에도 막연한 분노가 도사리고 있더군. 그리고 무엇보다도 걱정되는 것은 남의 불행을 즐긴다는 것이야."

"저런! 남의 불행을 즐긴다면 사람을 구하기는 틀렸군."

"물론이지. 사람을 해치지나 않으면 다행이지."

"큰일이군. 그 아이는 왜 그렇게 비뚤어졌을까?"

"어려서 외면을 당해서 그럴 거야. 신체적 결함도 문제가 됐겠지."

"그래, 앞으로 어쩔 생각인가?"

"글쎄, 최선을 다해 인격을 가르치려 할 뿐일세. 글도 가르쳐야 하겠고……."

"난감한 일이군. 그 아이 운명은 어떻던가?"

"사주가 안 좋아. 평온한 운명을 보내지는 못할 거야."

"그 아이 능력은 어떻게 되지?"

"나쁜 일에 쓰이겠지."

"명은 어떻던가?"

"긴 편이야."

"다른 운은?"

“재물 복이 있더군. 결혼도 하고 자식도 있어.”

“자네, 그 애를 평생 기를 생각인가?”

“그럴 생각이지. 하지만 내 수명이 얼마나 남았겠나!”

“하여튼 잘 길러 보게. 인격이 문제겠지.”

“물론 그렇지. 그런데 그게 잘될 것 같지가 않아.”

“자네 말은 잘 따르는 편인가?”

“그런 편이지. 단지 날이 갈수록 떠날 궁리를 하더군.”

“그럼 도망가겠군?”

“글쎄, 그 아이 어머니가 엄하게 잡아 놓고 있는 중이지.”

“어머니가 그 아이 성품을 알고 있나?”

“대강은 알아. 그래서 내게 붙여 놓으려고 하는 거지. 하지만 나와 함께 있어도 선해지지 않으니 문제야.”

“운명대로 되겠지. 잊어버리게. 저기 보게. 지는 태양이 아주 아름답군!”

“음, 술이나 더 드세.”

두 사람은 다시 한가한 기분으로 돌아갔다. 바닷바람이 시원하게 불어 오고 있었다.

운명학 강의

S대학의 문형섭 교수는 여름 휴가를 설악산에서 보내기로 정했다. 마침 설악산에서 열리는 세미나에 참석할 일도 있었다. 세미나는 남양그룹의 연구원들을 위한 것이었는데, 문교수는 강사로 초빙되어 있었다. 강연 제목은 최근 문교수가 연구한 시간에 관한 문제였다.

문교수는 지난해 '시공간 내에서의 불확정적 해석론'이라는 것을 내놓아 세계적으로 반향을 일으켰었다. 문교수의 논문은 '시간 방정식'으로도 알려졌는데, 미래가 어떤 형태로 존재하는 지를 설명한 것이다.

남양그룹에서는 연구원들이 휴가를 설악산으로 정함에 따라 교양강좌 형태로 문교수를 초청했다. 문교수의 이론은 회사의 업무와는 관계가 없었다. 하지만 시간의 문제는 누구나 관심을 갖는 것이기에 흥미 차원에서 강연이 이루어진 것이다. 문교수는 남양그룹의 김회장과도 잘 아는 사이였는데, 젊은 나이에 아주 낙천적인 사람이었다.

강연은 휴가 첫날 이루어졌다. 참석자는 50여 명이었다. 이 중에서 30여 명이 연구원이고 나머지는 그룹의 간부 또는 직원이었다. 문교수가 연단에 섰다. 청중들은 업무를 떠나 휴가를 와 있기 때문에 편안한 기분이었다. 교수가 서두를 꺼냈다.

"여러분, 설악산 공기가 시원합니다. 한 가지 묻겠습니다."

"……"

"여러분 중에 오늘 이 자리에 오고 싶지 않았던 분이 계십니까?"

"……"

"없어요? 아, 모두들 기꺼이 참석했군요. 좋습니다."

문교수는 목소리도 청량했고 언변도 있어 보였다. 복장은 단정한 와이셔츠 차림이었는데, 넥타이가 화려한 색깔이었다. 교수의 말이 이어졌다.

"여러분의 휴가 장소가 이곳으로 정해졌을 때는 대략 한 달 전쯤일 것입니다. 저도 그 무렵에 정해졌지요. 그런데 여러분은 이곳에 안 와도 좋았을 겁니다. 의무가 아니라는 것이지요. 하지만 이곳에 오면 회사에서 휴가 비용을 대 주기 때문에 가족과 함께 이곳에 오기로 계획을 세웠을 겁니다."

교수의 서두가 다소 길어지는 듯 보였다. 오늘의 강연 주제는 '시공간 내에서의 불확정적 해석'이라는 물리학에 관한 문제인데 엉뚱하게도 휴가에 관한 얘기를 하고 있는 것이었다. 교수는 계속해서 말을 이었다.

"휴가 계획, 이것은 예정이라고 하는 것입니다. 저도 회사에서 돈과 편의를 제공해 준다고 해서 이곳으로 왔습니다. 가족과 함께지요. 만일 회사에서 제의해 오지 않았다면 저는 이곳에 오지 않고 다른 곳에 가 있을 겁니다. 이 점이 중요합니다. 저나 여러분은 회사의 제안으로 이곳에서 휴가를 보내기로 결정했습니다. 요점을 말씀드린다면, 오늘 여러분이 이곳에 모인 것은 사전에 예정되어 있었다는 것입니다. 갑자기 또는 우연히 이곳에 오게 된 분은 없다는 뜻입니다."

교수의 강연은 심각해지는 듯했다.

"여러분, 이곳에 회사의 임원도 계십니다만, 회사가 이곳에 휴가처를 제공하기로 결정했을 때 이미 우리 모두가 이곳에 올 가능성이 발생했던 것입니다. 회사가 그런 결정을 내렸을 때 이 회사와 관계없는 사람, 예를 들면 종로 거리를 돌아다니는 어떤 사람들은 이곳에 올 가능성이 없는 것입니다. 즉, 해당되는 사람만 가능성이 생긴 겁니다. 저는 이제부터 강연의 주제를 논의하겠습니다."

교수는 우회하는 방법으로 주제를 다루고 있었다. 교수의 강연은 미래의 존재 형태를 설명하는 것이려니와 그것은 바로 항간에서 말하는 운명 문제와 상통하는 것이었다. 운명이란 단어는 대개 인간에게 국한시킨 것이지만 사물이라고 해서 운명이 없으란 법은 없다.

문교수가 연구한 것이 바로 그것이다. 우주에 존재하는 물체, 또는 생물들이 시공간 내에서 어떻게 존재하는가였다. 이것을 물리학에서는 미래 사건의 존재 양식이라고 하지만, 동양 철학에서는 운명이라고 한다. 물론 운명은 인간에게만 국한시키지 않고 물체나 하등 생물에게까지 확산시켰을 뿐이다. 즉, 운명 문제의 일반화인 것이다. 마침 교수도 운명이라는 단어를 꺼내고 있었다.

"강연 주제는 시간 속에서의 물체의 예정 운동에 관한 것인데, 다른 말로 운명입니다. 다만, 인간의 운명에 한정된 것이 아니라 모든 것의 운명을 말합니다. 여러분, 강연을 재미있게 하기 위해 잠시 옛날 얘기를 해 보겠습니다."

청중들은 흥미를 가지고 귀를 기울이고 있었다. 교수가 논의하는 것이 미래 문제이고, 또한 운명의 문제라고 하니 얘기가 단순해진 느낌이었다. 교수의 말이 이어졌다.

"예전에 소강절이라는 유명한 학자가 있었습니다. 아는 분도 있겠지만 소강절은 《주역》의 대가였습니다. 《주역》이란 흔히 점치는 책으로 알려져 있지만, 시간에 관한 고도의 논리가 담겨 있는 책이지요. 아무튼 소강절은 아주 신통한 사람이었습니다. 이 사람은 결혼 첫날밤을 보내고 나서 아들을 낳을 것을 알아냈고, 그 아이의 4대 후손의 운명까지 알아낸 바 있습니다. 그리고 4대 후손이 불운한 운명에 처할 것이라는 것과 그를 죽이려는 고을 원님의 운명도 알아냈던 것입니다. 고을 원님은 몇 백 년이나 지나야 태어날 사람이었습니다. 그러니까 소강절은 아직 태어나지도 않은 먼 미래 인물의 운명까지도 예언했던 것입니다. 대단한 능력이 아닐 수 없습니다. 그런데 소강절은 사람의 운명 외에 물질의 운명에도 관심이 있었습니다. 그래서 그가 하루는 장독의 운명을 살피기로 하였습니다. 소강절은 그의 독특

한 방법으로 장독의 미래를 살폈습니다. 그랬더니……."

교수는 잠시 말을 끊었다가 주위를 둘러보며 말을 이었다.

"장독은 언제 어느 날 깨지게 되어 있었습니다. 즉, 장독의 운명을 알아낸 것이지요. 소강절은 그날을 기다렸습니다. 그리고 그 시간이 오자 숨어서 장독을 지켜보고 있었습니다. 장독은 멀쩡했었지요. 저절로 깨질 장독이 아니었습니다. 단지 장독의 운명이 이제 곧 깨질 것이라는 것이었지요. 소강절은 숨을 죽였습니다. 운명의 시간이 점점 가까워졌습니다."

교수는 마치 자기가 소강절이라도 된 듯이 목소리를 낮춰 말했다.

"운명의 시간이 다가왔을 때 어디선가 아이들이 나타났습니다. 두 명이었는데 서로 장난을 치는 것이었습니다. 그러다가 한 아이가 넘어졌습니다. 동시에 장독도 깨졌지요. 운명대로 되었던 것입니다."

교수가 다시 목소리를 정상적으로 가다듬으며 말했다.

"여러분, 저는 우주의 운명, 만물의 운명을 연구했습니다. 오늘은 문제를 간단히 줄여서 말씀드리겠습니다. 첫째는 '운명이란 존재하는가'입니다. 저는 이 자리에서 그 문제부터 답하겠습니다. 운명은 존재합니다. 우주는 운명대로 되어 가는 것입니다. 인간도 마찬가지입니다. 모든 만물이 운명의 지배를 받는 것이지요. 여러분 중에는 반대 의견도 있을 것입니다. 하지만 저는 그에 대해 일소에 부치겠습니다. 왜냐하면, 운명이 존재한다는 것은 이미 과학적으로 밝혀졌기 때문입니다. 제가 쓴 논문은 '시공간 내에서의 불확정적 해석론’ 이란 것이지만, 부제(副題)는 ‘운명이란 존재하는가?’였습니다. 결론은 존재한다는 것입니다. 운명은 존재합니다. 사람뿐이 아닙니다. 동물의 운명이나 물질의 운명도 정해져 있습니다. 먼지도 운명이 있고 심지어는 신도 운명이 있는 것입니다.”

교수의 목소리는 깨끗했고 권위가 있었다. 운명이 존재하느냐의 문제는 이미 결론이 났다는 것이다. 교수의 목소리가 이어졌다.

“두 번째 문제로 넘어가겠습니다. 그것은 운명을 바꿀 수 있느냐입니다. 그것도 이미 결론이 나와 있습니다. 저는 지금 한 마디로 말하겠습니다. 운명은 바꿀 수 있습니다.”

청중들이 잠시 술렁거렸다. 운명이 존재한다는 말은 이해가 쉬웠다. 그러나 운명을 바꿀 수 있다는 말은 무슨 말인가! 운명이 바뀐다면 그것이 바로 운명이 아니고 무엇이란 말인가!

교수는 계속해서 말을 이었다.

“여러분, 문제가 애매합니다만 부연 설명을 해 보겠습니다. 운명이 바뀔 수 있다면 그것은 무엇이겠습니까? 미리 말씀드리자면 그것도 바로 운명입니다. 그렇다면 처음에 운명이었던 것은 무엇이겠습니까? 애매한 문제지요. 그렇지만 걱정 마십시오. 인간은 선입관 때문에 공연히 문제를 복잡하게 만듭니다. 운명이 바뀌면 그것이야말로 운명이라고 합니다. 처음에 정해졌던 운명은 ‘폐지된 운명’이라 부릅니다. 다소 어려운 얘기가 되겠습니다만, ‘폐지된 운명’이란 가정과는 다릅니다. 문자 그대로 ‘폐지된 운명'일 뿐입니다. 소강절의 얘기를 살펴보기로 하죠. 만일 말입니다. 소강절이 장독을 슬쩍 치워 놨다면 어찌되겠습니까? 아이들은 여전히 그 자리에 와서 넘어졌을 것입니다. 하지만 장독은 무사했겠지요. 운명이 폐지되었기 때문입니다."

교수가 잠시 말을 쉬고 주위를 둘러보자 사람들이 머리를 끄덕였다. 교수는 말을 이었다.

"또 다른 예를 들겠습니다. 여러분은 여름 휴가를 보내기 위해 이곳에 왔습니다. 중요하다면 중요한 일입니다. 여기 올 운명이 여러분이 태어난 순간부터 이미 정해져 있었는지도 미지수입니다. 다만 여러분이 회사의 공고를 보고 참석을 신청했을 때는 운명이 정해졌다고 봐야 합니다. 예정이라고 해야겠지만, 운명과 예정은 다른 말입니다. 그 차이를 얘기하기로 하죠."

"……."

"예정은 그야말로 예정입니다. 인간에게만 있는 현상이지요. 동물은 약속이라든가 예정이 없습니다. 장독은 더군다나 예정이 있을 수 없습니다. 동물이나 물체에게는 운명만 있고 예정은 없습니다. 그렇지만 인간이 게재되면 복잡해집니다."

청중들의 마음은 간단해지고 있었다. 운명이란 예정과 닮은 말이지만 인간은 예정을 바꿀 수 있기 때문에 운명과는 구분이 된다는 것이었다. 교수의 말이 이어졌다.

"여러분, 가정이란 말이 있습니다. 예정이 곧 가정입니다. 여러분은 가족과 의논해서 또는 단독으로 이곳에 올 것을 결정했습니다. 하지만 여러분 중 몸이 아프다거나 집안에 초상이 났다면 이곳에 오지 않았을 겁니다. 즉, 예정이 바뀌었겠지요.

다소 혼란스럽지요? 이제 단순하게 얘기해 드리겠습니다. 저의 연구의 결론입니다만……. 우주의 모든 것은 운명적이지만 운명에는 강도(强度)가 있다는 것입니다. 만일 올림픽 선수가 출발 당일 초상이 났다면 어떻게 되겠습니까? 그래도 떠날 것입니다. 강하게 예정되어 있기 때문입니다. 국가간의 회담 대표로 정해졌을 때는 어떨까요? 여간해서는 바뀌지 않습니다. 예정의 강도가 아주 크기 때문입니다. 가히 운명적이라고 할 수 있겠지요.

이제 정리할 때가 왔습니다. 운명이란 강하게 정해진 것을 의미합니다. 사실 약하게 정해졌어도 누가 바꾸지 않으면 그대로 일어납니다. 이것을 역사라고 하겠습니다만, 약한 역사가 이루어진 것뿐입니다.

너무 얘기가 길어지는군요. 간단히 말해서 운명이란 정해져 있는 것이므로 그 크기도 정해져 있습니다. 먼지도 어디로 날릴 것인가가 정해져 있으나 바꾸기가 쉽습니다. 달이 어느 위치로 이동할 것인가는 정해져 있으나 바꾸기가 어렵습니다. 생물에게는 수명이 있습니다. 그리고 수명 유전자라는 것도 있는데, 사람이나 생물은 이 유전자에 의해 수명이 정해져 있습니다. 이것이 운명입니다.

한 가지만 예를 더 들기로 하죠. 초등학교 반장은 그리 큰 직책은 아닙니다. 그래도 운명적으로 정해지겠지만, 한 나라의 대통령이 정해지는 것처럼 운명적이진 않을 겁니다. 요컨대 큰 사건은 운명입니다. 예를 들어, 언제 죽느냐, 이혼을 하느냐 마느냐, 대통령이 되느냐 못 되느냐, 학자가 되느냐 못 되느냐, 큰 부자가 되느냐 못 되느냐는 운명입니다. 하지만 오늘 아침밥을 먹는데 쌀이 몇 알이냐 하는 것은 우연입니다. 세상에는 우연과 필연이 있습니다. 그 중에서도 큰 필연은 운명입니다. 더 큰 필연은 무엇이라고 해야 할까요?"

"……."

"과학적인 용어는 아닙니다만 숙명이라고 명명하겠습니다. 그러면 더더욱 큰 필연, 인간이 도저히 바꿀 수 없는 거대한 운명은 무엇이라고 해야 할까요? 숙명보다 더 큰 것입니다. 이것은 단순히 용어의 문제일 수도 있겠으나 적당한 용어가 있습니다. 그걸 무엇이라고 말해야 할까요?"

"……."

"그것은 천명입니다. 공자는 '군자는 천명을 두려워한다'고 말했습니다. 천명이란 숙명이며 운명입니다. 마지막으로 한 가지만 더 얘기하겠습니다. 운명의 발생 시기입니다. 여러분이 여기 오게 된 운명이 여러분 할아버지가 태어난 순간 정해져 있었을까요? 아니면 먼 옛날 지구가 태양에서 떨어진 순간 정해졌을까요?"

"……."

"물론 그럴 수도 있을 것입니다. 하지만 회사에서 휴가 장소를 논의할 때쯤 여러분이 이곳에 올 운명이 정해졌다고 봐야 할 것입니다. 그리고 불길한 얘기입니다만, 여러분이 오늘 등산하다가 크게 다친다면 그것도 휴가 논의 당시 정해진 운명일 것입니다.

하지만 등산하다가 하루살이와 부딪친다면 그것은 무엇일까요?”

“…….”

“그것은 우연입니다. 결론을 말씀드리겠습니다. 우리의 우주는 운명이라는 단단한 구조와 부드러운 구조인 우연으로 이루어져 있습니다. 그리고 우연이란 알 수가 없습니다. 정해져 있지 않기 때문입니다. 하지만 운명은 아주 단단히 정해져 있기 때문에 알 수 있을 것입니다. 아니, 알아내야 하는 것입니다. 저는 여러분이 좋은 운명이 있기를 바랍니다. 그리고 나쁜 운명이 있다면 기필코 알아내어 고쳐야 합니다. 부디 좋은 휴가를 보내기 바랍니다.”

교수의 강연은 이렇게 끝났다.

환영 속의 여인

괴인 석준일은 아직 자리에 누워 있었다. 그러나 잠을 자고 있는 것은 아니었다. 그저 눈을 감고 생각에 잠겨 있을 뿐이었다. 어머니인 최여사는 이미 출근하고 없었다. 석준일은 아침도 먹지 않은 상태에서 깊은 상념에 사로잡혀 있었다.

바보 또는 천재인 석준일은 지금 무엇을 생각하는 것일까? 석준일은 원래 생각이 잘 진행되는 법이 없었다. 오늘도 마찬가지였다. 그것은 논리력이 없기 때문이다. 지능이 몹시 나쁜 석준일은 무슨 일이든 차분하게 생각할 수가 없었다.

사물에 대해서는 알거나 모르거나일 뿐이다. 행동도 마찬가지다. 하느냐 마느냐일 뿐이다. 석준일에게는 망설임이란 거의 없었다. 정해지면 행동하고 뒤에 가서 후회하는 법도 없다. 그야말로 앞만 보고 돌진하고, 장애가 있어 부딪치면 괴로워할 뿐이다.

석준일은 생각을 접어두었다. 어차피 생각하나마나였을 것이다. 차라리 행동이나 하는 게 나으리라. 석준일은 일어나서 세수를 하고는 옷을 챙겨 입었다. 어머니가 갈아 입으라고 준비해 놓았던 것이다.

밖으로 나섰다. 갈 곳은 이미 정해져 있었다. 택시를 탔다. 여암 선생을 만나면서부터 석준일의 주머니에는 항상 돈이 떨어지지 않았다. 그래서 요즘에는 가까운 거리도 항상 택시를 타곤 했다. 물론 지금은 상당히 먼 거리를 가려는 것이다. 석준일은 택시 기사에게 정확한 발음으로 말했다.

"도봉산으로 가세요."

차는 달리기 시작했다. 석준일은 열심히 창밖을 바라보고 있었다. 이것은 석준일의 취미였다. 걸음이 불편한 석준일에게는 거리의 여러 가지 모습이 신기하기만 했다. 석준일은 언제나 공간이 변하는 것에 대해 관심이 많았다.

어렸을 때 그는 이런 말을 했었다.

"새가 좋아. 죽어서 새가 되었으면 좋겠어."

어머니인 최여사는 이 말을 듣고 말했다.

"얘야, 사람이 좋은 거야. 사람 될 일을 생각해야지."

"아니야, 새가 될 거야."

"새가 왜 좋니?"

"날아다니고, 먼 곳까지 가니까!"

석준일은 항상 멀리 가고 싶어했다. 생각하는 일은 석준일이 가장 싫어하는 일이었다. 지금도 창밖을 바라볼 뿐 다른 생각은 없었다.

차는 도봉산에 도착했다. 석준일은 골목 입구에서 내려 여암철학관을 향해 걸었다. 지금 여암철학관은 비어 있는 상태다. 여암 선생은 이틀이 더 지나야 여행에서 돌아오게 되어 있다. 골목길은 한산했다. 석준일은 열심히 걸었다. 저쪽에 장정 두 명이 걸어오고 있었다. 그러나 석준일에게는 그곳까지 보이지 않는다. 석준일은 가까운 곳을 바라보고 손으로 가끔씩 다리를 짚으며 걸어갔다.

장정이 가까이 다가왔다. 석준일은 이제서야 그들의 모습이 보였다. 그런데 바로 그 순간이었다. 사내 중 한 명이 갑자기 길을 막아서는 게 아닌가! 석준일은 무심코 방향을 틀었다. 그러나 그를 피하지 못하고 오히려 부딪쳤다.

"어, 이 자식 봐!"

장정은 거칠게 말했다. 석준일은 무서운 사람을 만났구나 생각하고 급히 다른 방향으로 몸을 돌렸다. 그러자 더욱 거친 소리가 들려왔다.

"야, 이 자식아! 사람을 치고 그냥 지나가?"

"……."

"너 이 새끼야, 이리 와 봐!"

장정은 느닷없이 석준일의 멱살을 붙잡고 거칠게 밀어 댔다. 석준일은 안 넘어지려고 애쓰다가 땅바닥에 주저앉았다.

장정이 다가와서 말했다.

"이 자식, 눈은 멀쩡한데 사람을 부딪쳐?"

"……."

"뭘 쳐다봐? 혼 좀 나야겠는데!"

장정은 석준일의 멱살을 잡아 일으켰다. 그리고 주먹을 휘두르려고 자세를 잡았다. 바로 그때였다. 뒤에서 누군가의 목소리가 들려왔다.

"여보세요, 그만 해요!"

"음? 너는 뭐야? 아가씨잖아!"

장정은 그녀를 아래위를 훑어보며 실실 웃음을 흘렸다. 그러자 여자는 석준일 쪽으로 바싹 다가섰다. 그리고는 당당하게 소리쳤다.

"당신들 뭐예요? 몸도 불편한 사람한테……."

"뭐야? 저리 비키지 못해!"

"못 비켜요. 저기 경찰이 오네요. 아악! 사람 살려요!"

여자는 소리를 질렀다. 장정들은 주위를 훑어보고는 급히 도망쳤다. 경찰은 오지 않았다. 여자가 기지를 발휘했던 것이다. 석준일은 머뭇거리고 있었다.

여자가 말했다.

"다치신 데는 없으세요?"

"아, 네……."

석준일은 말을 다 못 하고 고개를 끄덕였다.

"다행이네요, 조심하세요."

여자는 준일의 어깨를 가볍게 부축하는 듯하면서 다시 말했다.

"가시는 곳이 어디예요? 데려다 드릴까요?"

"……."

석준일은 급히 고개를 가로저었다. 그리고 얼굴이 붉어졌다. 부끄러움을 타는 것일까?

여자가 상냥하게 말했다.

"그럼, 잘 살펴 가세요."

"……."

석준일은 여전히 부끄럼을 타면서 겨우 고개를 끄덕였다.

여자는 떠나갔다. 이 순간 석준일은 자기 자신을 꾸짖었다.

'에이, 고맙다는 말이라도 할걸……'

석준일은 아쉽다는 듯이 여자가 가는 쪽을 바라보았다. 그러나 여자의 모습은 이미 보이지 않았다. 이때 석준일의 마음속에 번개같이 스치는 생각이 있었다.

'아니! 저 여자는……. 그래, 맞아! 바로 그 여자야!'

석준일은 허공을 쳐다보며 눈을 꿈뻑거렸다. 여자는 바로 어제 석준일이 미래의 환영을 볼 때 보였던 바로 그 여자였다. 그 여자가 실제로 나타나 석준일의 눈에 보였던 것이다. 석준일은 그 여자가 상당히 아름답다는 느낌을 강하게 받았다.

'오, 아름다운 여자야! 에이, 고맙다고나 말할걸.'

석준일은 숨을 깊게 들이마셨다. 너무나 아쉬웠기 때문이다. 보고 싶었던 여자가 바로 눈앞에 나타났는데도 말 한 마디 걸지 못했던 것이다. 부끄럽고 용기가 없었기 때문이다. 열등감도 있었다. 석준일은 자신이 못생기고 다리마저 절고 있었기 때문에 감히 나서지 못했던 것이다.

'똑바로 쳐다보면 여자가 싫어할 거야!'

석준일은 무의식중에 이런 생각을 했는지도 모른다. 못생긴 것이 한이었다. 석준일은 심한 고독을 느끼며 다시 걷기 시작했다. 가슴속에는 여운이 사라지지 않고 있었다.

죽음을 무릅쓴 고백

남양물산 회장의 딸인 김지민은 종로 거리를 걷고 있었다. 거리의 날씨는 잔뜩 흐려 있었다. 곧 비라도 쏟아질 판이었다. 김지민은 시계를 들여다보았다. 2시 20분이었다. 약속 시간까지는 아직 40분이나 남아 있었다. 김지민은 잠시 망설였다. 지하철을 타고 왔기 때문에 예상보다 40분이나 빨리 도착했던 것이다.

만나기로 한 장소는 '세시봉'이라는 커피 전문점 이층이었다. 김지민은 시간이 남았기 때문에 책방을 둘러볼까도 생각했지만 길을 건너가기가 약간 귀찮았다. 게다가 손에 짐까지 있었기 때문에 미리 가서 앉아 있으리라고 마음먹었다.

커피숍은 넓고 깨끗했는데 사람이 많았다. 김지민은 잠시 두리번거리고 창가 쪽에 자리를 잡았다. 그 사이 5분이 흘러 시간은 2시 25분이 되었다. 김지민은 신문을 펼쳤다. 일면에는 정치인 수사에 대한 기사가 실려 있었다. 김지민은 정치에는 별 관심이 없었으므로 신문을 무심코 뒤적였다.

사회면에는 행운을 얻은 형제에 관한 기사가 있었다. 복권을 샀는데 형제가 나란히 당첨된 것이다. 희한한 일이었다. 우연한 일로 보기에는 너무나 신기했다. 이 형제는 분명히 하늘이 낸 행운아일 것이리라! 김지민은 잠시 자신의 운명을 생각하였다.

바로 그때 문 쪽에서 군인 세 명이 들어섰다. 이들은 잠깐 홀 안을 둘러봤다. 군인들은 세 사람 모두 총을 가지고 있었다. 도심에 총을 가진 군인들이 나타나다니 웬일일까? 하지만 홀 안에 있는 사람들 중 누구도 관심 갖는 이가 없었다. 군인들은 문을 들어서자마자 이상한 짓을 하고 있었다. 한 사람이 느닷없이 문을 막아섰다. 그리고 또 한 사람은 카운터 앞에 총을 겨누었다. 나머지 한 사람은 공포를 연속 세 발 발사했다.

"꼼짝 마, 움직이면 죽인다!"

군인들은 어느새 사람들을 향해 총을 겨누고 있었다.

"아악!"

여자들이 두려움에 떨며 소리쳤다. 그러자 군인은 공포를 한 발 더 발사했다.

"조용해! 떠들면 죽여 버릴 거야!"

군인의 말 한 마디에 홀 안은 쥐죽은 듯이 조용해졌다. 그들은 홀 안에 있는 사람들을 한곳으로 모이게 했다.

"모두 일어나서 저쪽으로 가. 그리고 야, 너 이리 와."

군인들은 동작이 느린 청년 하나를 불러냈다.

"……."

청년은 겁에 질린 채 군인 앞으로 다가갔다. 그러자 군인 하나가 개머리판을 휘둘렀다.

"이 자식!"

"퍽!"

청년은 턱이 박살나면서 나뒹굴었다.

"탕!."

또 한 군인은 공포를 쏘면서 겁을 주었다.

"빨리 움직여! 느린 놈은 죽인다!"

사람들은 신속하게 움직였다.

"야, 너 이리 와."

군인은 또 한 청년을 불러냈다. 청년은 부들부들 떨면서 나왔다. 동작도 빨랐고 잘못이 없는 청년이었다.

군인이 명령했다.

"저 의자들을 모아, 저쪽으로!"

그 청년은 군인이 시키는 대로 의자를 날랐다.

"빨리 해, 이 자식아! 문 쪽을 막아!"

군인은 총으로 옆구리를 찌르면서 재촉했다. 청년은 신속히 움직였다. 바리케이드를 치고 있는 것이었다.

군인은 또다시 소리쳤다.

"잘 들어. 너희들 수틀리면 다 쏴 죽일 거야. 남자들은 이쪽으로 모여!"

"……"

"너희들 중 경찰이나 군인 있나?"

한 사람이 나왔다. 젊은 사람이었다.

"뭐야?"

"군인입니다."

"뭐? 군복은 왜 안 입었나?"

"휴가병입니다."

"계급은?"

"일병입니다."

"음, 불쌍한 군인이군. 좋아, 너는 나가라."

그러자 휴가병은 급히 나갔다. 운좋게 풀려난 것이다.

군인이 다시 말했다.

"너희들 신분증 모두 꺼내 놔. 경찰이 나오면 죽인다!"

남자들은 신분증을 꺼내기 시작했다.

밖에는 경찰이 당도하고 있었다. 경찰은 마침 풀려난 휴가병을 만났다.

"어떻습니까?"

"저들은 총을 가졌습니다. 모두 세 명입니다."

"인질은 몇 명이나 되지요?"

"20여 명 됩니다. 대부분 여자들이지요."

이때 안에서 군인이 여종업원에게 말했다.

"이봐! 전화를 걸어, 경찰서에……."

여종업원은 바들바들 떨면서 전화를 걸려고 했다. 그런데 바로 이때 '따르릉' 벨소리가 울렸다. 군인이 급히 받았다.

"여기는 경찰이오. 대표자를 바꿔 주시오."

마침 경찰에서 걸려 온 전화였다.

"내가 대표자다. 말하라."

"왜 난동을 부리는 건가?"

“우리는 불만이 있다. 여기 인질이 20명이나 있다.”

“알고 있다. 요구 사항이 뭔가?”

“중대장을 불러 달라.”

“중대장? 알겠다. 소속을 대 보라.”

군인들은 자신의 소속과 이름을 알려주었다. 이들은 모 군부대를 이탈하여 인질극을 벌이고 있는 것이었다.

경찰은 군 기관에 연락하여 대책을 협의하기 시작했다. 커피숍 부근은 경찰이 막아섰고 통행이 차단되었다. 관계 기관은 부산하게 움직였다. 경찰서장이 현장에 나타나고 곧이어 군 수사 기관에서도 나타났다. 커피숍과의 전화는 개통된 상태였다.

경찰이 말했다.

“중대장이 오고 있다. 용건을 말하라.”

“우리는 중대장에게 불만이 있다. 군 비리도 폭로하겠다.”

“좋다. 인질을 풀어 줘라. 인질이 그렇게 많을 필요가 없지 않나?”

“안 된다.”

“서로 협조하자. 중대장이 오고 있지 않은가!”

“좋다. 한 명을 풀어 주겠다.”

군인은 여자 쪽을 둘러보고 누군가를 가리켰다.

“야, 너 나와.”

어린 여자였다. 김지민은 그 옆에 있었다. 어린 여자는 바리케이드를 넘어서 문밖으로 사라졌다.

밖으로 나오자 경찰은 그 여자에게 홀 안의 상황을 상세히 물었다. 긴장은 계속되고 있었다. 그러는 사이 기자들도 동원되고 임시 뉴스에 상황이 보도되고 있었다. 근방에는 통행이 금지된 채 구경꾼이 모여들었다. 그 중에는 최명숙도 있었다. 최명숙은 오늘 김지민과 이곳에서 만나기로 약속이 되어 있었다. 정각에 왔는데 커피숍은 이미 차단되어 있었다. 최명숙은 발을 동동 구르며 생각했다.

'지민이가 저 안에 있을까?'

커피숍은 3시 10분 전부터 차단되어 있었다. 만일 김지민이 그 시간까지 안 왔다면 들어가지 못했을 것이다.

'지민이가 제발 늑장을 부렸으면 좋으련만⋯⋯.'

최명숙은 이런 생각을 하고 있었다. 이때 누군가 말을 걸어왔다. 남자였다.

"명숙 씨!"

"어머, 정현 씨! 여긴 웬일이세요?"

"나요? 저 커피숍에 가려고 왔어요."

정현이라고 불려진 남자가 멋쩍은 미소를 지으며 대답했다.

"다행이군요. 저 안에서 군인들이 난동을 부리고 있어요."

"그렇습니다. 그런데 저 안에 지민씨가 있을까요?"

"네? 지민씨를 만나러 나왔나요?"

"약속한 것은 아닙니다. 명숙 씨가 지민 씨 만나러 이곳에 온다는 얘길 들었지요. 나도 지민 씨를 보러 왔는데⋯⋯."

"큰일났어요. 저 안에 지민이가 있으면 어떡하죠?"

"아직 안 왔을지도 모르지요. 근처를 찾아봅시다."

시간은 흐르고 있었다. 그러는 사이 특수부대 지휘관도 나타나 경찰과 협의를 하기 시작했다.

"입구가 하나뿐이라서 곤란합니다."

서장이 이렇게 말하자 특수부대장이 커피숍을 올려다보며 대답했다.

"저기 창문으로 뛰어들 수 있습니다."

"안 돼요. 인질이 너무 많습니다."

"환풍구는 어디 있지요? 그쪽으로 저격할 수도 있습니다."

"설계도면을 찾아보지요. 저들 신원은 밝혀졌나요?"

"네, 서울 근방 부대 소속입니다. 수류탄과 기관단총으로 무장되어 있지요."

"불만이 뭘까요?"

"글쎄요, 중대장이 오고 있으니 그때 가서 알 수 있겠죠."

"……."

잠시 후 난동 군인 쪽에서 연락이 왔다. 특별히 연결된 회선에서 서장이 받았다.

군인이 말했다.

"중대장이 왜 안 오나?"

"오고 있다."

"시간 끌 생각 마라. 왜 이리 늦나?"

"달려오고 있는 중이다. 부상자가 있다면서?"

"그렇다. 중대장이 늦으면 인질을 죽일 것이다."

"곧 올 것이다. 부상자는 내보내라."

부상자는 행동이 느리다고 해서 개머리판으로 턱을 맞았던 사람이다. 군인은 그 사람을 풀어 주었다. 이리하여 인질이 한 명 더 줄게 되었다. 경찰에서는 가급적 인질의 수를 줄이려고 노력하고 있는 중이었다.

특수부대장이 말했다.

"환풍구를 이용하면 적어도 한 명을 사살할 수 있습니다."

"글쎄요, 동시에 처치가 안 되면 인질이 위험합니다. 저들에게는 수류탄이 있어요."

대치 상황은 현장 중계로 보도되고 있었다. 이에 대해 시민 단체들은 연이어 성명을 발표했다.

'인질을 구해야 한다. 인명을 경시 말라.'

'경찰은 행동을 신중히 해야 한다. 범인과 인내를 가지고 협상하라. 사고가 나면 경찰 책임이다.'

시간이 흐르고 중대장이 도착했다.

경찰은 범인들에게 전화를 걸었다.

"협상을 하자. 중대장을 연결해 줄 테니 인질을 풀어 줘라."

"안 된다. 중대장부터 연결해라."

"당신들 왜 그러나? 우리 입장도 생각해 줘라. 잘 협조하고 있지 않은가! 여자 인질들을 풀어 줘라."

잠시 범인들간에 협의가 있었다. 한 군인이 말했다.

"오히려 여자 인질들이 많을수록 좋다. 남자 세 명만 풀어 주자."

이렇게 되어 인질 세 명이 또 풀려났다.

이윽고 중대장과 대화가 이루어졌다.

"중대장인가? 우리는 당신한테 불만이 있어서 탈출했다."

"자네들 왜 이러나? 불만이 있으면 대화로 해결해야지."

"건방진 소리 마라. 당신이 대화가 통할 사람이냐?"

"불만이 뭐냐? 진정하고 얘기해 봐라."

"당신은 너무 가혹하다. 우리는 억울하다."

"시정하겠다. 부대로 돌아가자."

"부대? 지긋지긋하다. 우리는 죽을 각오를 하고 나왔다."

"진정하라. 부대에 가서 얘기하자."

"웃기지 마라. 다시는 부대로 돌아갈 수 없다는 것을 우리는 모두 잘 알고 있다. 당신이 이쪽으로 와라."

"나와서 얘기하자."

"안 된다. 당신이 안으로 들어와서 얘기하자."

"……."

대화는 중단되었다. 범인들은 한사코 중대장을 들어오라고 하는데 결과는 뻔할 것이다. 원한의 대상인 중대장을 그냥 놔둘 리 만무했던 것이다. 대책이 난감했다. 이러던 중 안에서 총소리가 몇 발 들려왔다.

서장은 다급히 통화했다.

"무슨 일인가?"

"총을 쐈다. 경고하는 것이다."

"사람이 다쳤나?"

"물론이다. 두 명이 총에 맞았다."

"저런! 진정해라. 그들이 죽었나?"

"다리와 어깨에 총을 맞았다. 가만 놔 두면 죽을 것이다."

"내보내라. 치료하겠다."

"안 된다. 중대장을 들여 보내라."

"글쎄, 생각해 보겠다. 시간을 달라."

"30분간 시간을 주겠다. 만약 그때까지 중대장을 안 들여 보내면 인질을 사살하겠다."

"좋다. 중대장과 협의하겠다. 우선 부상자를 내보내라."

군인들은 부상자 두 명을 또 내보냈다. 여자와 남자였다. 이들은 치명상은 아니었으나 피를 심하게 흘리고 있었다. 두 사람 모두 얼굴색이 창백했다. 어깨에 총을 맞은 여자는 기절해 있었다. 이들은 현장에 와 있던 구급차로 급히 옮겨졌다. 이로써 인질은 두 명이 줄게 되었다.

30분이 지나자 범인들에게서 다시 전화가 왔다.

"서장인가? 30분이 지났다."

"알고 있다. 시간을 좀더 달라."

"안 된다. 인질 한 명을 사살하겠다."

"잠깐만……, 고위층과 연결해 주겠다. 불만을 고위층에게 말하라."

"고위층? 좋다. 국방장관을 불러 달라."

"시간을 좀 달라. 여자 인질들을 석방하라."

"안 된다. 국방장관이 오면 고려해 보겠다. 그 전에 중대장이 들어오면 여자는 모두 석방하겠다."

전화는 끊겼다. 중대장은 얼굴색이 흑빛이 되어 있었다. 감히 들어가지는 못하리라! 상황은 뻔한 것이다.

범인들은 의논을 했다.

"중대장을 죽여 버려야 해."

"음, 그래야지. 그 일 때문에 탈영한 게 아닌가!"

"끝까지 버티자. 가만 있자. 창문과 통풍구를 가려야겠는데!"

"그래, 가려야겠어!"

범인들은 인질의 옷을 벗겼다. 그리고는 남자 인질을 시켜 창문과 통풍구를 막기 시작했다. 적의 관찰로부터 은폐막을 설치하는 것이었다. 상황은 악화되고 있었다. 인질들은 초조한 가운데 갖가지 생각을 하고 있었다.

'이곳에 왜 왔던가! 죽게 될 것인가? 무서워라! 살 희망은?'

인질들은 후회하며 공포에 질려 있었다. 김지민은 운명이란 것을 생각하면서 자신이 현장에 일찍 온 것을 후회했다.

'정각에 왔더라면……. 여기서 죽게 되다니, 무서워!'

시간이 흐르는 가운데 관계 기관에서는 대책 마련에 부심하였다. 특수부대에서는 공격 방법을 연구하고 있었고, 서장은 고위층의 지시를 기다리고 있는 중이었다. 이때 한 시민이 서장 앞에 나타났다.

"서장님, 저를 들여 보내 주세요."

"당신은 누구요?"

"네, 저는 범인을 잘 알고 있습니다."

"그래요? 통화를 해 보겠소?"

“아닙니다. 직접 들어가 보겠습니다.”

“저 안을 말이오? 위험할 텐데…….”

“괜찮아요. 저들 중 내 절친한 후배가 있기 때문에 나를 해치지는 않을 겁니다.”

“그래도……. 위험할 거야.”

“서장님, 시간이 없습니다. 제가 들어가 대화를 나눠 보겠습니다.”

“…….”

“어서요, 서장님!”

청년은 재촉했다. 서장은 잠시 생각하다가 고개를 끄덕였다.

“좋아요, 범인에게 미리 통보합시다.”

“그럴 필요 없어요. 곤란해서 거부할 겁니다. 그러니 무작정 들어가서 설득하겠습니다.”

“그게 나을까요?”

“그럼요. 어서 보내 주세요!”

“좋아요, 그럼……. 이보게, 김순경. 이 사람을 들여 보내게.”

이렇게 하여 청년은 민간인 통제선을 뚫고 커피숍으로 올라갔다. 그리고 문을 두드렸다.

“쾅— 쾅—.”

범인들은 깜짝 놀라 문 쪽을 바라보며 물었다.

“누구야?”

“협상하러 왔습니다.”

“경찰이야?”

“아닙니다. 시민입니다.”

“시민? 뭐하는 사람이야?”

“들어가서 얘기하겠습니다.”

“혼잔가?”

“물론입니다.”

“정말인가? 거짓말이면 수류탄을 터뜨릴 거다.”

“정말입니다. 저 혼자예요. 경찰은 근처에 오지 않았습니다.”

“……”

범인들은 서로 바라보며 잠시 생각했다. 협상을 하려면 전화로 하면 될 것 아닌가! 이상한 일이었다. 어쩌면 경찰이 음모를 꾸미고 있는지도 모를 일이었다. 하지만 음모가 아니고 정말로 혼자 온 사람이라면 심상치 않은 일이었다. 고위층의 비밀 메시지를 갖고 왔을 수도 있었다. 아무튼 궁금한 일이었다.

군인이 말했다.

“들어오겠나?”

“그렇습니다.”

“수틀리면 인질을 죽이겠다. 알겠나?”

“염려 마십시오. 혼자입니다.”

“좋아.”

바리케이드 밖으로 문이 빠끔히 열렸다. 그러자 한 청년이 고개를 들이밀었다. 나이는 20대 후반으로, 말끔하게 생긴 얼굴이었다. 언뜻 봐서 경찰관 같은 모습은 아니었다.

“들어오시오.”

군인은 청년을 불러들였다.

청년은 들어와서 군인 앞으로 끌려 왔다. 청년을 알아보는 군인은 없었다. 밖에서 경찰에게 말한 것은 멀쩡한 거짓말이었다. 청년은 안으로 들어오고 싶어서 거짓말을 했던 것이다. 군인이 한쪽으로 끌고 가서 물었다.

“여기엔 왜 들어왔나?”

“협상을 중재하러 왔습니다. 개인 일도 있지만……”

“뭐? 개인 일도 있다고?”

“네.”

“그게 뭐야?”

“개인 일부터 먼저 애기할까요?”

“얘기해라.”

“네, 그럼……. 오해는 마십시오. 저는 이곳에 친구가 있는지 확인해 보러 왔습니다.”

“뭐라고? 그런 일 때문에 왔다고?”

군인들은 깜짝 놀랐다. 친구를 만나러 인질극이 벌어지고 있는 위험한 장소에 찾아오다니! 미친놈이 아닐까?

청년이 대답했다.

“네, 친구를 만나러 온 것이 틀림없습니다.”

“허, 당신 이곳 상황을 알고나 있나?”

군인은 기가 차다는 듯이 빤히 보며 물었다.

청년은 착실하게 대답했다.

“알고 있습니다.”

"두렵지 않나?"

"두렵기는 합니다. 하지만 친구를 꼭 만나 봐야 합니다."

"그래? 거 참, 친구가 대체 누군가?"

"여자 친구입니다."

"여자 친구라구? 당신 애인인가?"

"아직 애인이라고 볼 수는 없습니다."

"그 여자를 좋아하는가?"

"그렇습니다."

"미쳤군. 좋다, 만나 봐라. 이름이 뭔가?"

"김지민입니다."

"허참, 별난 사람 다 있군! 김지민이 누군가?"

그러자 한쪽에서 여자가 바들바들 떨며 앞으로 나섰다.

"당신이 김지민이야?"

여자는 고개를 끄덕였다.

"이 사람 알아?"

여자는 다시 고개를 끄덕였다. 어이가 없는 표정이었다.

군인이 부드럽게 말했다.

"당신 저 여자를 만나 보시오."

"고맙습니다."

청년은 군인에게 고개를 숙여 보이고 김지민 앞으로 다가섰다.

인질들은 이 모습을 신기하게 바라보고 있었다.

청년이 미소를 지으며 김지민에게 말했다.

"지민 씨, 오랜만입니다."

"……."

김지민은 어처구니가 없었다. 이정현이라는 청년은 학창 시절에 여러 친구들과 함께 어울려 지내던 그리 멀지 않은 사이였다. 김지민이 유학을 가는 바람에 2년간이나 못 보던 터였는데 이렇게 느닷없이 나타난 것이었다. 김지민이 유학을 마치고 돌아온 지 열흘이 채 안 된 상태라서 친구들에게는 아직 다 연락이 안 되어 있었다.

"정현 씨, 이곳까지 나를 만나러 왔나요?"

김지민은 처량하게 웃으며 물었다. 평소 같으면 악수라도 하고 반갑게 맞이했을 것이다.

정현이가 분명히 대답했다.

"네, 지민 씨를 만나러 왔습니다."

"이런 곳으로 말이에요?"

"어쩔 수가 없었습니다."

"뭐가요?"

"지민 씨가 죽으면 못 볼 것 아닙니까!"

"네? 그럼 내가 죽기 전에 만나 보려고 왔나요?"

"그런 셈이지요."

"어머머…… 기가 막혀……. 이곳이 얼마나 위험한 곳인 줄 알고 왔어요?"

"물론입니다. 그러니까 부득불 왔지요."

"뭐가 그렇게 급해요?"

"할 얘기가 있습니다. 지민 씨가 죽기 전에 꼭 해야 할 얘기입니다.”

“무엇인데요?”

“지금 얘기하지요. 자리가 그리 좋지는 않군요. 지민 씨, 나는 지민 씨를 사랑합니다.”

놀랄 일이었다. 사랑을 고백하기 위해 죽음의 현장에 찾아들다니! 김지민은 놀라움과 부끄러움 때문에 잠시 말문이 막혔다.

이정현이 다시 말했다.

“지민 씨, 2년 동안 품어 둔 말입니다. 이런 자리라서 미안합니다.”

“괜찮아요. 하지만 우리 모두 죽을지도 모르는데……”

“좋습니다. 어차피 지민 씨가 죽으면 나도 죽으려 했어요. 두렵지 않습니다.”

“……”

김지민은 고개를 숙였다. 어쩌면 이토록 무모한 사람이 있을까! 사랑을 고백하기 위해 이런 위험한 곳에 뛰어들다니! 하지만 애처로운 현실이었다. 김지민은 저도 모르게 눈물을 흘리고 있었다. 이때 군인이 정현이를 불렀다.

“당신 이쪽으로 와!”

“……”

정현이는 김지민을 잠시 동안 바라보고는 군인 쪽으로 갔다.

군인이 위협적으로 물었다.

“개인적 볼일은 다 끝났나?”

“그렇습니다.”

"사랑을 고백하러 왔다고? 하하, 당신은 대단한 사람이야!"

"……"

"좋아, 이제 다른 용건을 애기해야지."

"그렇습니다. 협상을 제안하겠습니다."

"어떻게?"

"주제넘은 애기를 해도 좋습니까?"

"해 봐라. 당신이 용감한 사람이라서 들어 주겠다."

"감사합니다. 제 생각을 말씀드리지요."

"……"

"나도 군대를 가 본 사람입니다. 당신들은 못된 중대장을 응징하려고 이곳에 온 것 아닙니까?"

"그렇다면?"

"중대장은 이곳에 오지 않습니다. 그 사람은 목숨이 아까워서 절대 안 옵니다."

"……"

"당신들은 여기 있는 인질들을 죽이겠지요. 중대장은 멀쩡히 살아 남고 죄 없는 시민들만 죽습니다. 그리고 나중에는 당신들도 죽을 것입니다."

"우리는 죽음이 무섭지 않아!"

"그럴 것입니다. 하지만 이번 일은 용기를 논할 문제가 아닙니다. 중대장 한 사람에 대한 개인적 원한 때문에 약한 시민을 인질로 삼는다는 것은 비겁한 일일 뿐 아니라 사악한 일입니다. 저들을 죽여서 무슨 이득이 있습니까?"

“…….”

“중대장은 자신이 다치지 않으니까 눈썹 하나 까딱 안 합니다. 손해를 보는 사람은 시민들과 당신들뿐입니다. 이곳에 중대장 가족이라도 있습니까?”

“…….”

“저들을 보십시오. 중대장 때문에 피해를 당할 사람들입니다. 나쁜 중대장은 앞으로도 편안히 살아가겠지요. 당신들은 현명한 길을 선택하지 않았습니다.”

“뭐? 현명한 길이란 뭔가?”

“내가 제시하지요. 당신들은 진정코 중대장을 죽이기를 원합니까?”

“그렇다. 우리 목숨과 바꿀 생각이다.”

“좋아요. 그럼 중대장만을 생각합시다. 당신들이 여기서 인질을 다 죽여도 중대장은 절대 여기로 안 옵니다. 죽는 사람은 인질과 당신들뿐입니다. 중대장은 당신들이 다 죽고 난 다음에 당신들을 비웃으며 잘살 겁니다.”

“결론이 뭐야?”

군인 하나가 초조한 듯 말했다.

정현이는 침착하게 말을 이었다.

“당신들이 정녕 중대장을 죽이기를 원한다면 앞으로 기회를 엿보세요.”

“기회라니?”

“기다리면 됩니다. 영원히 기다리다가 기회가 있으면 죽이세요. 하지만 아무런 가치도 없는 일입니다."

"뭐요? 당신이 뭘 안다고 그래!"

"나도 군대에 가 봤습니다. 중대장에 대한 원한이 비록 크다고
는 하지만 세월이 지나면 별게 아닙니다. 그리고 이미 중대장에
게는 복수를 했습니다."

"복수라니?"

"생각해 보십시오. 군대는 조직입니다. 부하가 탈영했는데 그
상관이 무사하겠습니까?"

"……."

"이제부터 문제는 당신들 자신입니다. 대책을 세워야겠지요."

"대책이라니? 이제 다 틀린 일이다!"

"아닙니다. 방법이 있습니다."

"그게 뭔가?"

"아직 사람이 죽은 게 아닙니다. 협상을 하면 됩니다."

"어떻게?"

"이렇게 하세요. 먼저 고위층에게 제안을 하십시오."

"……."

"가혹한 중대장에 대해 조사를 해 달라고. 그리고 당신들의 행
위에 대해 선처해 달라는 조건을 제시하세요."

"그게 가능한 일이라고 보는가?"

"될 겁니다. 대통령에게 탄원하세요. 군인이 아니라 한 인간으
로서 호소하십시오."

"어떻게?"

"기자들과 면담을 요청하고 조건을 제시하며 탄원을 하는 겁니다."

"……."

"용기를 가지세요. 저는 목숨을 걸고 이곳에 왔습니다. 당신들이 여기서 사건을 벌이면 중대장에게 지는 겁니다. 착한 시민들을 다치게 하지 마십시오."

"알겠다. 잘 생각해 보겠으니 당신은 그만 돌아가라."

"아닙니다. 나는 친구와 함께 여기 있을 겁니다. 당신들이 내 친구를 죽이면 나도 죽을 것입니다."

"……."

이정현은 김지민이 있는 곳으로 가 버렸다.

이로부터 군인들은 얼마 동안 자기들끼리 의논하는 시간을 가졌다. 이윽고 결론이 난 모양이었다.

"당신 이리 나와 봐."

김지민 옆에 있던 이정현은 군인들 쪽으로 걸어 나왔다.

군인이 악수를 청하며 말했다.

"당신 제안대로 하겠소. 밖에 나가서 이것을 전해 주시오."

군인들은 자신들의 제안을 글로 적어 놓았다. 중대장의 조사와 자신들의 선처를 탄원하는 내용이었다.

"참, 당신 이름은 뭐요?"

"이정현입니다."

"좋아요. 당신을 만나서 반가웠소. 당신은 여자 친구와 함께 나가시오."

"……."

"뭘 망설이는 거요? 당신과 친구는 우리의 대표요. 빨리 나가
요."

군인들은 이정현과 김지민을 문까지 밀다시피 배웅했다.

두 사람은 밖으로 나왔다. 경찰과 기자들이 모여들었다.

이정현이 말했다.

"저들은 내가 잘 아는 후배들입니다. 그들의 제안을 가지고 나
왔습니다. 이대로 해 주기를 부탁 드립니다."

이정현은 군인들로부터 받은 제안서를 경찰에게 넘겨 준 뒤
김지민과 함께 사람들 틈에서 빠져나왔다.

"지민 씨, 집에 데려다 줄까요?"

"아니, 혼자 가고 싶어요."

"……."

정현이는 택시를 잡아 주었다. 김지민의 마음속에는 어느새 위
험의 순간은 잊혀지고 이정현의 행동을 음미하고 있었다.

사랑과 운명

정현이와 지민이가 난동의 현장을 떠나고 난 뒤에는 인질극은 계속되고 있었다. 그런데 이 사건은 결과적으로 말해 비참하게 끝나고 말았다. 난동 군인들이 협상을 제안했지만 이것은 당국에 의해 선뜻 받아들여지지 않았다.

범인들이 총을 쏴서 두 사람의 인질이 다친 게 첫째 이유였다. 그리고 탈영병이 용서될 경우 제2의 탈영 사태를 막을 수 없다는 것이 둘째 이유였다. 군 당국은 군기를 유지해야 했고 총질을 한 범죄에 대해 범인들은 마땅히 자수를 해야 한다고 종용했다. 그러나 범인들은 이에 크게 반발하고 격분했다. 그로 인해 범인들은 더욱 집요해지고 급기야는 걷잡을 수 없는 유혈 사태를 야기시킨 것이다.

범인의 설득에 실패하자 당국은 특공대를 투입하기로 결정했다. 특공대는 통풍구를 통해 범인 한 명을 사살하는 것을 신호로 정문과 창문으로 진입해 들어갔다.

범인들은 저항했으나 수초 이내에 사살되었다. 하지만 그 과정에서 수류탄이 터졌다. 또한 범인들은 총을 난사했다. 그 결과

특공대원 1명을 부상 입히고 인질 2명이 사살된 것이다. 수류탄에 의해서는 3명이 죽고 5명이 부상당했다. 인질 사건으로 인해 모두 5명이 죽고 8명이 부상당한 것이다. 막대한 피해였다.

범인들은 온몸에 총을 맞아 그 자리에서 죽었다. 끔찍한 사건이었다. 사건의 현장에서 살아 남은 사람들은 하늘에 감사했고 또는 자신들의 운명이 나쁘지 않다는 것에 기쁨을 느꼈다.

김지민은 사건의 충격에서 벗어나자 기묘한 자신의 운명을 생각했다. 어째서 그곳에 일찍 가게 되어 위험한 상황에 처하게 되었는가? 최명숙이란 친구는 어째서 그곳으로 약속 장소를 정했는가? 그리고 가장 기묘한 것은, 위기의 순간 이정현이 나타난 일이다.

그 사람이 나타나지 않았더라면 김지민의 운명은 어찌되었을까? 인질의 현장에서 많은 사람이 살상당했거니와 김지민 역시 거기에 포함되었을지도 모를 일이었다. 이정현은 부득불 현장에 남겠다고 고집을 피웠다. 하지만 범인들은 이정현을 쫓아냈다. 운명이랄 수밖에 없었다.

그런데 운명의 문제를 떠나 이정현의 행동은 정말 뜻밖이었다. 그 사람이 원래 그토록 용감했던 사람이었던가! 이전부터 이정현이 논리 정연한 사람인 것은 김지민도 잘 알고 있었다. 그러나 죽음의 현장에 애써 뛰어든 그 용기는 예전에 미처 몰랐던 것이다. 원래가 용감한 사람일까? 아니면 사랑을 고백하기 위해 순간적으로 용감해졌던 것일까?

김지민은 위험한 현장을 빠져나오게 한 이정현의 은혜와 함께 그 용기에 대해 크게 감명을 받았다. 그리고 죽음도 돌보지 않는 그 사랑이야말로 위대하고 더욱 빛나는 것이었다. 그 당시 이정현은 정말로 목숨을 걸고 있었던 것 같다. 김지민이 죽으면 함께 죽겠다고……. 그토록 애절한 마음을 이정현은 2년 전부터 품고 있었다고 말했다. 김지민은 유학을 마치고 고향에 돌아오자 자신은 이미 이정현의 꿈속에 있었던 것이다.

운명은 무엇이고 사랑은 무엇일까? 김지민은 호수 속을 들여다보듯 인생의 모습을 보고 있었다. 그리고는 자신의 미래를 천지신명께 기원했다. 행복이 영원하기를, 그리고 운명이 언제나 좋은 길로 뻗어 있기를 기원했다.

일송 선생의 지혜

여암 선생은 바닷가에서 사흘을 보내고 집으로 돌아갈 때를 맞이했다. 이제 사흘간의 일정을 마치고 집으로 돌아가야 하는 것이다. 여행은 흡족했다. 평소 그리던 넓은 바닷가에 나와 한적한 시간을 보내고 마음을 달랬다. 절친한 벗인 일송 선생과 함께 보낸 것도 뜻깊었다. 다만 집으로 안전하게 돌아가야 하는 문제만이 남은 것이다. 이것은 아주 중요했다. 우선 몸을 다치지 않아야 하는 것은 당연한 제일 명제이고, 두 번째로는 운명을 극복한다는 보람을 이룩하는 것이었다.

신 같은 존재인 석준일은 여암 선생의 운명을 단호히 예언했었다, 이번 여행에서 선생님은 반드시 사고를 당한다고. 석준일은 스승의 여행을 반대했다. 그것은 스승을 생각하는 애틋한 마음이었다. 그럼에도 여암 선생은 위험을 무릅쓰고 여행을 강행했던 것이다.

그것은 고집이 아니었다. 여행은 원래 하고 싶어했던 것이고, 운명이 나쁘다면 그것을 극복해 보고 싶었다. 그것은 운명학을 공부하는 도인으로서 도전해 보고 싶은 일이고 한 인간으로서도 소박한 꿈이었다. 운명을 개척한다는 것은 정의로운 일이고 또한 행복한 일이다.

여암 선생은 언제나 마음의 자유, 즉 해탈을 얻고 싶었다. 운명으로부터 자유스러울 수 있다면 이는 시공을 뛰어넘은 것이다. 여암 선생은 아침에 일어나 평화를 느끼는 한편 마음을 굳게 다졌다, 기필코 운명을 극복하여 무사히 돌아가 다시 행복한 생활에 임하리라고.

날씨는 화창했고, 몸의 피로는 말끔히 풀려 있었다. 여암과 일송 선생은 편안히 조반을 먹고 여관을 나섰다. 바닷가의 풍경은 여전히 평화로웠다. 시원한 바람은 가슴을 후련하게 해 주었다.

두 사람은 주변을 둘러보며 미소를 짓고 천천히 걸었다. 이제 버스를 타고, 또한 기차를 타고 서울로 돌아가는 것이다. 저쪽에 버스가 보이고 있었다. 두 사람은 필경 점을 칠 것이다. 버스가 불길하지나 않을까, 시간은 적당한가 등등, 운명의 위험을 예방하려는 것이었다.

여암 선생 자신이 먼저 점을 치고자 했다. 앞으로 두 시간의 운명, 그리고 버스. 만일 나쁜 점괘가 나오면 급히 이동하지 않고 이곳에서 그냥 시간을 보내게 된다.

여암 선생은 주머니에서 대나무 가지를 꺼냈다. 그리고는 마음을 가다듬었다. 이때의 마음은 천지와 합일된 상태, 한없이 순수하고 천진하고 무심한 마음인 것이다. 몸의 동작은 두 손으로 대나무 가지를 나누어 놓는 것. 이 순간 운명이 점괘로 나타나는 것이다. 여암 선생은 잠시 눈을 감고 두 손을 모았다. 이제

손으로 대나무 가지를 나누려는 순간이다. 그런데 바로 이때 일송 선생이 방해를 했다.

"이보게, 여암!"

"……."

"할말이 있다네. 점치는 일은 잠시 쉬게."

"음?"

여암 선생은 하던 일을 중단하고 일송 선생을 바라봤다.

일송 선생은 아주 천천히 서두를 꺼냈다.

"자네 지금 피곤하지는 않은가?"

"아니."

"바쁜 일은?"

"허허, 바쁜 일이 뭐 있겠나!"

"좋아, 내가 운명에 대해 얘기하지. 자넨 처음부터 이곳에 오려고 했나?"

"음."

"지금 예정대로 집으로 돌아가려나?"

"그렇지."

"가는 길은?"

"온 곳을 거꾸로 가면 되지 않나! 지름길인데……."

"버스를 타고 역전에 가서 기차를 탈 거지?"

"그럼."

"뻔하군. 결국 운명대로 되는 거야. 자네는 서울에서 올 때 하고 똑같은 마음이군."

“……”

“변한 게 없어. 모든 것을 예정대로 하고 있다는 말일세. 제자가 예언을 했지?”

“……”

여암 선생은 고개를 끄덕이며 일송 선생을 바라봤다. 대체 무슨 얘기를 하려는 것일까?

일송 선생이 심각하게 말했다.

“나는 자네가 몸을 다치는 것을 원치 않아. 하지만 그토록 신통한 제자가 그런 예언을 했다니 꺼림칙하다네.”

“……”

“운명이란 모르는 사람에겐 꼼짝없이 찾아오지 않나?”

“그야 그렇지.”

“자네는 운명을 몰라. 어디서 다치는지 알고 있나?”

“모르지.”

“좋아. 내가 볼 때는 정해진 운명 속에 있는 것 같네. 우리는 지금 판에 박힌 길을 가고 있어. 그렇기 때문에 그 도중에 사고를 당할 운명이 있다는 거지.”

“……”

“자네는 지금 몸도 마음도 그냥 그대로야. 변한 게 조금도 없다는 뜻이지. 그런 사람이 운명이 바뀌기를 바란다면 모순이 있는 게 아닐까?”

“그런 것 같군.”

“좋아, 그래서 말이네만, 우리 파격적인 일을 해 보세.”

“파격적?”

“팔자에 없는 일 말일세. 뻔한 일을 바꿔 보는 거야. 느닷없이 행동하자는 말일세. 합리적이어서는 안 돼. 운명이란 길을 따라 다닌다는 것을 자네도 알고 있지 않나?”

“그래, 무슨 말을 하려는 건가?”

“우리 그 길을 벗어나 보세.”

“음?”

“마음도 몸도 바꿔 보잔 말일세. 그리고 운명의 길도 바꾸자는 것이야.”

“어떻게?”

“간단한 방법이야. 예정을 바꿔 보는 거야. 아주 모순되게 말이야.”

“…….”

“우리는 서울에 오늘 당도하려고 했지?”

“그럴 계획이었지.”

“계획을 바꾸세. 내일도 좋고 모레도 좋아. 단지 오늘 서울에 올라가는 것을 바꾸자는 말일세.”

“그래? 좋은 방법인 것 같군.”

“그리고 말이야. 가는 방법도 바꾸자구. 제대로 가자면 여기서 지름길을 따라 서울로 가는 게 아닌가!”

“그렇지.”

“그러니 우리는 그렇게 가지 말고 거꾸로 가자구. 여기서부터 남쪽으로 내려가는 거야. 엉뚱한 일이겠지. 몸도 마음도 길도 바꾸는 거야. 이렇게 하면 운명도 바뀌지 않겠나!"

"음, 그거 그럴듯하군. 좋아."

"자, 이제부터는 엉뚱한 버스를 타는 거야. 그래도 점은 꼬박꼬박 치면서 다니자구!"

"그야 물론이지."

여암 선생과 일송 선생은 당초 예정과는 전혀 엉뚱한 버스를 타기로 작정했다. 점괘는 뇌풍항(雷風恒). 이 괘상은 용이 바람을 타고 있는 형상이다. 순탄하다는 뜻이다.

두 사람은 버스에 올랐다. 서로 바라보고 미소를 짓는 마음은 더할 수 없이 천진했다. 버스는 서해 도로를 타고 남하하고 있었다.

신통한 점쟁이 석선생

석준일은 지난 이틀간 계속해서 여암 철학원에 나왔다. 며칠간 휴가도 주어졌지만 별로 갈 곳이 없기 때문이었다. 석준일로서는 그럭저럭 철학원에 정이 들었다. 이곳에 있으면 여암 선생이 보호를 해 주고 크게 인정도 해 주는 것이다.

다른 곳에 가면 사람들이 괄시를 하고, 또는 무서워서 슬슬 피하고 있다. 술집에 가서도 손님들이 석준일을 보고는 흠칫 놀라 자신과 될 수 있는 대로 멀리 떨어져 있는 자리로 가서 앉는다. 아예 나가 버리는 손님도 있다. 석준일은 언젠가부터 세상 사람들이 자기를 싫어한다는 것을 깨닫고 있었다. 그래서 사람을 바로 쳐다보지 못하고 술집엘 가도 일부러 구석진 곳에 가서 앉는다.

석준일은 대문을 열고 들어섰다. 여암 철학원은 언제 보아도 그윽한 느낌이다. 대문 안에 자그마한 정원, 채소가 심어져 있고 한쪽엔 우물도 있다. 여암 선생은 수돗물을 마다하고 우물물을 즐겨 사용한다. 석준일도 우물에서 물을 떠올리는 것을 좋아한다. 여암 선생에 의하면, 우물이란 새로움의 상징이고 생명의 상징이라고 말한다. 석준일로서는 그 이유를 모른다. 다만 끝없이 물을 퍼올려도 여전히 새 물이 나오는 것이 신기할 뿐이다.

뜰 안은 평화롭게만 보였다. 이곳에는 피할 사람도 없고 언제나 자유스럽다. 뜰 안에는 방이 여러 개가 둘러져 있는데, 언제나 비어 있다. 이 중에 하나는 석준일의 방이다. 이곳에서 석준일은 4년간이나 생활했다. 다른 방은 서재로 꾸며져 있는데, 여암 선생이 공부하는 책들이 수북이 꽂혀 있다.

오늘 따라 석준일은 책이라는 것이 무척 보고 싶어졌다. 왠지 격식을 갖추고 싶어졌기 때문이다. 교양이나 인격 말이다. 여암 선생의 말에 의하면, 사람은 책을 많이 읽어야 인격이 갖추어진다고 한다. 석준일은 오늘 자신도 무엇인가를 갖추어야 한다고 생각했다.

서재에는 이름 모를 어려운 책들도 있었지만 쉬운 책들도 있었다. 그 중에서 천자문은 여암 선생이 필히 읽으라고 권한 책이다. 석준일은 지난 4년간 틈틈이 이 책을 읽어 왔다. 그러나 아직 다 터득하지 못했다. 그리고 여암 선생이 또 읽으라고 한 책은 《논어》였다. 《논어》는 공자가 제자들과 문답을 한 내용들이다. 공자는 성인이라고 하는데, 석준일로서는 성인의 뜻을 몰랐다. 여암 선생의 말에 의하면, 성인은 세상에서 가장 훌륭한 사람이고, 그를 본받아야 한다고 한다.

석준일은 오늘 《논어》를 읽기로 했다. 무엇인가 갖추기 위해서였다. 하지만 처음부터 재미가 없었다. 애써 읽으려 했지만 잠이 쏟아지는 것을 막을 수가 없었다. 결국 책 위에 엎어져 잠에 떨어지고 말았다.

시간이 얼마나 흘렀을까? 석준일은 금방 잠에서 깨어났다. 멀리서 사람의 발걸음 소리가 들렸기 때문이다. 어쩌면 육감인지도 모르지만, 누군가 찾아오는 것이 틀림없었다. 여암 선생일까? 여암 선생은 오늘 돌아온다고 말했었다. 석준일의 마음속에서는 잠깐 여암 선생의 모습이 떠올랐다.

언제나 인자한 선생님, 하지만 지금 상상 속에 떠오른 모습은 웃는 낯이 아니었다. 그것은 고통을 겪고 있는 모습이었다. 심한 상처를 입고 고통스러워하는 모습, 며칠 전 석준일의 심령 공간 속에 나타났던 바로 그 모습이었다. 석준일은 여암 선생이 다치는 것을 원하지 않았기 때문에 여행을 말렸었다. 석준일 자신이 심심해서가 아니었다. 여행을 가면 반드시 다칠 운명이었던 것이다. 하지만 여암 선생은 그대로 떠나고 말았다. 돌아오면 후회할 것을…….

누가 가까이 오고 있었다. 여암 선생일까? 석준일은 이런 생각을 하면서 서재에서 나왔다. 이 순간 문이 삐걱하면서 열렸다. 그러나 들어선 사람은 부인네였다. 점을 치러 왔으리라.

"……."

석준일은 바로 보지 못하고 우물 속을 보는 척하고 있었다.

부인이 말했다.

"아무도 없어요?"

"내가 있잖아요!"

석준일은 제법 점잖게 말했다. 반말을 하는 것은 곱지 못한 짓이라고 여암 선생께 누차 공부했던 것이다.

부인이 말했다.

"아, 미안해요. 여기 석선생님이란 분 계세요?"

"……."

석준일은 속으로 생각했다. 석선생? 필경 자신을 말하는 것이리라! 기분이 좋았다. 여암 선생처럼 선생이라는 호칭을 받은 것이다. 석준일은 최대한 예의바르게 대답했다.

"내가 그 사람이오. 왜 왔습니까?"

"그러세요? 점을 치러 왔는데요."

"음, 들어오세요."

석준일은 이렇게 말하고 점방으로 들어갔다. 여암 선생의 집무실이다. 부인네는 따라 들어왔다.

석준일이 말했다.

"생년월일시를 대세요."

여자는 생년월일시를 불러 주었다. 석준일이 다시 말했다.

"복채를 내세요."

"……."

"용건은? 일생을 알고 싶소?"

"아닙니다. 사업을 알고 싶습니다."

"무슨 사업?"

"장사를 하려고 가게를 얻어 놨어요. 그게 걱정돼서요."

"고기 파는 식당인가요?"

"어머, 네, 갈비집이에요."

“집어 치우세요. 장사 망해요.”

“네? 망한다고요?”

“그래요, 손님이 안 옵니다.”

“…….”

부인은 난감한 표정이었다. 석준일은 할 얘기 다 했다는 표정으로 부인의 기색만 살피고 있었다.

“네, 알겠어요.”

부인은 기분이 나쁘다는 듯이 급히 나가 버렸다. 석준일은 부인이 남겨 준 복채를 주머니에 넣었다. 이 순간 누가 또 들어왔다. 중년의 신사였다.

“실례합니다.”

“…….”

“여기 석선생이란 분 계십니까?”

이번에도 석준일을 찾아온 손님이었다. 석준일이 대답했다.

“내가 석선생이오. 점치러 왔나요?”

“네, 선생님이시군요.”

신사는 고개를 숙여 보이며 안으로 들어왔다.

“복채를 내세요.”

석준일은 절차를 시행했다.

“생년월일시를 대세요.”

석준일에게는 생년월일시가 필요 없었다. 하지만 그럴듯하게 격식을 갖추는 것뿐이었다.

“저는 회사일 때문에 왔습니다. 저의 상관이 둘이 있는데 누구를 따라야 하는지요?"

"네? 무슨 뜻인가요?"

"상관은 최씨와 박씨입니다. 두 사람 중 누가 진급을 하는가가 중요합니다."

"누가 진급하는가를 알고 싶은가요?"

"그렇습니다."

"……."

석준일은 잠시 멍한 표정을 짓더니 이어 눈을 꿈쩍거리고 있었다. 미래를 보고 있는 것이었다.

이윽고 상황이 나왔다.

"박씨가 사장이 됩니다."

신사는 속으로 생각했다.

'저런! 박씨가 사장이 되다니! 급히 노선을 바꿔야겠군.'

신사는 그 동안 최씨를 추종했던 것이다. 최씨와 박씨는 라이벌로서 누가 사장이 되느냐 각축을 벌이고 있는 중이었다. 회사 생활 중 출세를 하려면 줄을 잘 잡아야 하는 것이다. 특히 사장이 될 사람을 미리 알아서 아첨을 해 두면 효과가 큰 법이다. 일단 사장이 바뀐 다음에 그에게 잘 보인다 해도 모두 헛일이다. 평소에 공을 잘 들여놔야 하느니! 신사는 기쁜 낯빛이 되어 깊게 고개 숙여 인사를 하고 사라졌다.

석준일은 또 복채를 챙기고 기분이 좋았다. 잠시 후 다시 손님이 나타났다. 이번에도 중년 남자였다. 이 남자도 역시 석선생을 찾고 있었다. 오늘 온 사람은 모두 석준일을 알고 찾아온 것이

다. 신통하다는 소문이 나 있기 때문이었다. 이제 석준일은 어느
덧 여암 선생의 명성을 능가하고 있는 중이었다. 석준일은 근엄
한 자세로 시작했다. 점을 칠 때는 사람의 시선을 피하지 않아
도 된다.

"복채를 주세요."

석준일은 이 남자에게서도 어김없이 복채를 챙겼다.

"생년월일시를 대세요."

중년 남자가 생년월일시를 대자 석준일이 물었다.

"무슨 일로 왔습니까?"

"관재수가 있는지 보려고 왔습니다."

"관재수가 뭐지요?"

"감옥에 가는가 말입니다."

"죄를 졌습니까?"

"아니오. 저는 공무원인데 업자로부터 돈을 받아도 되는지 궁
금해서요?"

"……."

석준일은 미래를 꿰뚫어 보는 표정을 짓고 나서 말했다.

"당신은 감옥에 안 갑니다. 돈을 받아도 괜찮아요."

"아, 네, 감사합니다!"

공무원은 신이 나서 돌아갔다.

곧이어 손님이 또 왔다. 여자였다.

"여암 선생님 계신가요?"

"점치러 왔습니까?"

“네.”

“점은 내가 더 잘 칩니다.”

“네? 선생님은 누구신데요?”

“나는 여암 선생님의 제자입니다.”

“아, 그래요? 하지만 여암 선생님을 뵈러 왔는데요.”

여자는 망설이고 있었다.

석준일이 퉁명스럽게 말했다.

“점치기 싫으면 관두세요. 어차피 애는 떨어질 테니까.”

“네? 애가 떨어진다구요?”

“말 안 할래요. 복채도 안 주면서…….”

“아, 네, 복채를 드릴게요.”

석준일은 돈을 챙기고 나서 말했다.

“아주머니, 아들 학교 때문에 왔지요? 떨어질 겁니다.”

“어머, 그럼 어떡하지요?”

“방법이 없습니다.”

“부적을 쓰면 된다는데…….”

부인이 아쉬운 듯이 매달렸으나 석준일은 고개를 저었다.

부인은 슬픈 낯으로 돌아갔다. 시간은 어느덧 저녁 때가 되었
다. 여암 선생은 안 돌아올 모양이었다. 석준일은 손님을 더 기
다릴까, 그만 집으로 돌아갈까 망설이고 있었다. 그런데 마침 손
님이 들어섰기 때문에 점을 치기로 된 것이다. 손님은 젊은 여
자였다.

“점을 치러 왔는데…….”

이번에도 석준일은 그 여자로부터 복채를 받고 생년월일시를 물었다. 그리고 나서 물었다.

"무엇 때문에 왔습니까?"

"저…… 임신을 했는데, 누구 아이인지 알 수 있을까요?"

"네? 남자를 잊어버렸습니까?"

"아닙니다. 애인이 둘인데 제가 누구 아이를 가졌는지 모르겠어요."

"남자가 어떻게 생겼나요?"

"둘 다 키가 커요. 한 사람은 곱슬머리이고, 또 한 사람은 마른 편입니다."

"그 사람 애기입니다. 마른 사람 말이에요."

"어머! 그 사람과 결혼하게 되나요?"

"아니오. 결혼은 곱슬머리와 하게 됩니다."

"네? 그럼 어쩌지요?"

"글쎄요, 내가 알 바 아닙니다."

"확실한가요?"

"확실합니다. 나는 점을 틀려 본 적이 없어요."

"그러세요? 저는 잘살게 될까요?"

"네, 외국에 나가서 살게 됩니다."

"언제쯤 나가게 되는데요?"

"그 곱슬머리가 졸업하고 나서요."

"네? 학생인 줄 어떻게 아셨어요?"

"점 다 봤으니 돌아가세요."

“아, 네…….”

젊은 여자는 신기한 기분을 느끼며 돌아갔다. 석준일은 오늘 할일을 다 마쳤다고 생각했다. 오늘은 수입이 상당히 좋았다. 이제 어디 가서 술이라도 마시면 될 터였다. 석준일은 상쾌한 기분으로 철학원을 나섰다. 해는 이미 기울어지고 있었다.

뜻밖의 상봉

석준일은 열심히 걸어서 전주집을 찾아갔다. 전주집은 도봉산 입구에 있는 술집으로 석준일의 단골집이었다. 오늘은 돈을 많이 벌었기 때문에 술을 실컷 마실 작정이다. 날씨도 우중충하기 때문에 술 마시기에는 제격이었다.

전주집은 북어찜과 더덕구이를 잘한다. 석준일은 이 두 가지를 다 좋아하였고 이 집에는 일품인 밀주도 있었다. 술집 안은 널찍했다. 손님은 없었는데 석준일은 언제나 사람이 없는 술집을 좋아한다. 오늘은 평일이라서 손님이 없는가 보다! 석준일은 한쪽 구석을 골라 앉았다.

"아주머니, 안주 두 가지하고 밀주 주세요."

안주는 더덕과 북어찜이었다. 석준일은 혼자 술을 따르고 시원하게 한잔 들이켰다. 언제 마셔도 좋은 게 술이다. 인생에 술이 없다면 얼마나 무료할 것이냐! 석준일은 자신이 술을 마시면 기분도 좋아지고 정신도 맑아진다고 생각했다. 흐릿했던 상념들이 분명해지기 때문이었다. 술은 석준일의 느린 정신을 빠르게 하는가 보다. 석준일은 또 한잔을 들이마셨다.

석준일의 술 마시는 방식은 특이했다. 큰 사발에 잔뜩 부어 놓고 한 번에 들이키는 것이다. 그리고는 생각하며 한동안 쉰다. 석준일은 평소 생각이라는 것을 힘들어 한다. 하지만 술을 마시면 생각이 쉬워진다.

오늘 석준일은 운명 개척이란 말을 생각해 보고 있었다. 이 말은 여암 선생이 손님들에게 자주 하는 말이었다. 운명을 개척한다는 말은 좋은 운명을 따라가고 나쁜 운명은 피해 간다는 뜻이다. 물론 쉬운 일이 아니다. 우선 운명을 아는 문제가 쉽지 않다.

만일 운명을 알고 있다면 개척 할 수도 있겠지만, 여간해서는 운명을 고칠 수가 없다. 운명은 마치 그림자 같아서 떼어낼 수가 없다. 운명의 그림자는 사람을 끊임없이 따라다니다가 돌연 사건을 일으킨다. 행운도 그렇고 불운도 그렇다. 한번 정해진 운명은 강줄기를 바꾸는 것만큼이나 어렵다.

사람은 자기 나름대로 운명을 개척하며 산다고 하지만 실은 정해진 운명대로 사는 것이다. 석준일은 지난 세월 동안 이것을 뼈저리게 느껴왔었다. 사람은 행동을 이리저리 자유롭게 하지만 운명의 테두리를 벗어나지 못한다. 운명이란 사람을 언제나 따라다니는 테두리인 것이다. 이것은 마치 감옥과도 같아서 죽을 때까지 벗어나지 못한다. 사람은 태어날 때 이미 한계가 주어지는 것이다.

예로부터 도인들은 운명의 분수에 맞게 인생을 살아가고자 했다. 인생은 될 일만 되는 까닭에 무리한 욕심을 내지 않는 것이

행복하게 사는 길이다. 주어진 운명에 만족해 하는 마음을 말한
다. 도인이란 무소유의 덕목을 갖추어야 하며 운명이 나쁘다고
하여 결코 하늘을 원망하지 않는다.

　석준일은 도인이 아니다. 그는 자신의 운명에 대해 자주 한탄
하고 분노를 느낀다. 다른 사람은 잘생겼는데 자신은 왜 무섭게
생겼는가! 왜 다리를 절고, 부유하게 살지 못하는가! 다른 사람
에게는 애인이 있는데 자신은 왜 애인이 없는가! 남들은 학교를
다녔는데 자신은 왜 학교를 못 다녔는가! 남들은 머리가 좋은데
자신은 왜 바보인가!

　석준일은 하늘을 원망했다. 한 가지 남보다 특출한 것이 있다
면 미래를 보는 힘인데, 그것도 자신의 미래에는 잘 통하지 않
는다. 남에게는 그토록 쉬운 일이 자신에게는 왜 안 되는 것일
까? 생각하면 이것도 한탄스러운 일이다. 석준일은 미래를 보는
능력이 자신에게도 통하기를 간절히 원했다. 그리고 또한 그것
을 이루기 위해 애쓰고 있는 중이다.

　술집 안은 한적했다.

　'언제까지나 다른 손님이 오지 말았으면…….'

　석준일은 이런 생각을 하면서 또 한잔의 술을 들이켰다.

　바로 이때 문이 열렸다. 손님이 들어온 것이다. 여자였다. 석준
일은 약간 돌아앉았다. 여자에게 자신의 추한 모습을 보이기가
민망했기 때문이었다.

　'그냥 나가 주었으면…….'

　석준일은 이런 생각을 했는데 여자는 오히려 가까이 와서 두

리번거린다. 널찍한 술집에 하필 구석을 찾을 게 뭐람! 더군다나 이미 다른 손님이 차지한 영역을 말이다.

그런데 이상한 일이 발생했다. 여자가 느닷없이 말을 걸어 오는 게 아닌가!

"어머, 안녕하세요?"

"……."

석준일은 놀라서 그 여자를 쳐다봤다. 그러자 여자가 한 걸음 더 다가서며 말했다.

"저 모르시겠어요? 며칠 전에 봤잖아요?"

'아니, 이게 누구인가? 그 여자 아닌가!'

석준일은 가슴이 두근거리기 시작했다. 여자는 며칠 전 자신을 위기에서 구해 준 바로 그 여자였던 것이다. 그리고 그보다도 전에 심령 공간을 통해 나타났던 바로 그 여자였다.

석준일은 겨우 대답했다.

"아, 안녕하세요? 또 보게 됐군요!"

"네, 반가워요. 불편한 데는 없으시죠?"

"그렇습니다."

석준일은 여자를 언뜻 보고 대답했다. 정면으로 응시하기가 힘들었기 때문이다. 그러자 여자가 바로 앞으로 다가와 상냥하게 말했다.

"술을 마시고 계셨군요. 저 여기 앉아도 돼요?"

"네, 앉으세요."

"이왕이면 술도 한잔 주세요."

“네? 아, 네······.”

석준일은 왠지 떨리는 손으로 술을 따라 주었다. 여자는 바로 앞에서 석준일을 빤히 보면서 술을 권했다.

“자, 술 드세요.”

“······.”

“아, 맛있어라. 선생님은 이 근처에 사시는가 보죠?”

“네······ 그저······.”

“그렇군요. 저는 도봉산에 자주 와요. 등산하러······.”

“······.”

“선생님, 제가 싫으세요?”

“네? 무슨······.”

“그럼 왜 안 쳐다봐요? 술을 함께 마시려면 서로 보면서 마셔야지요!”

“네······.”

석준일은 부끄럼을 타면서 겨우 대답했다.

“어머, 선생님 순진하신가 봐!”

“······.”

“술 드세요. 저는 술을 잘 마셔요.”

두 사람은 이렇듯 우연찮게 자리를 시작했다. 석준일은 처음엔 당황했지만 시간이 지날수록 자리에 익숙해졌다. 여자는 매우 친절했다. 이 점이 석준일로 하여금 안도감과 자신감을 느끼게 했다.

여자가 말했다.

"제 이름은 이경숙이에요. 선생님은요?"

"내 이름은 석준일입니다."

두 사람은 서로 통성명하고 좀더 친숙해졌다.

여자는 술을 잘 마셨다. 석준일처럼 많이 마시는 것은 아니었으나 술을 즐기는 것 같았다. 석준일은 이 점이 좋았다. 마주 앉아 서로 통하는 게 있었던 것이다.

이경숙이 말했다.

"선생님, 인연이라는 게 묘해요. 저는 선생님을 다시 만날 줄은 몰랐어요."

석준일은 멋쩍은 미소를 지으며 고개를 끄덕였다. 이 순간 석준일의 마음속에는 지금 광경이 언젠가 한 번 있었던 일로 느껴졌다. 그렇다! 석준일은 얼마 전 집 근처에서 술을 마시던 중 심령 공간을 통해 이경숙의 모습을 보았던 것이다. 그 당시에는 미래의 모습이었지만 지금은 현실로 나타난 것이다.

석준일은 당시의 모습과 지금의 모습을 비교해서 음미하고 있었다. 지금의 모습은 더욱 선명했다. 현실이기 때문일 것이다. 하지만 옷차림, 표정, 머리 모양, 아름다운 모습 등은 똑같았다. 석준일은 자신의 미래 또는 이경숙의 미래를 정확히 봤던 것이다.

지금은 아주 행복한 시간이었다. 비록 부끄러움을 잘 타고 용기 없는 석준일이었지만, 자주 이경숙의 얼굴을 쳐다보고 있었다. 아무리 쳐다봐도 싫지 않은 얼굴이었다. 석준일은 평생 이렇게 예쁜 여자를 처음 봤다고 생각했다. 이렇게 아름다운 여자와 마주 앉다니! 석준일은 행복하고 기뻤다.

"선생님……."

이경숙이 상냥하게 불렀다. 석준일은 이경숙의 목소리도 세상에서 가장 아름답다고 생각했다. 맑고 상냥한, 그리고 신비한 음성이었다. 이경숙의 말소리가 이어서 들려왔다.

"직업이 뭐예요?"

"아, 저…… 점쟁이에요."

석준일은 말을 더듬었다. 이경숙이 직업에 대해 어떻게 생각할지 몰라서였다.

"어머, 신기해라. 재미있네요."

"……."

"선생님, 저는 회사에 다녀요."

"네? 그게 아닌데……."

석준일은 의아스럽다는 듯이 고개를 갸우뚱했다. 이경숙은 속으로 놀랐다. 나의 직업을 아는 것일까? 이경숙은 태연하게 반문했다.

"아니라니요, 선생님?"

"네, 저…… 아가씨는 회사에 다니지 않아요. 요정에서 일을 하시지요?"

"어머, 어떻게 아셨어요? 요정이 바로 제가 다니는 회사랍니다."

이경숙은 적당히 둘러댔다. 하지만 석준일이 직업을 정확히 알고 있는 데는 상당히 놀랐다.

"……."

석준일은 무심히 술잔을 들어 올렸다. 이경숙도 함께 술잔을 들었다. 직업을 속인 일에 대해서 석준일은 별일 아니라고 생각하는 것 같았다.

두 사람은 한동안 술을 마셨다. 밖은 이미 캄캄하고 술집 문을 닫을 시간이 되었다. 석준일은 몹시 아쉬웠다. 하지만 술은 실컷 마셨다. 단지 이경숙과 함께 시간을 더 보내고 싶을 뿐이다. 이경숙은 상냥한 미소를 짓고 있었다.

두 사람은 밖으로 나왔다.

"……."

석준일은 머뭇거렸다. 잘 가라고 인사를 해야 하는데 차마 말문이 떨어지지 않았다. 이경숙이 먼저 말했다.

"선생님, 오늘 재미있었습니다. 다음번엔 제가 술을 사 드리겠어요. 오늘은 늦어서 그만……."

"……."

"선생님, 이건 제 전화번호예요. 내일모레 전화 주실래요?"

"아, 네, 그렇게 하죠!"

석준일은 고개를 숙이며 당황스럽게 대답했다. 이경숙은 미소를 짓고 돌아섰다. 그리고는 바쁜 걸음으로 내려갔다. 석준일은 그 모습을 한동안 바라보고 있었다.

행운의 여신

남양물산의 회장은 딸과 함께 있었다. 지민이는 며칠 동안 외출을 삼가고 있었다. 김회장은 이를 궁금하게 생각했다.

"애야, 너 어디 아프니?"

"아니에요, 아빠. 아프기는요……."

"그래? 그런데 요즘 통 외출을 안 하는구나."

김회장은 인자한 표정을 지으며 걱정스레 물었다. 평소 쾌활하고 잘 나다니는 딸이 일주일 가까이 집안에만 있는 것은 다소 이상하기 때문이었다. 지민이는 며칠 전 인질극의 현장에 있었던 충격이 아직 마음속에 자리잡고 있었다.

운명이란 참으로 무서웠다. 만일 그곳에서 사고가 일어났다면 얼마나 끔찍한 일인가! 사람은 아무 곳이나 마음놓고 돌아다닐 일이 아니었다. 그날은 구사일생으로 살아났다. 김지민은 자중하는 의미로 두문불출하고 있었던 것이다.

아버지에게는 아직 당시의 사실을 얘기하지 않았다. 지민이 자신도 놀라움이 오래갔지만 아버지가 알았다면 얼마나 놀랐을까! 지금이 아니라 만일 그 당시 지민이가 현장에 있던 시점에서 아버지가 알았더라면 충격으로 기절이라도 했을 것이다. 아니, 심장마비라도 일으켜 죽었을지도 모를 일이다. 얼마나 아끼고 귀여워하는 딸인가! 김회장으로서는 딸이 행복해지는 것을 보면 언제 죽어도 한이 없다고 말하곤 했었다. 지금도 김회장은 딸을 빤히 바라보며 미소를 짓고 있다. 언제나 예쁘고 걱정스런 딸아이인 것이다.

지민이는 오늘에야 충격에서 벗어났다. 그래서 그 기묘하고 위험했던 인질극의 현장을 지금 얘기하려는 것이다.

"아빠…… 사실은 일이 좀 있었어요."

"음? 무슨 일?"

김회장은 크게 관심을 나타냈다. 딸을 일주일 동안이나 집안에 붙들어 둔 사연이 무엇일까?

김지민이 상냥하게 말했다.

"놀라지 마세요, 아빠. 며칠 전 말이에요……."

"……."

"종로에서 인질극이 있었지요? 제가 그 현장에 있었어요!"

"아니, 뭐? 네가 그…… 그곳에? 그래서 어떻게 됐지?"

"저는 큰 사고가 나기 전에 현장을 빠져나왔어요."

"어…… 어떻게?"

"누가 구해 주었어요!"

"구해 주다니? 누가?"

"친구예요. 친구가 그곳엘 찾아왔어요."

"인질극이 벌어질 때 말이냐?"

"네, 그 친구가 인질극이 벌어지는 위험한 곳에 일부러 찾아와서 저를 구해 냈어요."

"자세히 얘기해 봐라. 그래, 범인들이 가만있었니?"

"아빠, 그 사람은 저와 함께 죽을 각오로 그곳에 찾아 들어왔어요. 그리고 범인들을 설득했어요."

"그래서?"

"범인들은 그 사람의 용기에 감동했어요. 그래서 저와 함께 풀어 준 거예요."

"저런! 대단한 사람이구나!"

"그래요, 아빠! 그 사람은 용기도 있었지만 총명하게 범인을 설득했어요. 그 사람이 아니었으면 저는 죽었을지도 몰라요."

"저런, 저런……. 다행이구나! 그 사람 이름이 뭐지?"

"이정현이라는 친구예요."

"너랑은 어떻게 아는 사이니?"

"대학 때 함께 서클 활동을 했어요."

"그래? 나이는 몇 살인데?"

"저보다 두 살 위예요."

"너를 좋아하나 보지?"

"네, 그런 것 같아요."

지민이는 굳이 현장에서 있었던 사랑의 고백 얘기를 하지 않았다. 하지만 김회장은 이미 짐작하고 있었다. 사랑하는 사이가 아니라면 그토록 위험한 현장에 누가 뛰어들었겠는가! 아니, 사랑하는 사이라 하더라도 그런 용기를 내기가 쉽지 않을 것이다.

지민이가 다시 말했다.

"아빠, 그 사람은 저 때문에 목숨을 잃을 뻔했어요."

"그래, 너는 그 사람의 진정한 사랑 때문에 목숨을 건진 거야. 고마워해야 한다."

"네, 아빠."

"그 사람 뭐하는 사람이니? 결혼은 했고?"

"아녜요. 결혼은 안 했어요. 그 사람은 연구소에 다녀요. 공학 박사예요."

"음, 똑똑한 사람이구나!"

"그래요, 아빠. 그 사람은 논리가 정연한 사람이에요."

"오, 그렇구나! 용기도 있고……."

"네, 대단해요. 저는 그 사람이 그토록 용기가 있는 줄은 몰랐어요."

"용기란 원래 감춰져 있는 것이란다. 그건 그렇고, 그 사람 한 번 보고 싶구나!"

"왜요, 아빠?"

"왜라니? 네 생명의 은인인데, 이 애비가 만나서 고맙다는 인사라도 해야지."

"그렇게 하세요."

"그리고 함께 파티를 하자꾸나. 그 사람에게 연락해서 날짜를 정하도록 해라."

김회장은 몹시 기뻐했다. 광란의 그 현장에서 얼마나 많은 사람이 다치고 죽었던가! 딸은 용케도 화를 면할 수 있었던 것이다. 현실적으로 보면 운이 좋았다고 볼 수 있었다. 하지만 운명 자체가 좋지 않았다면 그런 일이 있을 수 있겠는가!

이정현이라는 사람을 딸이 평소에 알고 있었다는 것도 운명이고, 그 사람이 딸을 구해 준 것도 운명이었다. 물론 딸이 그곳에 갔던 것도 운명인 것이다. 하지만 비록 위험에 처했더라도 구해질 수 있는 운명이니 얼마나 다행스러운 일인가! 딸아이에게는 행운의 여신이 붙어 다니는 것이리라!

김회장은 이렇게 생각하고 있었다. 금옥보다 더 귀한 딸이 이토록 운수가 좋다면 김회장 자신도 운수가 좋은 것이리라! 김회장은 행복한 기분을 느끼고 있었다. 딸은 필경 행복한 운명을 갖고 태어난 것이리라!

김회장은 딸이 위험에서 벗어난 일을 여암 선생에게 자랑하고 싶었다. 그리고 석준일이라는 신통한 제자에게 딸의 빛나는 장래를 물어보리라고 다시 한 번 마음먹었다.

김회장 저택의 정원에는 밝은 태양빛이 뿌려지고 있었다.

위인의 삶

이정현은 매우 논리적인 사람이었다. 하지만 그처럼 행운을 좋아하는 사람도 드물었다.

한번은 이런 일이 있었다. 회사 내 연구실 직원들끼리 친선 바둑대회가 열렸다. 마침 21명이어서 한 명은 추첨으로 부전승에 오르게 되어 있었다. 거기에 이정현이 뽑혔다. 21명 중 한 명이 행운을 얻은 셈이었다. 그것이 별것 아니라면 아닐 수도 있었다. 하지만 이정현은 몹시 좋아했다. 하필 21명 중에 자신이 뽑혔느냐 말이다. 이는 노력으로 되는 일이 아니고 하늘이 점지해 주어야만 되는 일이라고 생각했다.

그런데 2차전에서도 부전승을 뽑아야 했다. 10명 승자와 1명 부전승이 있으니 인원이 홀수인 것이다. 그래서 2차 부전승을 뽑았는데 여기에 또 이정현이 뽑힌 것이다. 이정현은 환성을 질렀다.

이로써 준결승에 오른 이정현은 실력으로 결승에 오르고 다시 결승전에서 이겼다. 우승을 했던 것이다. 상품으로는 오디오를 받았지만, 이정현이 두고두고 좋아했던 것은 두 번이나 추첨에

뽑혔다는 사실이었다. 그렇다고 이정현에게 사행심이 있는 것은 아니었다. 그는 단지 노력으로 얻어질 수 없는 운명적인 것에서 선택적인 사람이 되고 싶을 뿐이었다.

이정현은 자기 분야에서는 상당히 실력이 있었다. 그리고 성격이 대범하고 용감했다. 그러나 무모한 것은 결코 아니었다. 대단히 신중하고 지극히 합리적이었다. 인생을 살아가는 데 있어서는 정열적이고 근면하다. 이런 그가 행운을 좋아한다는 것은 특이한 일이었다.

하지만 행운이란 인간의 능력과 노력을 넘어서 초자연적인 조건이라는 것이다. 만일 인간이 초자연적인 행운의 조건이 없다면 모처럼의 노력도 수포로 돌아갈 수 있다. 이정현은 너무나 통찰력이 깊기 때문에 운명 조건을 생각하고 있는 것이다.

어떤 점쟁이 말에 의하면, 이정현은 아주 좋은 사주를 타고났다고 한다. 이정현의 지론에 의하면, 인생이란 노력과 운명이 어우러진 작품이라는 것이다. 그 중에서도 운명이란 필요조건으로서 이것이 나쁘면 결과가 맺어질 수 없다고 말한다. 노력이란 충분조건이다. 그렇기 때문에 운명이 좋은 자는 노력으로 그것을 더욱 빛나게 해야 한다. 그리고 운명이 나쁠 때는 그것을 순순히 받아들여야 하는 것이다.

이정현은 인간의 가장 큰 용기는 운명에 거스르는 게 아니라 순응이라고 말한다. 운명이 나쁘면 불행을 각오한다는 것, 이것이 과연 얼마나 큰 용기인가! 운명에 순응하는 자는 비굴하지도 않고 공연히 노고하지도 않는다. 오로지 천진하게 살아갈 뿐이다. 태어난 것은 이미 운명이다. 그리고 앞으로 어떻게 살아가느냐 하는 것도 운명이다.

이정현은 아름다운 것도 좋아하는데, 그것도 운명이라는 것이다. 그리고 귀하다는 것이야말로 바로 운명적이라고 생각하고 있다. 인간은 결코 노력으로 귀해지는 것이 아니라 운명 때문에 귀해진다는 것이다. 이정현은 자신이 귀인이기를 바란다. 그렇기 때문에 매사에 대범하고 초연한 자세를 취한다.

이정현이 노력을 할 때는 가히 초인적이라 할 수 있다. 그러나 결과에 연연하는 것은 아니다. 있는 힘을 다하고 나서 어떤 운명인가를 보고자 하는 것이다. 이정현은 최선의 노력을 했는데도 결실이 얻어지지 않으면 멋쩍게 웃어 버린다. 운명에 없는 일에 매달렸던 자신에 대해 미안하기 때문이다. 그러나 후회를 한다거나 하늘을 원망하지는 않는다. 좋은 운명이라고 해서 오만하지 않고 나쁜 운명이라고 해서 비굴하지 않는 것, 이것이 이정현의 삶의 철학이다.

이정현은 종종 점을 치러 가는데, 그것은 요행을 바라기 때문이 아니다. 요행을 바란다는 것은 억지로 기대한다는 뜻인 것이다. 그래서는 운명에 순응하지 못하게 된다. 이정현이 점을 치는 것은 분수를 지키고자 함이다.

이정현은 운명이 좋은 사람을 부러워하고 존경하지만 자신의 나쁜 운명에 대해 열등감을 갖지는 않는다. 운명이란 하늘이 잘 알아서 적절하게 배분한 것이기 때문이다. 이정현은 가난한 집에서 태어나 가난하게 자랐다. 하지만 운명은 점점 좋은 길로 연결되고 있는 것 같다. 오늘날 이정현이 그나마 평화스러운 인생을 살고 있는 것은 운명의 덕택이 아니겠는가!

최근 이정현은 위험한 곳에서도 무사히 벗어날 수 있었다. 그곳에서 이정현이 그토록 사랑하는 여인을 구해 내 올 수도 있었던 것이다. 앞으로 어떤 운명이 이정현을 기다리고 있는지는 알 수 없다. 하지만 이정현은 낙천적으로 살아갈 것이다. 낙천적이란 운명을 즐기는 마음이다.

공자가 말했다.

'가난하면서도 아첨하지 않는 것보다 가난 속에서도 즐거움을 찾을 수 있다면 그것은 더욱 훌륭한 것이다.'

그리고 또 말했다.

'부자이면서 오만하지 않는 것보다 부유한 중에도 공부를 게을리 하지 않는 것이 더욱 훌륭하다.'

이정현은 그렇게 살기를 원한다. 좋고 나쁜 운명 속에 다 적절하게 처신하기를 바라는 것이다. 이정현은 오늘도 열심히, 그리고 행복하게 살아가고 있다.

천재의 포부

석준일은 지난밤 집으로 가지 않고 철학원에서 지냈다. 어차피 이날부터는 휴가도 끝나고 다시 수련 생활에 임하도록 되어 있었다. 하지만 여암 선생이 돌아오지 않아 상황이 변했다. 그렇다고 특별히 달라진 것은 없었다. 공부는 스스로 하면 되고 청소라든가 집안일도 알아서 하면 그만인 것이다. 단지 여암 선생이 있으면 교훈되는 얘기를 해 주거나 점의 원리 등을 얘기해 준다.

그러고 보니 석준일은 점의 원리를 모른다. 여암 선생은 어떤 사람이 불행하거나 또는 행복하다고 할 때 그 이유를 알고 있다. 예컨대, 사주나 관상이 어떠하다고 말한다. 그리고 반드시 이러이러하게 되어 있다고 단언하는 것이다.

운명도 이유가 있다니! 석준일로서는 생각해 볼 엄두조차 나지 않는다. 석준일은 그저 미래가 보일 뿐이다. 이유는 모른다. 운명의 결과만 보이는 것이다. 그런데 여암 선생은 운명을 말하고 나쁜 운명일 때 그것을 피해 가는 방법을 강구해 준다. 또한 좋은 운명을 맞이하기 위해 어떻게 해야 하는지를 제시해 주는 것이다.

그러나 만일 여암 선생이 원리에 입각해서 미래가 이러이러하게 되어 있다고 판단했다고 하자. 그래서 다시 방법을 세우고 나쁜 운명을 피해 갔다면 진짜 운명은 어떤 것인가? 나중 것인가, 처음 것인가? 어쩌면 운명을 고쳐 주는 것조차 운명이 아닐까? 그렇다면 석준일의 심령에 보이는 결과는 최종적인 것일까?

석준일은 고개를 저었다. 무엇인가 모순을 느낀 것이다. 심령에 보여진 운명이란 결국 실체가 아니고 그림자일 뿐이다. 석준일 자신은 그림자를 보는 것이다. 미래란 과거처럼 판에 박혀 있는 것이 아니라 흔들리고 있다고 봐야 한다.

석준일은 오늘 아침 하나의 결론을 얻었다, 운명이란 변할 수 있는 것이라고. 하지만 변한 것도 또한 운명이다. 그런데 문제는 운명을 어떻게 바꿀 수 있는가이다. 석준일은 그 방법을 모른다. 현재 깨달은 바에 의하면, 운명이란 사람의 행동에 따라 당겨지거나 연기된다는 것이다. 여간해서 없어지지 않는 게 운명이다.

예를 들어, 여암 선생은 다치게 되어 있는 운명인바 노력으로 그것을 없앨 수는 없다. 단지 모양을 조금 달리할 수는 있을 것이다. 오늘 다칠 것을 내일 다치게 한다거나 혹은 동쪽에 가서 다칠 것을 서쪽에 가서 다치게 하는 식으로 말이다. 다친다는 결과는 변하지 않는다.

운명이란 인간의 노력에도 불구하고 요리저리 빠져나가서 결과를 터뜨려 내는 것이다. 진정 운명을 바꾸려면 그 원인이 되는 뿌리를 발견해야 한다. 그러나 세상사란 무수히 얽혀 있기 때문에 그것을 찾아낼 수가 없다. 어떤 운명은 이미 수억 년 전에 만들어진 것도 있을 것이다.

운명은 결국 단단한 것과 허술한 것이 있게 마련인데 단단한 것은 절대 바꿀 수가 없다. 물론 석준일로서는 심령에 보이는 운명이 단단한 것인지 허술한 것인지 판단이 서지 않는다. 그저 보일 뿐이다.

이것이 답답했다. 석준일은 운명의 원리를 알고 싶었다. 미래가 그저 이렇게 된다라기보다 이러이러한 이유 때문에 반드시 그렇게 되게 마련이라는 식으로 말이다. 그리하여 나아가서는 운명을 고치고 창조하는 데까지 이르고 싶은 것이다.

석준일은 최근에 와서야 이 문제에 매달렸다. 여기에는 그만한 이유도 있었다. 만일 운명을 고칠 수 없다면 꼼짝없이 그렇게 살아야 한다는 말인가! 석준일은 이것이 싫었다. 운명대로 살아야 한다면 그것은 마치 갇혀 있는 것과 다를 바가 없는 것이다. 운명에 순응한다는 것은 굴복이며 감옥 생활과도 같은 것이다. 결코 그럴 수는 없었다.

운명에 도전하리라! 석준일은 새처럼 훨훨 날아다니고 싶었다. 자신의 운명을 바꿀 수 있고 남의 운명도 바꿀 수 있기를 원하는 것이다. 어떻게 하면 그렇게 될 수 있을까? 공부를 해야 한다. 옛 도인이 연구한 운명학을 공부해야 하는 것이다. 석준일은 최근에 와서 공부열이 폭발하고 있었다. 기필코 이룩하리라!

석준일은 서재에 들어섰다. 책은 얼마든지 있었다. 여암 선생은 여기 있는 책들은 아주 소중한 것들이라고 말했다. 석준일은 아무 책이나 꺼내 들었다. 비록 한문을 모르는 처지였지만 어떻게 깨달을 수가 있지 않을까? 석준일은 요행을 바랐다. 요행은 또한 운명이려니와 석준일은 그것에 크게 기대하고 있었다.

석준일은 한동안 책 속에 몰두하고 있었다. 평소처럼 졸음은 오지 않았다. 석준일이 우연히 펼친 책은 《주역》이었다. 많은 그림이 있었다. 자세히 보니 그림이 아니라 암호 문자 같았다. 아주 정밀한 조직적인 문자였다. 음과 양이라는 것이다.

석준일은 이것을 알아냈다. 《주역》책에 있는 모든 그림은 음과 양, 두 가지로만 되어 있다. 그리고 이것은 3중으로 되어 있었다. 그래서 8개가 만들어진다. 이 여덟 개는 중복되어 다시 64개가 된다. 소위 64괘라는 것이다. 석준일은 책을 펼쳐 든 지 3시간 만에 여기까지 돌파했다. 그리 어렵지 않았다. 흥미를 느낀 석준일은 결사적으로 파고들었다.

시간이 흘러갔다. 배고픔을 느낀 석준일은 시계를 봤다. 어느덧 오후 3시가 되었다. 오늘 공부는 이 정도면 족하리라.

석준일은 밥을 먹기 위해 밖으로 나갔다. 대문에는 '아무도 없음'이라고 써서 붙였다. 오늘은 손님이 찾아오는 것도 귀찮았기 때문이다. 하지만 지금은 왠지 여유가 생겼다. 공부가 잘되었기 때문이다.

석준일은 단골집인 전주집을 찾아갔다. 이곳에는 술 외에 음식도 만들어 준다. 석준일은 주문을 하고 잠시 기다렸다. 그러자 마음속에서 하나의 잔상이 떠올랐다. 이경숙의 모습이었다. 순간 석준일은 가슴이 두근거렸다. 아름다운 이경숙! 너무나 보고 싶었다. 어제 이 자리에서 만나지 않았던가! 이경숙은 지금쯤 무엇을 하고 지낼까?

석준일은 불현듯 이경숙의 전화번호를 생각했다. 그것을 선명하게 외우고 있었던 것이다. 주머니엔 이경숙이 적어 준 전화번호와 이름이 있었다. 예쁜 글씨였다. 석준일은 메모가 있나 손으로 확인하고 마음속으로 이경숙을 끌어안았다. 실제로 이렇게 할 수 있었으면 얼마나 좋을까! 석준일은 저도 모르게 한숨을 쉬었다.

내일은 그녀를 만나기로 한 날이다. 얼마나 행복한 일인가! 시간이 더디게 흐르는 것이 안타까울 뿐이었다. 그러나 바로 내일이면 이경숙을 만날 수 있다. 이경숙은 스스로 원했기 때문에 피하지는 않을 것이다. 만나서 술까지 사 주겠다고 하지 않았는가! 술이 문제가 아니었다. 이경숙과 마주 앉을 수 있다는 것만으로도 행복했다.

석준일은 다시 철학원으로 돌아왔다. 시간은 4시, 여암 선생은 오늘도 나타나지 않으려나! 혹시 크나큰 사고를 당하지는 않았을까? 석준일은 이를 궁금해 했지만 근심하지는 않았다. 여암 선생은 자신의 경고를 무시하고 여행을 떠나지 않았는가! 운명일 뿐이다.

석준일은 안으로 들어섰다. 그리고는 대문의 빗장을 걸어 잠갔다. 손님을 맞이하기 싫어서였다. 석준일은 다시 서재에 들어갔다.

여암 철학원의 뜰안은 적막감이 감돌고 있었다.

운명의 공포

여암 선생은 목포에 가 있었다. 팔자에 없는 장소였을까? 당초의 예정대로라면 지금쯤 서울에 와 있어야 한다. 하지만 뜻밖의 행동을 해 보았던 것이다. 이로써 운명이 바뀌기를 바랐다. 자, 이제 서울로 가야 한다.

여암 선생과 일송 선생은 택시를 탔다. 역으로 가서 기차를 탈 생각이었다. 택시를 타기 전에 괘상은 화풍정(火風鼎), 이는 아름다운 결실을 맺는다는 뜻이다. 택시는 한산한 길을 달리고 있었다. 갑자기 날씨가 흐려지더니 잠시 후 빗방울이 떨어지기 시작했다. 이때 운전 기사가 양해를 구해 왔다.

"손님, 저 기름이 떨어졌는데요."

석유를 넣겠다는 것이었다. 어쩔 수 없는 일이었다. 여암 선생은 괜찮으니 주유소를 들러서 가도 좋다고 했다. 택시는 주유소에 들어섰다. 기사는 차에서 내려서 화장실을 다니러 갔다. 여암 선생과 일송 선생은 택시에서 기다렸다.

그런데 이때 위험한 일이 발생했다. 바로 옆에 화물차가 서 있었는데 이것이 뒤로 움직이기 시작했던 것이다. 화물차 기사는 젊은 사람이었는데 주의력이 산만했다. 뒤에 있는 택시를 보지 못하고 후진을 한 것이었다. 화물차는 서서히 뒤로 움직여 택시를 받아 버렸다. 이러는 사이에 문이 찌그러지고 화물차는 계속해서 밀려 왔다.

여암 선생은 소리쳤다.

"어! 어! 이봐요, 위험해!"

화물차는 간신히 멈추었다. 다행히 여암 선생은 다치지 않았다. 만일 화물차카 조금만 더 밀었으면 여암 선생은 꼼짝없이 다칠 뻔했다. 잠시 후 택시 기사가 나타나 큰소리로 따지고는 결국 수리비를 받아 냈다.

택시는 역을 향해 다시 달리기 시작했다. 여암 선생은 크게 마음 졸였던 것이다. 그러나 사고는 일어나지 않았다. 이로써 사고 날 운명을 피한 것일까? 택시는 속도를 높였다. 거리에 다니는 차가 별로 많지 않았기 때문이었다. 하지만 여암 선생은 다소 불안했다.

잠시 후 또 한 차례의 사고가 일어났다. 이번에는 택시 기사의 실수였다. 우회전하면서 뒤에 오는 버스를 보지 못했던 것이다. 버스는 택시가 앞을 가로막자 급히 우회전을 해서 인도로 올라섰다. 그러면서 택시의 뒷부분을 스쳤다.

'꽝!'

범퍼가 찌그러지고 뒤쪽 유리창이 박살났다.

"어이쿠!"

여암 선생은 소리를 질렀다.

택시는 가까스로 멈추고 여암 선생은 밖으로 나왔다. 상처는 없었다. 천만다행이었다. 버스 기사가 적절히 대응하지 못했다면 택시는 완전히 박살이 났을 것이다. 그리고 여암 선생은 살아남지 못했을 것이다. 택시는 더 이상 운행할 수가 없었다. 여암 선생은 내려서 걸었다. 마침 역이 가까이 있었다. 사고는 역에 다 와서 발생했던 것이다.

여암 선생은 놀란 눈으로 일송 선생을 바라보며 한숨을 쉬었다. 이번에는 실로 위험했었다. 간신히 사고를 모면한 여암 선생은 놀란 가슴을 쓰다듬으며 역에 도착했다. 나쁜 운명이 피해 간 것일까? 여암 선생은 언뜻 이런 생각을 하고 있었다.

일송 선생이 말했다.

"여암, 많이 놀랐나?"

"그렇다네. 다친 데는 없지?"

"물론. 하지만 아직도 가슴이 두근거리네. 운명일까?"

"그럴 테지. 가까이 왔다가 피해 가 버리는군!"

"다 지나갔다는 뜻인가?"

"그런 것 같구먼. 이제 안심을 해도 될 것 같으이."

"그래, 하지만 조심을 하자구!"

두 사람은 마음을 진정하고 기차에 올랐다.

잠시 후 기차가 출발했다. 이제 안전한 기차 안에서 기다리면 고향에 당도하는 것이다. 여암 선생은 사고를 두 번씩이나 당하고도 상처를 입지 않아서 마음이 흡족했다. 기차가 목표 영역을 벗어나자 날이 개고 있었다. 운명도 이제 개고 있는 것일까? 두 사람은 눈을 감고 있다가 잠에 떨어졌다. 하지만 여암 선생은 혼자 잠에서 깼다. 화장실을 가기 위해서였다.

기차 안은 조용했다. 곳곳에 자는 사람이 눈에 띄었다. 여암 선생은 화장실에 들어갔다. 그리고는 간단히 용변을 보고 밖으로 다시 나오려 하는데 이게 웬일인가! 문이 열리지 않았다. 어딘가에 고장이 난 것 같았다. 여암 선생은 문을 이리저리 당겨보다가 두드리기 시작했다.

'쾅— 쾅— 쾅!'

그러나 그곳을 지나가는 사람은 없었다. 여암 선생은 문을 더욱 세게 두들겼지만 달리는 기차 소리에 섞여 버렸다.

'쾅— 쾅— 쾅!'

여암 선생은 계속해서 두드렸다. 그러나 아무도 찾아오지 않았다. 여암 선생은 불안했다. 만일 기차가 서울역에 도착할 때까지 아무도 찾아오지 않으면 꼼짝없이 이렇게 갇혀 있을 수밖에 없다. 그리고 역에 도착해서도 누가 오지 않으면 문을 열 수 없는 것이다. 필경 기차를 역에 내버려두고 모든 사람이 내릴 것이다. 언제까지나 갇혀 있어야 하는가! 여암 선생은 계속 두들겼다.

'쾅— 쾅— 쾅!'

기차는 달리고 있었다. 여암 선생은 좁은 화장실에 갇혀서 땀을 계속해서 흘렸다. 마음은 놀라고 당황했다.

'쾅— 쾅— 쾅!'

사람이 왜 이토록 오지 않을까! 하필 문이 고장난 순간에 화장실에 들어왔을까? 여암 선생은 밀폐된 공간에서 땀을 흘리면서 괴롭게 견디고 있었다.

'쾅— 쾅— 쾅!'

여암 선생은 지쳤다. 더 이상 두드릴 힘도 없었다. 시간이 얼마나 흘렀을까? 창밖을 보니 기차는 어느덧 서울역에 도착하고 있었다. 이윽고 정차. 사람들이 내리기 시작했다. 여암 선생은 또다시 문을 두드렸다.

'쾅— 쾅— 쾅!'

그러나 사람들은 내리기에 바빠 문을 두드리는 소리를 염두에 두지 않았다. 왜 두드리는지조차 모를 것이다. 사람들은 다 내렸다. 기차 안은 이제 조용했다. 이렇게 영원히 갇혀 있게 되는 것인가! 여암 선생은 괴로웠다.

그런데 한참 후에 노크 소리가 들렸다. 누군가 온 것이다.

'쾅— 쾅— 쾅!'

여암 선생은 반가운 나머지 소리를 질렀다.

"문 좀 열어 주세요. 문이 고장났어요."

"여암인가? 기다리게."

일송 선생이 왔던 것이다. 잠시 후 승무원이 나타났다. 승무원도 문을 열 수가 없었다. 그러자 기술자가 불려 왔다.

이윽고 문이 열렸다. 여암 선생은 땀으로 범벅, 탈진 상태였다. 운명이런가! 여암 선생은 가까스로 걸어서 기차에서 내렸다. 그러나 더 이상 걷지 못하고 한동안 앉아서 쉬었다. 그리고는 우울한 기분으로 개찰구를 빠져나왔다.

그러나 액운은 또 기다리고 있었다. 여암 선생은 일송 선생이 부축하다시피 천천히 걷고 있는데 어디선가 호루라기 소리가 들려왔다. 그리고 이어서 누군가 급히 달려오고 있었다. 그 뒤에는 경찰관이 뒤따라오고 있었다.

앞에 달려오는 사람은 소매치기였다. 들켜서 도망가고 있는 중이었다. 이 사람이 여암 선생 앞으로 달려왔다. 여암 선생은 위험을 느끼고 뒤로 물러섰다. 그러나 범인은 여암 선생 쪽으로 곧장 달려왔다. 그리고는 피할 사이도 없이 심하게 부딪쳐 왔다.

'쿵!'

거한이 부딪쳐 오는 바람에 여암 선생은 뒤로 나뒹굴면서 층계 아래로 엎어졌다.

"어억."

여암 선생은 신음 소리와 함께 기절했다. 잠시 후 사람이 모여들고 앰불런스가 달려왔다. 여암 선생은 갈비뼈와 어깨뼈, 그리고 팔뼈가 부러졌다. 마침내 운명은 찾아왔던 것이다.

일송 선생은 누워 있는 여암 선생을 바라보며 운명의 공포를 느끼고 있었다.

운 좋은 하루

석준일은 잠에서 깨어났다. 장소는 철학원 서재였다. 밤 늦도록 책을 보다가 그대로 잠들었던 것이다. 꿈은 꾸지 않았다. 석준일은 꿈을 잘 꾸지 않는 편이었다. 자고 깨 보니 몸은 개운했다. 다만 불안한 느낌이 들었다. 그것은 여암 선생에 관한 것이었다. 지난밤 무슨 일이 있었을까?

석준일은 여암 선생이 사고를 당하지나 않았나 생각했다. 그렇다면 필경 사람과 부딪쳤을 것이다. 당초 석준일이 심령 공간을 통해서 바라본 것은 바로 이것이었다. 여암 선생은 여행 중 어디에선가 사람과 부딪쳐서 심하게 다칠 운명이었던 것이다. 이것은 일생 중에 반드시 겪어야 하는 운명의 과정이었다. 여암 선생이 태어났을 때 이미 이런 운명이 존재했던 것이다. 다만 석준일은 며칠 전에 그러한 운명을 꿰뚫어 보았던 것이다.

운명은 어쩔 수 없는 일이다. 석준일은 금방 이 일을 잊어버렸다. 인생은 또다시 앞날이 전개되는 것이므로 또 다른 운명을 생각해야만 하는 것이다.

석준일은 서재를 나와 우물가에서 세수를 했다. 하늘을 보니 화창한 날씨였다. 석준일의 기분도 날씨만큼이나 밝았다. 오늘은 이경숙을 만나기로 한 날이다. 석준일은 설레는 마음으로 전화번호를 눌렀다. 전화 벨소리는 네 번이나 울렸다. 석준일은 초조했다. 외출을 한 것일까? 전화번호가 틀린 것일까?

"찰칵."

다섯 번째 벨소리가 울리는 순간 상대편에서 수화기를 들었다.

"여보세요?"

아름다운 목소리가 들려왔다. 이경숙의 음성이었다.

"여보세요, 저……."

석준일이 긴장된 목소리로 말을 꺼내려는데 이경숙이 먼저 말했다.

"어머, 선생님이군요!"

"네, 경숙 씨…… 저……."

"선생님, 마침 전화를 주셨군요. 샤워를 막 끝내는 참인데……."

"……."

"선생님, 오늘 시내로 나오실래요? 제가 술을 사 드릴게요."

"아, 네. 몇 시예요?"

"오후 일곱 시쯤이 좋겠군요. 어디 아시는 데 있으세요?"

"모릅니다."

"그러세요? 그럼…… 롯데호텔 커피숍이 어떨까요?"

"모르는데요."

"그럼, 저…… 종로서적은 어때요?"

"네, 찾을 수 있습니다."

"좋아요, 그럼 종로서적 입구에서 뵙지요!"

"그래요, 일곱 시에 나가겠습니다."

"……."

석준일은 전화를 끊고 기쁜 나머지 눈을 감았다. 이제 몇 시간만 지나면 이경숙을 볼 수 있는 것이다.

'오늘은 옷차림을 깨끗하게 해야지!'

석준일은 옷가지를 들춰 보고 있었다.

이 시간, 이경숙은 김실장에게 전화를 걸었다.

"따르릉——, 찰칵."

"여보세요? 김실장님 좀 부탁합니다."

"네, 잠시만 기다리십시오."

"네, 전화 바꿨습니다. 아, 이양!"

"안녕하세요? 일이 잘되고 있어요."

"어떻게 됐는데?"

"오늘 시내에서 만나기로 했어요."

"그래? 재주가 좋군."

"말도 마세요. 깡패를 동원했답니다."

"깡패라니?"

"공작을 꾸몄어요. 그 사람이 매 맞는 걸 제가 구해 준 것이지요."

"하하, 이양은 대단하군. 다시 봐야겠어."

“경비가 많이 들었어요. 오늘 술값도 써야 하구요.”
“알았어. 오늘 그자를 만나고 나면 계약금을 줄게.”
“천만 원이에요!”
“걱정 말아. 조심이나 하라구. 낌새는 못 챈 것 같은가?”
“제가 술집에 다닌다는 것을 알았어요.”
“음, 그럴 거야. 그자는 아주 신통하다고. 연극을 잘해야 돼!”
“염려 마세요. 저는 사람 속이는 데는 이골이 나 있어요. 그리고 그 사람은 저를 좋아하는 것 같아요.”
“다행이군. 아주 미치게 만들어야 돼.”
“돈이나 준비해 두세요.”
이경숙은 전화를 끊고 회심의 미소를 지었다. 미를 갖춘 여인의 요염한 모습이었다.

석준일은 손님을 맞이하고 있었다. 기분이 좋은 김에 돈이라도 벌고 싶었던 것이다. 손님은 여자였다.
“무엇 때문에 왔나요?”
“궁합을 보러 왔어요.”
그러나 석준일은 궁합을 볼 줄 모른다. 단지 남녀가 만나서 행복한지 불행한지를 알 뿐이다. 결국 그게 그것 아닌가!
“생년월일시를 대 보세요. 두 사람 것 모두……”
여자가 생년월일시를 말하자 석준일이 말했다.
“잘살 겁니다. 아들도 낳을 거예요.”
“네? 누구는 궁합이 나쁘다던데요?”

여자는 어디선가 이미 궁합을 보고 나쁘다는 소리를 듣고 다른 점쟁이를 찾아온 것이었다. 이는 당사자끼리 사랑하는 경우 아주 흔한 일이었다. 사람은 대개 먼저 마음을 주고 나서 나중에 궁합을 본다. 이럴 경우 궁합이 좋으면 다행이겠지만 나쁘다면 불행한 결혼 생활을 하게 되는 것이다.

석준일은 비웃는 표정을 짓고 말했다.

"내가 본 것이 맞습니다. 더 이상 군소리 마세요."

"아, 네⋯⋯."

여자는 미소를 지으며 사라졌다. 사랑하는 사람과 궁합이 좋다는데 더 말할 것이 무엇이랴!

두 번째 손님은 중년 남자였다.

"회사를 그만두고 사업을 하려는데요?"

"무슨 사업인데요?"

"글쎄요. 아직 안 정했습니다."

"그걸 미리 정해야지요!"

"회사에서 괄시가 심합니다. 제 운명이 어떻게 될까요?"

"진급합니다."

"네? 진급이라니요?"

"회사에서 말입니다. 미워하던 사람은 물러납니다."

"그래요? 정말입니까?"

"확실합니다."

"고맙습니다. 그렇게 되면 제가 한턱 내지요."

신사는 기분 좋게 돌아갔다.

운명을 미리 안다는 것이 얼마나 소중한 일인가! 머지않아 진급할 것도 모르고 회사를 그만두었다면 후회가 심했을 것이다. 물론 자신이 진급할 것을 점쟁이가 아닌 한 어떻게 알 수 있으랴!

세 번째 손님이 들어왔다.

"일생을 알고 싶습니다."

"그건 다 말하기 어렵습니다."

"네? 그럼 제가 성공하겠는지요?"

"이미 성공했군요!"

"아, 네, 다른 목표가 있습니다."

"국회의원이 되고 싶은가요?"

"그렇습니다. 될 수 있을까요?"

"됩니다."

"확실합니까?"

"그럼요, 나는 틀리지 않습니다."

"아, 고맙습니다. 그럼……."

신사는 복채를 두둑이 더 주고 사라졌다. 오늘은 운수 좋은 사람만 찾아왔다. 석준일도 오늘같이 좋은 날은 드물 것이다. 꿈에 그리는 아름다운 여인이 시간을 함께 하자는데 이보다 더 좋은 일이 세상에 또 있을까! 석준일은 오늘 일을 마감했다. 시간이 가까워 오기 때문이었다.

'미리 나가서 기다려야지. 내 옷차림이 멋있을까?'

석준일은 대문을 나섰다. 태양은 여전히 밝게 빛나고 있었다.

운명의 선언

남양물산의 김회장은 딸을 위해 조촐한 연회를 마련했다. 표면 상으로는 딸의 귀국을 기념한다는 명분이었지만 실은 다른 뜻이 있었다. 우선은 딸의 목숨을 구해 준 은인 이정현을 초청하는 것이었고, 또한 석준일을 초청해서 딸의 운명도 알아보자는 것이었다. 그리고 당연히 여암 선생을 초청해야 하는데 웬일인지 연락이 닿지 않는 것이었다. 여행에서 돌아올 날짜가 이미 열흘이나 경과했는데도 아직 소식이 없는 것이다. 깊은 산중에라도 가서 은둔을 하고 있는 것일까? 김회장은 여암 선생의 일이 궁금했지만 근간에 나타나리라 기대하고 있었다.

연회에는 회사의 간부 몇 명과 회장의 친지들, 그 외에 딸의 친구들이 초청되었다. 장소는 김회장의 자택 정원에서 이루어졌다. 마침 날씨도 맑아서 가든 파티는 적절했다. 손님들이 속속 모여들고 있었다. 석준일은 몸이 불편한 관계도 있고 해서 회사에서 차를 보냈다. 은인인 이정현은 정시에 도착했다. 딸의 친구인 최명숙이 다소 늦게 도착했다.

초청자들이 전부 모이자 파티가 한가롭게 시작되었다. 지민이는 한복을 차려 입고 일일이 손님을 응대하였다. 석준일은 회사 사람과 합석했다. 회사 사람들은 석준일을 익히 알고 있었던 것이다. 이들은 석준일과 마주 앉아 있으면서 운명에 관한 말 한 마디라도 얻어들을 수 있을 것이라는 기대를 하고 있었다.

이정현은 회장의 가족들과 합석했다. 지민이는 이정현 곁에 오지 않고 친구들과 어울리고 있었다. 손님들은 술과 음식을 들며 담소하고 있었다. 분위기는 화기애애했다. 술이 몇 순배 돌아가자 회장은 이정현에게 말을 걸었다.

"얘기를 들었습니다. 이정현 씨라구요?"

"네, 그냥 정현이라고 불러 주십시오."

이정현은 정중한 미소를 지으며 고개를 숙여 보였다. 회장은 이정현을 한눈에 보고 훌륭한 젊은이라고 생각했다. 회장이 다시 말했다.

"딸아이를 구해 줘서 고맙다는 인사를 하고 싶소."

"아, 네, 우연히 그렇게 됐을 뿐입니다."

"허허, 그래요?"

회장은 인자한 미소를 지었다. 이정현은 겸손하고 대범했다. 하지만 이정현으로서는 사실 그대로를 얘기했을 뿐이었다. 이정현은 당초 지민이에게 사랑을 고백하기 위해 현장에 갔던 것이다. 이정현의 말로는 지민이가 죽기 전에 사랑을 밝히고 싶었다고 하였다. 또한 지민이가 죽는다면 함께 죽으려 했다는 것이다.

물론 이러한 내용을 지민이 아버지에게 토로한 것은 아니었다. 지민이도 이것을 아버지에게 말하지 않았다. 어쨌건 이정현으로 인해 딸아이의 목숨이 구해진 것은 변함없는 사실이었다. 회장은 이정현에게 술을 권하고 담소를 하는 등 한동안 시간을 함께 하였다. 이것은 딸을 좋아한다는 이정현의 인품을 점검한다는 뜻도 있었다.

지민이는 그 동안 한 번도 이정현 곁으로 오지 않았다. 그리고 또한 이정현은 지민이를 살피지 않고 주위 사람들과 잘 어울리고 있었다.

회장은 딸을 좌석에 불러들였다.

"애야, 오늘 기분이 어떠냐?"

"좋아요, 아빠!"

"음, 정현씨에게 술을 따라 드리렴, 은인인데……."

"네, 아빠."

지민이는 가벼운 미소를 지으며 이정현에게 술을 한잔 따라 주었다.

회장이 말을 이었다.

"정현 씨, 앞으로도 우리 아이를 잘 대해 주시오."

"네, 그렇게 하겠습니다."

"허허, 고맙소."

회장은 기분이 흡족했다. 이정현의 씩씩한 대답. 이는 정중할 뿐만 아니라 딸에 대한 애정을 품고 있었다. 게다가 이정현은 나무랄 데 없이 잘생긴 얼굴이었다. 깨끗하고 당당한 모습, 눈매는 천진하고 총명해 보였다. 회장은 또다시 이정현에게 술을 권하고 자신도 한잔 마셨다. 그리고는 자리를 석준일 쪽으로 옮겨

갔다.

지민이와 이정현은 마주 앉아 얘기를 나누기 시작했다. 이들은 2년 만에 서로의 안부를 물었다. 지난번 인질극이 벌어지던 곳에서는 미처 그런 여유가 없었던 것이다.

"정현 씨, 지난번에는 고마웠어요."

지민이는 자신을 구해 준 인사도 잊지 않았다.

"지민 씨가 무사해서 다행일 뿐입니다."

이정현은 당당하게 말하고 지민이에게 술을 따라 주었다. 두사람의 대화는 아주 부드러워졌다.

그러는 사이 회장은 석준일과 얘기를 나누고 있었다.

"석선생님, 여암 선생께서 안 오셔서 유감입니다."

"……."

석준일은 고개만 끄덕이고 있었다.

"자, 선생님, 한잔 하실까요!"

회장은 석준일에게 기분 좋게 술 한잔을 권했다. 석준일은 이미 술을 많이 마신 상태였다. 하지만 얼마든지 마실 수 있었다. 얼굴에는 술 마신 기색이 전혀 보이지 않았다.

회사 간부들은 석준일을 자주 바라보며 열심히 술을 권하고 있었다. 이들은 석준일을 존경해 마지않았다. 하늘이 내린 신통한 점쟁이! 그 누구도 점에 관한 한 석준일에게 필적할 만한 사람이 없었다. 우리 나라에서 최고의 명성을 떨치고 있는 여암 선생일지라도 석준일의 상대는 못되었던 것이다. 석준일은 가히 신 같은 존재였다.

자리가 무르익자 회장이 은근히 말했다.

"석선생님, 오늘 마음이 편안하신지요?"

"네, 좋습니다."

석준일은 정말로 밝은 표정을 지었다. 여유 있는 모습이었다. 요즘 석준일은 기분 좋은 일이 많았다. 자신을 알아주고 초청하는 일이 제법 있었던 것이다. 아름다운 여인이 초청하고, 지체 높은 재벌 총수가 초청하는 등 품위가 높아진 느낌이었다. 석준일은 남이 알아주는 것을 좋아했다. 어려서부터 세상의 냉대를 받아 온 석준일로서는 한껏 대우를 받고 싶었다.

회장이 말을 이었다.

"선생님께서 이곳까지 참석해 주셔서 영광입니다. 아무쪼록 마음껏 드십시오."

"……."

석준일은 다소 오만한 표정으로 고개를 끄덕였다. 석준일은 남이 멸시하면 기가 죽고 남이 알아주면 오만해진다. 소인배의 근성이겠지만, 다른 면을 본다면 석준일처럼 뛰어난 사람은 보기 드물 것이다.

회장은 더욱 정중하게 말했다.

"선생님, 제 딸을 인사시키겠습니다. 외국에 유학을 갔다가 이번에 돌아왔지요."

"……."

회장은 자리에서 일어나 몸소 딸이 있는 곳까지 왔다. 그리고 조용히 말했다.

“애야, 우리 저쪽에 가 보자꾸나. 유명한 석선생님이란다.”

“네, 아빠.”

지민이는 일어나면서 이정현에게도 함께 가 보자고 청했다.

“그래, 그게 좋겠다.”

회장도 찬성했다. 회장으로서는 이왕 딸의 운명을 보는 김에 이정현에 대해서도 물어보고 싶었다. 회장은 벌써 이정현에게 관심을 쏟고 있었다.

그럴 만했다. 이정현은 딸의 목숨을 구해 주었을 뿐만 아니라 나무랄 데 없는 젊은이였다. 그리고 딸을 좋아한다고 하니 은근히 결혼 가능성도 생각해 보았던 것이다. 회장은 원래 운명론자였다. 물론 성실히 노력하는 사람이었지만 운명의 힘을 우선으로 생각하였다.

회장은 딸과 이정현을 대동하고 석준일이 있는 곳으로 다시 왔다. 석준일은 마신 술잔을 내려놓고 있었다.

회장이 딸을 소개했다.

“제 딸아입니다. 애야, 인사 드려라. 선생님이시란다.”

“네, 안녕하세요? 제 이름은 지민이에요.”

지민이는 미소를 담아 상냥하게 인사를 올렸다.

“아, 나는 석준일이오.”

석준일은 고개를 끄덕이며 오만하게 인사를 받았다.

그러자 회장은 다시 이정현을 소개했다.

“이쪽은 딸아이 친구입니다.”

“네, 저는 이정현입니다. 안녕하십니까?”

이정현은 일어나서 고개를 숙이며 정중히 인사했다.

석준일은 대답도 없이 인사를 외면했다. 웬일일까? 이정현을 싫어하는 것일까?

회장이 나섰다.

"선생님, 이 사람은 얼마 전 딸아이를 구해 줬습니다. 어떤 사람 같습니까?"

회장은 이렇게 말하며 이정현에게 슬쩍 미소를 보냈다.

석준일이 말했다.

"총명한 사람입니다. 훌륭한 일을 할 겁니다."

"행복할까요?"

"글쎄요. 여자 때문에 고생을 많이 하겠지요."

"네? 무슨 뜻인지요?"

"말 안 하겠습니다. 저 사람 일은 저 사람이 알아서 하겠지요."

석준일은 바로 앞에 있는 이정현에게 저 사람이라고 멀게 지칭하고는 다시 외면해 버렸다.

분위기는 다소 쑥스러워졌다. 회장은 잠시 석준일이 한 말을 음미하다가 부드럽게 술을 권했다.

"선생님, 한잔 드시지요."

석준일은 단번에 술잔을 비워 냈다.

회장이 다시 말했다.

"정현 씨, 선생님 말씀을 명심해야 합니다. 틀림이 없으신 분이니까. 그리고 선생님!"

“……”

“제 딸아이에 대해 묻고 싶습니다. 운명을 좀 봐 주십시오.”

회장이 이렇게 말하자 석준일은 지민이를 빤히 바라보기 시작했다.

“……”

모두들 흥미 있게 바라보고 있었다. 회장은 인자한 표정을 짓고 있었으나 속으로는 다소 긴장하고 있는 듯 보였다. 세상에서 가장 귀여워하는 딸의 운명이 밝혀지는 순간이기 때문이었다. 석준일이 말한다면 그것은 곧 신의 예언이나 마찬가지이리라! 회장은 딸의 행복한 운명을 기대해 마지않고 있었다.

“……”

잠시 시간이 흘러갔다. 석준일은 신중한 자세를 취하는 것 같았다. 이윽고 석준일의 신비한 동작이 나타났다. 석준일이 눈을 꿈쩍거리며 곁눈질을 하고 있었다. 이러한 동작은 평소보다 심했다. 눈에는 핏발이 서고 흰자위가 많이 보였다. 무서운 모습이었다. 몸도 약간 떨고 있었다. 그러더니 그 상태에서 혼잣말처럼 중얼거렸다. 그러나 누구에게나 들리는 분명한 목소리였다.

“불에 타 죽을 거야!”

“아악!”

지민이는 비명 소리와 함께 기절하고 말았다.

“아니! 애야!”

회장은 딸을 급히 부축했다. 갑자기 소란이 일어났다. 사람들이 모여들었다. 이정현은 휴대폰을 꺼내 구급차를 불렀다. 파티는 순식간에 아수라장이 되었다. 지민이는 너무나 무서운 얘기를 듣고 기절해 버린 것이었다.

석준일은 천천히 자리에서 일어났다. 그리고는 파티장을 떠났다. 아무도 석준일을 보고 있는 사람은 없었다. 석준일은 절뚝거리면서 급히 정원을 빠져나갔다.

잠시 후 앰뷸런스가 왔다. 회장은 기침을 심하게 하면서 정신을 못 차리고 있었다. 이정현은 지민이를 앰뷸런스에 싣고 함께 차에 올랐다. 앰뷸런스가 소리를 내며 떠나갔다.

회장은 가슴을 쓸어안고 괴로워하였다. 가족들은 잠시 어찌할 바를 모르다가 회장을 부축했다.

"안으로 들어가시지요."

"……."

손님들은 망연히 떠나갔다.

'불에 타 죽으리라.'

석준일의 무서운 선언이 허공을 맴돌고 있었다.

예언에의 도전

　김회장의 심정은 몹시 우울했다. 아니, 우울한 정도가 아니라 위기감을 느끼고 있었다. 너무나 가혹한 석준일의 선언, 그것은 천벌과도 같이 절망적인 것이었다. 가장 행복해야 할 딸이 엄청난 운명의 소유자라니! 도무지 믿고 싶지 않았다.

　김회장은 지난 며칠 동안 석준일의 예언을 무시하려고 무던히도 애를 썼다. 하지만 마음속 깊은 곳에서 우러나오는 석준일에 대한 절대적 믿음은 어쩔 수 없었다. 이것은 자연스러운 신앙 그 자체였다. 억지로 믿지 않으려고 한다면 그것은 자유이다. 하지만 그의 예언으로부터 벗어날 수는 없었다.

　석준일의 선언은 결코 허세라든가 가정이 아니었다. 그것은 미래 그 자체인 것이다. 김회장은 누구보다도 그 사실을 잘 알고 있었다. 지난 수년간 석준일이 보여 준 신통력, 그것은 진실 그 자체였다. 이제껏 석준일이 말해서 빗나간 적은 한 번도 없었다. 석준일은 아주 사소한 일까지도 정확하게 예견했던 것이다.

　김회장의 측근들은 여러 말로 위로를 하고 석준일의 선언을 부정했지만 그들의 마음은 사실 그게 아니었다. 그들은 김회장과 마찬가지로 석준일의 능력을 뼈저리게 경험했던 것이다. 석준일은 그 동안의 친분으로 봐서도 공연한 말을 할 리가 없었다. 이제 와서 석준일의 예언이 틀릴 것이냐 아니냐도 논의할 내용이 아니었다.

그것은 완전한 기정사실일 뿐이다. 문제는 딸의 끔찍한 운명을 극복하는 일이다. 다시 말하면, 운명을 바꿔야 한다는 것이다. 그것은 지상 명제였다. 다른 사람도 아니고 바로 김회장이 그 무엇과도 바꿀 수 없는 가장 소중한 딸이기 때문이었다.

그러한 딸이 아니라면 김회장은 제아무리 가혹한 운명이라도 순응할 수 있었을 것이다. 가령, 김회장 자신이 죽는다거나 회사가 도산한다 하더라도 그것은 문제가 아니었다. 당면한 문제는 딸의 운명인 것이다. 그것을 바꿔야 한다. 그리하여 딸을 행복하게 만들어야 한다. 불에 타 죽다니! 천부당 만부당한 일이었다.

김회장은 지난 며칠간 석준일을 원망도 해 봤고 부정도 해 봤고, 자신감도 일으켜 봤고, 슬퍼서 눈물도 흘려 봤다. 그리고 광란적인 절규도 해 봤다. 하지만 그것은 현실 혹은 운명에 결코 도움이 되는 일이 아니었다. 그러는 사이에도 시간은 쉬지 않고 흐르고 가혹한 운명은 반드시 도래할 뿐이다.

오히려 냉정한 이성을 회복해야 한다. 지금 김회장은 침착하려고 무진 노력하는 중이다. 그리하여 주어진 명제에 대해 대책을 강구해야만 하는 것이다.

김회장은 한동안 눈을 감고 마음을 가라앉히고 나서 이를 악물었다.

‘기필코 지민이를 구해야 돼. 그럼, 그렇고 말고…….’

김회장의 마음은 차츰 현실 감각을 되찾고 있었다. 지민이는 며칠째 방에 틀어박혀 있었다. 그간 충격이 컸기 때문에 의욕을 잃고 있었다. 생각해 보면 운명의 육감은 아주 안 좋았다.

얼마 전에는 인질극이 벌어지는 곳에 갇혀 있었는데, 그곳을 벗어난 기분이 채 가시기도 전에 끔찍한 예언을 들었던 것이다. 지민이는 자칫했으면 총에 맞았거나 수류탄 세례를 받을 뻔했다. 그런데 이번에는 불에 타 죽을 것이라니! 슬픈 일이다. 어째서 운명이 이토록 가혹하단 말인가!

지민이는 석준일에 대해 잘 알지도 못한다. 다만 주변에서 신 같은 사람이라고 말하는 것을 들었을 뿐이었다. 지민이는 아버지와 어머니, 그리고 오빠들이 석준일을 믿어마지 않는다는 것을 잘 알고 있었다. 그만한 이유가 있으리라!

그토록 합리적인 집안 식구들이 석준일에 대해 한결같이 존경심을 갖고 있는 것은 경험을 통한 사실 때문일 것이다. 그렇다면 자신이 불에 타 죽으리라고 선언한 것은 분명 근거가 있다고 봐야 한다. 석준일은 처음 지민이가 보기에는 비록 정신이 박약하고 괴이해 보였지만 거짓말을 할 사람으로 보이지는 않았다.

결국 지민이는 불에 타 죽을 운명을 갖고 있는 것이다. 이에 대해 지민이는 충격을 느꼈고 분노를 느꼈으며 슬픔을 느꼈다. 하지만 언제까지나 좌절 속에 지낼 수는 없는 일이다. 운명이 그러하다면 극복해야만 한다. 방법은 무엇일까? 우선은 침착성과 의지를 회복해야 할 것이다. 그리고는 차분히 대책을 세워

나가야 한다.

김회장은 딸의 방에 찾아와서 말했다.

"애야, 너무 걱정 말아라. 그 사람이 공연한 소리를 한 게야."

김회장이 이렇게 말한 것은 딸을 위로하기 위함이었다.

하지만 지민이는 알고 있었다.

"아빠, 모두들 그 사람 말을 믿고 있잖아요. 저도 믿어요. 하지만……."

"……."

"저는 가만히 앉아서 당하고 싶지 않아요. 운명이라면 극복해야지요."

"오, 아가야! 우리 있는 힘을 다해 보자꾸나. 아빠는 모든 대책을 강구할 것이야."

"네, 아빠! 공연히 그 사람 말을 무시하지 말고 신중히 대처해야 돼요."

"음, 알겠다. 너는 마음 편히 갖고 있어라."

김회장은 딸을 대견하게 바라보고 저도 모르게 눈물을 흘렸다. 그러자 지민이는 오히려 미소를 지으며 말했다.

"아빠, 저는 각오하고 있어요. 어떠한 어려움이 있다 해도 운명을 극복하고 싶어요."

"그래, 그래! 운명은 바뀔 수 있는 법이란다. 아가는 행복해질 거야."

"네, 아빠도 어서 기운을 차리세요."

"……."

　김회장은 이를 꽉 물고 고개를 끄덕였다. 그리고는 딸을 가볍게 끌어안고는 방을 나왔다. 이어 운전기사를 부르고 집을 떠났다. 오랜만에 회사로 나서는 것이다. 이제 평상 생활로 돌아와 대책을 세우고자 했다.

　회사에 도착하자 간부들이 모여서 안부를 물었다.

　"회장님, 기력을 회복하셨습니까?"

　"음, 회사는 별일 없지?"

　"네, 모두들 잘하고 있습니다. 저희들은 회장님의 건강이 걱정일 뿐입니다."

　"나야 괜찮아. 딸아이에 대해서는 대책을 세워야겠어."

　"아, 네, 솔직히 말씀드려서 석선생의 말을 그냥 흘려 버릴 수는 없겠지요."

　"그렇다마다. 나는 그 사람 말을 절대 신임하네. 다만 딸아이가 불행한 당사자이니 대책을 세우자는 것일세."

　"물론입니다, 회장님! 아예 전담 기구를 만들어서 석선생의 예언에 조직적으로 대처해야겠습니다."

　박전무가 이렇게 말하는 것은 석준일의 신통력을 익히 잘 알기 때문이었다. 회사의 많은 업무가 석준일에게서 힘입은 바 있었던 것을 박전무는 실제로 경험했던 것이다. 그렇기 때문에 석준일의 예언에 대해서는 신중히, 그리고 확실하게 대처하자는 것이었다. 회장은 기꺼이 찬성했다.

　"음, 그거 좋은 생각이야. 운명 대책반이라고 할까?"

　"네, 적절한 이름입니다. 저는 운명이란 노력 여하에 따라 얼마든지 바뀔 수 있다고 봅니다.”

“고맙네, 박전무! 자네가 운명 대책반을 조직해 보게.”

“네, 운명 대책반을 만들어서 운명 학자들의 자문을 구하거나 연구를 해야겠지요. 아울러 이제부터는 따님의 안전을 위해 경호 업무도 실시해야겠습니다.”

“음, 자네에게 모든 일을 맡기겠네.”

이리하여 김지민을 구하기 위한 종합적인 대책이 강구되기 시작했다. 박전무는 우선 여암 선생을 찾아보기로 했다. 운명에 대해 자문을 구하거나 석준일의 예언에 대해 좀더 상세하게 알기 위함이었다. 만일 김지민의 운명이 불에 타 죽는 것이라면 언제, 어디서라는 내용도 밝혀져야 한다. 그렇게 되면 김지민을 구하는 것이 훨씬 용이해질 것이다. 박전무는 운명과 싸워서 기필코 지민이를 구하겠다고 결심했다. 도봉산에는 회사의 비서실 직원이 찾아갔다.

여암 철학원은 문이 활짝 열려 있었다. 최비서는 이곳을 여러 번 찾아왔었기 때문에 여암 선생을 잘 알고 있었다. 대기실에는 기다리고 있는 사람이 보였다. 이 사람은 자기 차례를 기다리고 있는 것이다. 최비서도 잠시 기다렸다. 얼마 되지 않아 방에서 사람이 나오고 기다리던 사람이 들어갔다. 밖에 석준일의 모습은 보이지 않고 있었다. 평소 같으면 석준일이 밖에서 서성였을 것이다.

잠시 후 사람이 나오고 최비서가 방으로 들어갔을 때 석준일은 그곳에 앉아 있었다.

"무슨 일로 왔습니까?"

석준일은 별로 아는 척도 하지 않고 용건을 물어 왔다.

"네, 저…… 지난번에 보셨던 우리 회장님의 따님 말입니다."

"……."

"운명을 얘기해 주셨는데 다시 한 번 묻고자 합니다."

"무얼 말이오?"

"불에 타 죽는다고 하셨지요?"

"그렇소."

"날짜와 장소를 알고 싶습니다."

"말할 수 없습니다."

"어째서지요?"

"날짜와 장소는 변할 수 있기 때문입니다."

"아, 네! 운명은요?"

"그것은 절대 안 변합니다."

"……."

"점 다 봤으면 나가세요."

"네, 고맙습니다. 그런데 여암 선생님은 어디 가셨나요?"

"몰라요, 아마 병원에 있겠지요."

"네? 어느 병원에요?"

"서울에 있는 병원이오."

"어디가 불편하신가요?"

"여행 갔다 오다가 다쳤을 겁니다."

"……."

최비서는 밖으로 나왔다. 소득은 있었다. 운명이란 결과는 정해져 있으나 날짜와 장소가 변할 수 있다는 것이었다. 이는 절망적일 수도 있지만 희망적일 수도 있다. 운명의 날짜를 오래오래 미루어 갈 수 있기 때문이다. 다만 '어떻게?'라는 것이 남는다.

최비서는 회사에 돌아와 박전무에게 보고했다. 박전무는 서울에 있는 모든 종합병원을 찾아보라는 지시를 내렸다.

이 작업은 어렵지 않았다. 전화번호부를 찾아 몇 곳에 문의한 결과 여암 선생이 입원해 있는 곳을 알아냈다. 여암 선생은 서대문 근교 대학병원에 입원해 있었던 것이다. 병동은 정형외과, 필경 크게 다친 것이리라. 확인 절차를 거치고 다음날은 김회장이 병원을 직접 찾아갔다.

여암 선생은 병상에서 책을 보고 있었다.

"선생님, 제가 왔습니다."

"아니, 회장님!"

여암 선생은 미소를 짓고 있었다.

"선생님, 이게 웬일이십니까?"

"별일 아닙니다. 회장님은 여전하시지요?"

"저야 뭐……. 그보다는 선생님이 걱정입니다."

"괜찮아요. 이제 거의 다 나았어요."

"선생님, 그만하길 다행입니다. 어쩌다 다치셨나요?"

김회장은 여암 선생의 상태를 살피면서 말했다.

"허허, 재미있는 일이 있었습니다."

"네? 재미있는 일이라니요?"

"알고 싶습니까? 그만한 일이 있었지요."

여암 선생은 잠시 생각하는 듯하다가 편안히 서두를 꺼냈다.

"이게 다 운명이지요. 저는 여행을 갔었습니다."

"……."

"여행은 잘했습니다만, 막판에 이렇게 됐습니다."

"교통 사고인가요?"

"아닙니다. 사고 내용이 문제가 아니지요."

"그러면……."

"사고가 날 것은 미리 예견된 일이지요!"

"네?"

"준일이가 예언했어요. 여행을 가지 말라고 했지요. 다칠 운명이라고요."

"아, 그래요? 그런데 왜 여행을 가셨습니까?"

"운명을 극복해 보려구요. 과연 운명이란 바꿀 수 있는가 말입니다."

"실패하셨군요?"

김회장이 적이 낙심하며 묻자 여암 선생은 밝은 얼굴로 고개를 끄덕였다.

김회장은 안타깝다는 듯이 다시 물었다.

"결론이 뭡니까?"

"뻔하지 않습니까? 운명이란 바꿀 수 없다거나, 바꾸기 몹시 어렵거나이겠지요."

"애를 써 봤습니까?"

"물론입니다. 저는 준일이의 예언을 듣고 제 친구인 운명 학자와 함께 별의별 방법을 다 강구해 봤지요. 나중에는 서울에 돌아올 날짜도 바꾸고 거꾸로 방향을 틀기도 하면서 조심했지요. 그런데 그만 서울역에 당도해서 사고를 당했지요. 사실 그전에 징조가 있었습니다."

"네?"

"목포에서 차사고가 두 번 있었습니다. 겨우 상처를 모면했지요. 기차 안에서도 이상한 사고를 당했어요. 화장실에 갇혔던 것입니다. 그러더니 종내는 큰 사고를 당했습니다."

"정녕 피할 방법이 없었습니까?"

"네, 최선을 다했습니다. 생각건대, 운명이란 사람의 지혜를 앞지르는 것 같습니다."

"그렇습니까? 운명이란 것이 왜 있지요?"

김회장은 원망스럽다는 듯이 말했다. 예전 같으면 운명이란 것이 있어서 좋다고 했을 것이다. 김회장은 그 동안 운명이 너무 좋았던 것이다. 다만 이제는 딸의 비참한 운명에 몸서리치고 있는 중이다.

여암 선생이 대답했다.

"운명이 왜 존재하느냐 하는 것은 참으로 어려운 문제입니다. 사람의 영혼과 관계가 있지요. 몸이란 이번 생에 태어난 것이므로 운명의 책임이 없지요. 따라서 몸 이전의 그 무엇에 원인이 있는 것입니다. 하늘은 책임이 없습니다. 언제까지나 정당하고 평등한 것이 하늘이니까요! 인간의 운명이 존재한다면 그것은 인간 자신이 그렇게 되도록 그만한 이유가 있는 것입니다. 부모는 낳아 줬을 뿐이니 책임이 있을 턱이 없지요. 운명은 본인의 책임입니다."

"……."

김회장은 천천히 고개를 끄덕이며 생각에 잠겨 있었다.

그러자 여암 선생이 물었다.

"회장님, 무슨 근심이 있습니까?"

"아, 네, 실은 걱정거리가 있습니다."

"무엇인지요?"

"운명에 관한 일입니다. 며칠 전에 딸의 운명을 봤습니다. 선생님의 제자분에게 말입니다."

"준일이에게 말입니까?"

여암 선생은 크게 관심을 나타냈다.

김회장의 말이 이어졌다.

"그렇습니다. 석선생은 제 딸이 불에 타 죽을 것이라고 했습니다."

"네? 저런, 저런!"

여암 선생의 얼굴빛이 창백하게 변했다. 놀라움이겠지만 이는 석준일에 대한 절대적 믿음을 나타내는 것이었다. 석준일의 예언은 곧 신의 예언인 것이다.

김회장도 낯빛이 흑빛이 되어 말했다.

"선생님, 난감합니다! 어째서 제 딸아이에게 그런 운명이 있어야 하나요?”

“……”

여암 선생은 허공을 응시하며 깊은 생각에 잠겨 있었다.

김회장이 다시 말했다.

“선생님, 대책이 없을까요?”

“네, 저…… 운명이란 바꿀 수 있는 법입니다.”

“그렇습니까? 방법이 있겠습니까?”

“글쎄요, 저의 역량으로는 부족하군요. 운명이란 몹시도 바꾸기 어렵습니다. 이번에 저도 경험했지요.”

“선생님, 저는 운명을 바꿀 수 있다고 믿습니다. 어떡하든 방법을 세워야 하지 않겠습니까!”

“……”

여암 선생은 눈을 가늘게 뜨고 잠시 생각했다. 그리고는 천천히 말했다.

“회장님, 부탁이 있습니다.”

“네, 말씀해 보시지요.”

“……”

여암 선생은 다시 한 번 깊은 생각에 잠기는 듯하더니 말을 시작했다.

“회장님, 저는 따님을 구하고 싶습니다. 그 아이의 이름이 뭔가요?”

“지민이라고 합니다.”

“지민이라? 예쁜 이름이군요. 저는 지민이를 구하는 일을 하고 싶습니다. 그래서 부탁입니다만, 이제부터 저는 점쟁이 노릇을 그만하겠습니다. 그 대신 따님의 운명 고문이 되고 싶습니다."

"아, 네, 그렇게 해 주시겠습니까?"

"네, 운명을 바꾸기란 아주 어렵습니다. 더구나 사람의 죽음과 관련된 문제는 숙명이기 때문에 더더욱 어렵지요. 하지만 그 일을 해 보겠습니다."

"고맙습니다. 저는 모든 지원을 아끼지 않겠습니다."

김회장은 다소 기색을 회복하며 말했다.

여암 선생은 잠시 눈을 감았다가 말을 이었다.

"회장님, 이번 일은 결코 쉬운 일이 아닐 것입니다. 막대한 노력과 시간이 필요할 겁니다. 따님도 이해와 협조가 있어야 되겠지요."

"아, 네! 우리 아이도 사태를 충분히 인식하고 있습니다. 회사에서는 '운명 대책반'을 구성했습니다."

"운명 대책반요? 상서롭지 못한 이름입니다."

"네?"

"이름을 바꾸시지요. 이름은 중요한 것입니다."

"아, 그렇군요. 선생님께서 바꿔 주시지요."

"진지한 이름이 좋습니다. '운명 연구원'이 나을 듯싶군요."

"그렇게 하지요. 회사의 공식 기관으로 하겠습니다. 선생님께서는 지금부터 '운명 연구원'의 고문이십니다."

"네, 수일 내로 퇴원해서 회사에 나가겠습니다."

"고맙습니다. 저도 그 동안 체제를 갖추어 놓지요. 박전무가 이 일을 담당하기로 되어 있는데 선생님께서 도와주신다면 용기 백배할 것입니다."

"네, 그만 돌아가시지요. 저 혼자 연구를 해 봐야겠습니다."

김회장은 병원을 나섰다. 날씨는 잔뜩 흐려 있었다.

여암 선생의 은퇴

김회장은 남양그룹 산하에 비밀 공식 기관인 운명 연구원을 발족하고 차제에 아예 운명이 무엇이고 시간이 무엇인가를 본격적으로 연구해 나갈 채비를 갖추기 시작했다. 이는 동양 전래의 운명학 연구와 현대과학의 물리적 시간상에 일어나는 사건들을 구체적으로 연구하는 것이다.

한편 회사와 집에 대해 대대적인 소방 점검을 실시했는데 특히 지민이가 살고 있는 김회장의 자택에 대해서는 이중 삼중으로 소방 체제를 보강하고 화재 예방에 만전을 기했다. 그리고 지민이 옆에는 항상 경호원이 수행하여 유사시에 대비키로 했다.

이에 더해 지민이는 소방관서 전문가의 조언을 구해 화재 발생시 대피 요령을 숙지하고 주변의 화재 발생 요인 등을 공부했다. 이는 운명에 대항해 현실적으로 최선을 다하겠다는 뜻이 있는 것이다. 지민이는 몸에 부적도 간직했는데, 이는 화재라든가 뜻밖의 재난을 방비하는 것이었다.

하지만 무한히 넓은 운명의 바다에서 언제 어디에서 풍랑을 만날지는 알 수 없는 것이다. 더구나 운명이 결정되어 있는 것이라면 무엇으로 이를 방비할 수 있겠는가!

지민이는 근래에 와서 운명학에 관한 서적도 탐독하는 등 평정을 유지하고 있는 듯이 보였다. 그리고 이정현과는 자주 만나 친숙해졌다. 지민이에게는 이정현이 날이 갈수록 마음에 들었다. 예전에는 미처 몰랐던 장점들이 속속 발견되었던 것이다.

이정현의 장점은 무엇보다도 착한 마음씨였고 총명함과 대범함 또는 용기에 있어서도 아주 특출했다. 게다가 이정현은 세상 그 누구보다도 지민이를 사랑하고 있다.

이정현은 오늘날 지민이가 처한 입장을 충분히 이해하고 있었다. 석준일이란 괴인의 신통력이나 그가 지민이의 운명을 예언한 것들, 이에 따라 이정현도 지민이를 각별히 보호하였고 나름대로 운명을 개선하기 위해 노력하였다.

지민이는 이정현과 함께 있으면 평화를 느낀다. 이정현은 자신의 생활에 충실히 임하면서 많은 시간을 지민이와 함께 보냈다. 이정현이 행복해 하는 것은 당연하다. 사랑하는 사람과 함께 지낼 수 있다는 것보다 행복한 것이 무엇이랴!

다만 사랑하는 그 사람의 운명이 가혹하여 애처로울 뿐 이정현은 기필코 운명을 개척하겠다고 다짐했다. 그는 원래 운명에 순응하는 인생관을 가지고 있었다. 하지만 앞으로 지민이에게 닥칠 운명을 생각해 본 다음부터는 결사적인 자세로 변했다. 비록 운명이 필연적으로 도래한다 하더라도 대책을 강구하겠다고 결심했다.

이정현은 처음부터 지민이와 운명을 함께 하겠다고 작정했었고 만일 지민이가 불에 타 죽는다면 자신도 똑같은 방법으로 죽겠다고 선언했다. 지민이는 이정현이 자신의 말대로 실행하고도 남을 사람이라고 믿었다. 위험한 인질극의 현장에 뛰어든 것만 봐도 알 수 있었다. 그녀는 자신을 이토록 생각해 주는 정현이 고마울 뿐이다. 이제 본의 아니게 지민이는 자신의 운명과 함께 이정현도 희생시킬 수밖에 없게 된 것이다.

지민이는 이정현에게 말했다, 내 운명은 내 운명이고 당신 운명은 당신 운명일 뿐이라고. 그러나 이정현은 대답했다, 만일 지민이가 사고로 죽는다면 반드시 따라 죽겠다고. 그리하여 다음 생에라도 우리 사랑을 이룩하고 행복하게 살겠노라고.

세월은 흘러가고 있었다. 김회장과 지민은 날이 갈수록 마음을 굳게 다져 먹었다. 석준일은 무엇을 하고 있을까?

오늘 아침 석준일은 어머니인 최여사와 마주 앉았다. 오랜만에 모자가 상봉한 것이다.

최여사가 물었다.

"애야, 선생님은 요즘 잘 계시냐?"

"……."

"묻고 있지 않니! 사람이 물으면 대답을 해야지."

어머니의 엄격한 말투에 석준일은 마지못해 대답했다.

"저도 몰라요."

"뭐? 도봉산에 안 계시니?"

“네.”

“에구머니, 이게 무슨 얘기야? 선생님이 댁에 안 계시다니?”

“안 돌아왔어요.”

“뭐? 어디에서?”

“여행을 갔다가요.”

“음? 그럼 사고가 난 건가?”

“네, 병원에 있을 거예요.”

“그래? 너는 그 사실을 알고 있었니?”

“네.”

“저런! 그런데도 병원에 한번 안 가 봤단 말이지?”

“네. 가 보면 뭘해요? 의사가 다 치료할 텐데.”

“애야, 그런 게 아니란다. 병문안을 가 봐야지!”

“병문안이 뭐예요?”

“뭐? 그것도 모르니? 가까운 사람이 아프면 걱정이 되어서 가 보는 거야.”

“저는 걱정이 안 되는데요.”

“아니, 애 봐라. 그게 무슨 말이냐? 네 선생님이신데!”

“내 탓이 아니에요. 나는 선생님에게 여행 가지 말라고 말 했어요.”

“뭐? 그럼 네가 사고 날 것을 미리 알았단 말이니?”

“네.”

“그럼 왜 안 말렸어?”

“말렸어요. 그래도 가는 걸 어떡해요!”

“알았다. 선생님은 지금 어디에 계시니?”

“서대문에 있는 대학병원예요.”

“같이 가 보자. 어서 옷 입어라.”

최여사는 불문곡직하고 아들을 대동하여 병원으로 향했다. 얼마 후 병원에 당도한 최여사는 여암 선생의 병실로 들어섰다. 여암 선생은 혼자 책을 보고 있었다.

“선생님, 저예요. 이게 웬일이세요?”

최여사는 여암 선생을 보자 울상이 되어 말했다.

“오, 최여사. 일부러 오셨구려.”

“선생님, 어딜 다치셨어요?”

“이제 다 나았습니다. 수일 내로 퇴원하려고 합니다.”

“다행이군요. 불편한 데는 없으세요?”

“괜찮아요. 그보다 최여사는 어떻게 지내고 있나요?”

“덕분에 사는 게 보람이 있습니다. 그런데 애가 이제서야 선생님이 불편하다고 얘기해 주는군요. 야단 좀 쳐 주세요.”

“아닙니다. 다친 내가 잘못이지……. 준일이는 내게 경고를 했답니다.”

“아이구 참, 선생님, 무엇 때문에 모험을 하세요?”

“그게 다 공부입니다. 자, 그 얘기는 이제 그만하고……. 다른 얘기가 있습니다.”

“……”

“최여사님, 마침 잘 오셨습니다. 준일이도 잘 왔고.”

여암 선생은 준일이를 인자한 모습으로 바라보고 나서 최여사를 향해 말했다.

"최여사님, 이제 나는 은퇴를 하려고 합니다."

"네? 은퇴라니요? 몸이 많이 불편하신가요?"

"아닙니다. 일은 할 만큼 했어요. 이제 쉬고 싶습니다."

"아, 네, 그렇군요!"

"그래서 말입니다만, 도봉산에 있는 제 철학원을 준일이에게 주려고 합니다."

"무슨 말씀이세요? 그곳은 유서 깊은 곳인데 부족한 준일이에게 주다니요?"

최여사는 당치 않다는 표정을 지었다.

여암 선생은 고개를 저으며 말을 이었다.

"준일이는 훌륭합니다. 내가 진작부터 생각해 둔 것입니다. 준일이는 그곳에서 사람 구하는 일을 하면서 공부를 더 해야지요. 그리고 최여사님도 이제 일을 그만하세요."

"……."

"준일이에게도 새로운 인생을 살게 해 주고 싶습니다."

"무슨 말씀이신지요?"

"준일이는 이제 어른입니다. 일가를 이루어야지요. 그래서 도명을 지어 주려고 합니다."

"어머! 준일이가 무슨……. 아직 어린데!"

"아닙니다. 준일이는 위대한 사람입니다. 내가 이름을 지어 놨어요."

"……."

"영천(靈泉)이라고 지었습니다. 신령한 샘이라는 뜻인데 준일이의 정신이 바로 그렇습니다. 허허, 이제는 영천 선생이라고 불러야겠군요."

"좋은 이름이에요! 고맙습니다! 얘, 준일아. 선생님께 고맙다는 인사를 드려야지!"

석준일은 고개를 정중히 숙여 보였다. 표정은 아주 밝았다. 이름을 지어 준 것이 썩 마음에 드는가 보다. 최여사도 진지한 가운데 행복한 표정을 짓고 있었다. 그럴 것이다. 불구에다 정신박약인 준일이가 이제는 보통 사람을 넘어서 도인(道人)의 면모를 갖추게 된 것이다.

사실 준일이는 인격이나 교양을 제외해 놓고 본다면 여암 선생보다 더 뛰어난 점술가였다. 아니, 온 세상을 통해 준일이만한 인물은 없는 것이다. 최여사는 이 사실을 잘 알고 있었다. 영천 선생, 이 얼마나 고매한 이름인가!

모든 것이 여암 선생의 덕분이다. 당초 준일이의 심상치 않은 능력은 어머니인 최여사에 의해 발견되었지만 그 깊은 준일이의 정신을 제대로 발굴해 낸 것은 여암 선생이었다. 여암 선생이 어쩌면 없어질지도 모를 준일이의 능력을 유지, 발전시켜 주었던 것이다. 그리고 무엇보다도 준일이가 태어나기도 전에 생일을 조절해 주어서 이토록 신통한 준일이가 출생했다고 봐야 할 것이다.

최여사는 길고 긴 인생을 생각하고 있었다. 남편이 살아 있었다면 얼마나 기뻐할 것인가! 석준일은 지금 듬직한 자세로 다른 곳을 바라보고 있다. 대견하다 뿐이겠는가! 최여사는 자식으로 인한 불행은 말끔히 가셨다고 할 수 있었다. 이제는 떳떳하다.

다만 최여사가 준일이에게 한 가지 더 바라는 것이 있다면 여자가 있었으면 하는 것이었다. 그리고 이제 운명 판단의 대가(大家)가 된 준일이가 결혼하여 자식까지 낳는다면 더 이상 말할 나위가 없었다. 장차는 그런 일도 있으리라! 최여사는 그렇게 믿고 있었다.

여암 선생은 최여사의 밝은 모습을 잠시 바라보다가 말했다.

"준일아! 아니, 이제 영천이라고 불러야겠지. 앞으로 더욱 공부 열심히 하여라. 나는 일간 내에 짐을 챙길 것이야. 그곳의 간판은 떼어 버리게. 대신 '영천 철학관'이라고 붙여 놓게. 그리고 최여사님! 일은 그만하시고 철학관에 와서 준일이의 뒷바라지나 해 주세요."

"아무렴요, 선생님! 저는 시키는 대로 할 거예요. 하지만 우리 아이는 더 많이 배워야 할 텐데, 선생님이 안 계시면 어떡하지요?"

"괜찮아요. 운명대로 살아야지요. 준일이도 이제 독립할 때가 되었어요."

"네, 선생님, 고맙습니다!"

여암 선생은 미소를 지으며 고개를 끄덕이다가 다시 말했다.

"최여사님, 우리는 여전히 만날 수 있을 겁니다. 준일이가 잘 되기만 바라야지요."

"네, 선생님, 고맙습니다!"

　최여사는 고개를 깊게 숙여 여러 차례 고마움을 표시하였다.
석준일은 최여사 옆에 서서 머뭇거렸다.
　여암 선생은 준일이의 어깨를 쓰다듬어 주면서 말했다.
　"이제 그만 가 보게. 세상에 나가서는 좋은 일을 많이 해야 되
네."
　최여사와 준일이는 자리에서 일어났다. 여암 선생은 병실 밖까
지 배웅을 나와 모자가 떠나는 모습을 지켜보고 있었다.

영천 운명 철학관

　병문안을 다녀온 다음날 석준일은 여암 철학원이라는 간판을 떼어냈다. 그리고는 그 자리에 '영천 운명 철학관'이라는 거창한 간판을 달았다. 이로써 여암 선생의 한 시대는 마감되었다. 석준일의 모습은 의젓해 보였고 기쁨이 넘치는 듯 보였다. 이로부터 며칠의 시간이 흘러갔다.

　대경 산업 회장 집무실.

　김실장은 최회장과 마주 앉아 있었다. 이들은 조금 전부터 석준일에 대한 얘기를 하고 있는 중이었다.

　"회장님, 일이 잘 풀려 나가고 있습니다. 이양은 석준일을 거의 매일 만나다시피 하고 있습니다."

　"그자가 여자를 좋아하나?"

　"물론입니다. 엊그제는 이양을 결사적으로 끌어안았답니다."

　"호, 그래? 이양을 좋아하나 보지?"

　"푹 빠져 있는 것 같습니다. 지금쯤은 이양의 말이 먹혀 들어갈 것 같습니다."

　"이양은 뭐라고 하나?"

“자신 있다고 합니다. 회장님을 면담시킬 준비가 되어 있다고 하더군요.”

“음, 좋아. 일간 만나봐야겠군.”

“네, 석준일에게는 이양의 친척이라고 해 두었답니다.”

“내가?”

“네. 그래야 명분이 서지요. 이양은 석준일에게 회사 소개를 이미 했습니다.”

“좋아. 이양이 됐다고 생각하는 날 제안을 하도록 하게. 대우를 잘 해 준다면 석준일도 마다하지 않겠지!”

“물론입니다. 돈과 명예를 주고 이양이 밀어붙이면 꼼짝 못할 겁니다.”

“음, 그리고 석준일을 붙들어 매 놓기 위해서 이양도 오래 거래를 유지시켜 놔야 할 것 같군!”

“그렇습니다. 석준일을 언제까지나 부려 먹으려면 이양이 유지되어야겠지요.”

이즈음 이경숙은 자신의 아파트에서 어떤 생각에 잠겨 있었다. 그것은 바로 석준일과 만났던 일인데, 며칠 전 심상치 않은 얘기를 들었던 것이다. 석준일은 이렇게 말했었다.

“경숙 씨, 당신은 며칠 내로 큰돈이 생길 겁니다.”

신통한 석준일이 예언을 해 주었던 것이다. 이경숙은 이에 대해 요염한 표정을 지으며 은근히 확인했다.

“어머, 저 같은 사람이 무슨 돈이 생기겠어요! 정말이세요, 선생님?”

석준일은 고개를 끄덕였다. 이경숙은 석준일의 팔을 애교 있게 잡으며 말을 이었다.

“선생님, 제게 만일 돈이 생기면 선생님께 좋은 양복을 사 드릴게요.”

“…….”

석준일은 잠시 눈을 감았다. 이것은 기분이 흐뭇할 때 석준일의 태도였다.

이경숙은 며칠이 지난 지금 석준일이 예언한 뜻을 분명히 깨달았다. 당초 김실장은 석준일을 회사에 데려오면 1억 원을 주겠다고 하지 않았는가! 석준일이 예언한 것은 바로 그 돈을 말하는 것이리라! 물론 석준일은 어째서 그 돈이 굴러들어 오는지 모른다. 단지 이경숙에게 큰돈이 생긴다는 것을 알 뿐이다.

이경숙은 합리적으로 생각해 봤다. 자신에게 돈이 생긴다는 것은 석준일이 대경산업으로 온다는 뜻이 아니고 무엇이랴! 석준일은 결국 자신의 미래를 간접적으로 예언해 준 셈이었다. 이경숙은 미소를 지으며 생각을 굳혔다. 이제 석준일에게 제안할 단계에 이른 것이다. 만일 석준일이 말을 듣지 않으면 여자 특유의 방법으로 끌어들일 작정이었다. 눈물을 보일까? 아니면 육탄 공세로 나갈까? 그것은 그 순간 석준일의 태도를 봐 가면서 정하면 된다. 하지만 일은 이미 성사된 거나 마찬가지였다. 석준일은 분명 큰돈이 생긴다고 하지 않았는가!

여기까지 생각한 이경숙은 오늘 당장 결행하리라 마음먹었다.

‘전화를 걸어야지. 아니, 직접 찾아가는 게 좋을 거야.’

이경숙은 즉시 화장을 하기 시작했다. 화려한 옷까지 차려 입고 도봉산으로 향했다.

석준일은 손님을 맞이하고 있었다. 손님은 여자였는데, 아들에 대해 묻고 있는 중이었다.

“선생님, 우리 아들은 초등학교 4학년이에요. 이번에 반장이 될까요?”

“됩니다.”

“어머! 그래요? 아이의 운명은 어떤가요?”

“며칠 후 사고를 당합니다. 높은 데를 조심하세요.”

“네? 떨어지나요?”

“그렇습니다. 놀이터가 위험합니다.”

“……”

다음 손님이 들어왔다. 중년 남자인데 남에게 빌려 준 돈을 받을 수 있느냐고 물었다.

“못 받습니다.”

석준일은 딱 잘라 말했다.

“선생님, 방법이 없을까요?”

“없습니다. 운명입니다.”

“……”

중년 남자는 불쾌한 표정을 지으며 급히 사라졌다. 다음 손님도 남자였다.

“선생님, 저의 아내에 대해 묻겠습니다.”

“······.”

“현재 바람을 피우고 있습니까?”

“아니오. 바람은 당신이 피우고 있지 않습니까?”

“네? 아, 네······.”

“······.”

다음 손님은 여자였다. 이 여자는 다소 몸을 떨고 있었고, 눈동자가 안정되어 있지 않았다.

“선생님, 저는 요즘 몸이 이상해요. 왜 그럴까요?”

“귀신이 붙었습니다.”

“네?”

“무당이 될 겁니다.”

“어머나!”

“······.”

다음 손님도 여자였는데 바로 이경숙이었다. 석준일은 깜짝 놀라며 미소를 지었다. 뜻밖에 그리운 사람이 나타났던 것이다. 원래는 내일 만나기로 되어 있었다. 석준일은 당장 그 자리에서 벌떡 일어났다. 손님이 문제가 아니었다. 세상에 이경숙을 보는 일보다 중요한 일이 어디에 있겠는가.

두 사람은 철학관 밖으로 나와 어디론가 사라졌다.

천정 도인을 찾아라

지민이는 친구인 최명숙의 집에 가 있었다. 특별히 볼일이 있었던 것은 아니고 몇몇 친구들이 모인다기에 겸사해서 방문했던 것이다. 그런데 이곳에서 사소한 사고가 있었다. 최명숙이 커피를 끓이고 있었는데 가스렌지에 불이 붙었던 것이다. 렌지가 낡아서 그런지 가스 누출이 원인이었다. 그러나 마침 가스도 다 떨어졌기 때문에 큰 사고는 없었다. 싱크대 근방이 불에 그을렸을 뿐이다. 만일 가스가 남아 있었다면 큰 화재가 발생할 수도 있었다. 다행히 누출된 가스는 쉽게 진화 되었다.

하지만 이 사고로 인해 지민이는 큰 충격을 받았다. 다른 친구들은 재잘거리며 태연했지만 지민이는 그 자리를 떠나고 말았다. 화재란 흔히 발생할 수 있다. 그리고 그것의 예방은 그리 쉬운 게 아니다. 지민이는 새삼 이 사실을 느꼈다. 그렇다면 위험은 도처에 깔려 있는 것이다. 특히 지민이처럼 운명이 이미 예견되어 있는 경우라면 더욱 무서운 일이 아닐 수 없었다.

지민이는 집으로 돌아와 마음을 달래었다. 이날 지민이의 아버지인 김회장은 여암 선생의 방문을 받았다. 여암 선생은 병상 생활을 마치고 퇴원을 했던 것이다.

"오, 선생님! 나오셨습니까?"

김회장은 여암 선생을 반갑게 맞이했다.

"회장님, 그 동안 별일 없었습니까? 따님은?"

여암 선생은 지민이의 안부를 물었다.

"네, 모두 잘 있습니다. 선생님께서는 불편한 일 없습니까?"

"건강합니다. 오늘 따님을 볼 수 있을까요?"

"네, 찾아보지요. 우리는 점심 식사라도 하러 나갈까요?"

지민이는 마침 집에 있었다. 밖에서 막 돌아온 지민이는 비서실의 연락을 받고 다시 회사로 향했다. 그 동안 여암 선생은 회장과 식사를 하고 회사로 돌아왔다. 지민이도 마침 도착해서 셋이 자리를 함께 했다.

"애야, 인사 드려라. 여암 선생님이시란다."

"아, 네! 선생님, 안녕하세요? 저는 지민이라고 합니다."

"오, 아가씨로군! 얘기 들었습니다. 마음은 편안합니까?"

"네, 그런 대로 잘 지내고 있습니다. 단지 오늘은 좀 놀랐어요."

"음?"

"친구 집에 갔었거든요. 거기서 불이 날 뻔했어요."

지민이는 김회장과 여암 선생을 번갈아 보면서 아까 친구 집에서 있었던 일을 자세히 얘기했다.

"저런! 저런……!"

여암 선생은 적이 우려를 나타내며 지민이를 위로했다.

"아가씨, 큰일날 뻔했구료. 자, 이제는 잊어버리고 차분히 미래나 생각해 봅시다."

여암 선생은 마침내 운명 개선 작업에 나서고 있는 것이다.

"회장님, 운명을 얘기하지요. 방금 따님의 관상을 보았습니다만, 아가씨는 한 가지만 빼놓고 모든 운명이 원만하고 행복합니다. 그 한 가지는 아시겠지요?"

회장은 고개를 끄덕였다. 그것은 두말할 것도 없이 석준일이 예언한 운명이었다. 여암 선생은 바로 그것만 넘어서면 모든 운명이 잘 풀려 나갈 것이라고 말했다.

"회장님, 이제부터 그것을 극복해 봅시다. 회장님께 긴히 부탁할 일이 있습니다."

"네, 무엇이든지요."

회장은 고개를 끄덕이며 힘있게 대답했고 여암 선생은 잠시 눈을 감았다 뜨면서 천천히 말을 이었다.

"저에게는 스승님이 한 분 계셨지요, 지금은 타계했습니다만, 그분은 아주 신통하셨습니다. 만일 그 스승님께서 살아 계셨다면 이번 일에도 무슨 방책이 있었을 것입니다. 참으로 아쉬운 일입니다. 하지만……."

"……."

"스승님께서 살아 계셨을 때 저에게 남긴 말씀이 있습니다. 그것은 오늘날 사태에 아주 부합되는 것이지요."

여암 선생의 말은 심상치 않았다. 그의 스승이 무슨 말을 남긴 것일까? 여암 선생의 말이 이어졌다.

“회장님, 그 말은 이런 것이었습니다. 제가 평생 살다 보면 중대한 문제가 있을 것이라고 했습니다. 시기도 말씀했지요. 제가 은퇴할 즈음이라는 것이었습니다. 그러니까 바로 지금이 아니겠습니까! 문제라는 것도 뻔합니다. 아가씨 일이 아니고 무엇이겠습니까!”

“그럴까요?”

회장은 조심스럽게 반문했다. 여암 선생은 단호한 미소를 보이고 말을 이어 나갔다.

“스승님께서는 이렇게 말씀하셨습니다. ‘어려운 문제가 있을 게야. 나도 풀 수 없는 문제지. 하지만 반드시 풀어 내야 할 일이야. 잘 듣게, 먼 훗날 어려운 문제가 생기면 반드시 천정(天晶) 도인을 찾아보게’ 하구요.”

여암 선생은 과거를 회상하듯 잠시 허공을 응시하고 있었다.

김회장이 물었다.

“천정 도인이란 분이 누구십니까?”

“그분은 저도 누군지 모릅니다. 스승님께서도 얘기만 남겨 놓으셨으니까요. 그것을 단서로 찾아봐야 합니다.”

“아, 예!”

“그 당시 얘기입니다. 40여 년 전이지요. 제가 아직 젊었을 때입니다만, 당시 스승님께서는 지금 제 나이 정도이셨지요. 스승님께서 하루는 이런 일이 있었답니다.”

“……”

“지리산을 여행하는 중이었지요. 하산하는 중에 점쟁이를 만났어요. 산길에서였지요. 다른 행인은 없었답니다. 해가 막 지고 나서였습니다. 그런데 젊은 점쟁이가 처량하게 앉아 있었던 것이지요. 산 속에 무슨 손님이 있었겠습니까! 스승께서는 그 점쟁이가 딱해 보여 말을 걸었습니다.

'여보시오, 여기서 무얼 하고 있소?'

젊은 점쟁이는 깨끗한 한복을 입고 앉아 있었는데 단정히 앞만 보며 대답했습니다.

'손님을 기다립니다.'

'당신은 점쟁이요?'

'그렇다고 할 수 있지요.'

'호, 그래요? 하지만 이 산중에 무슨 손님이 있겠소?'

'있습니다. 바로 당신이지요.'

'허, 말을 잘하는구려. 내가 올 줄 알았단 말이오?'

'그렇습니다.'

'설마! 그렇다면 내가 누구요?'

'당신은 점쟁이입니다. 곡여(谷如)라는 이름도 갖고 있겠지요!'

'네?'

스승님은 깜짝 놀랐습니다. 곡여는 스승님의 도명인데 산 속의 젊은이가 어찌 알았겠습니까! 더구나 한눈에 점쟁이인 줄 알아보았던 것이지요. 스승님은 신비한 기분을 느끼고 정중하게 물었지요.

'당신은 누구십니까?'

'나는 천정(天晶)이라는 사람입니다. 오늘 돈이 필요해서 여기

앉아 있는 겁니다.'

'돈이라니요?'

'나는 벗을 만나러 이곳에 왔습니다. 그런데 돈이 없군요. 술이라도 사 들고 가야 할 텐데……'

'당신은 술을 좋아하시오?'

'그렇습니다. 나의 벗도 술을 좋아합니다.'

'그래요? 술값은 내가 그냥 드리리다.'

'싫어요. 나는 거저 받는 것은 질색이오.'

'그럼 어떡하겠소?'

'점을 봐 드리지요.'

'그래요? 어디 한번 보시오. 엉터리면 돈을 안 주겠소!'

스승님은 이렇게 말했지만 실은 그 젊은이를 이미 크게 신뢰하고 있었지요. 천정이란 사람은 잠시 스승님을 살피더니 얘기를 시작했습니다.

'당신은 제자가 있지요. 크게 될 사람은 아닙니다. 하지만 인간 세상에선 제법 이름을 날리겠군요. 그보다는 당신 운수나 봐주지요. 당신은 내일 잔칫집에 가지 말아야 할 것입니다. 그곳에 가면 운수가 나빠져서 며칠 내로 큰 재난을 당합니다.'

'무슨 재난이오?'

'천기(天機)라서 누설할 수 없습니다.'

'그렇습니까? 고맙습니다. 명심하도록 하지요. 당신을 다시 찾으려면 어떡하면 좋지요?'

'왜 나를 찾으려 합니까?'

'점이 맞으면 당신에게 3년분의 술을 사 드리지요.'

'하하, 공연한 짓 마세요. 당신은 나를 찾을 자격이 없습니다.'

'네? 아, 그렇군요.'

스승님은 천정이 결코 범상한 사람이 아니라는 것을 깨달았지요. 그래서 급히 예의를 갖추었습니다. 스승님은 그 젊은 사람에게 큰절을 올렸습니다. 그리고 다시 말했습니다.

'당신께서는 도인이시군요. 제가 무례를 범한 것 같습니다. 미혹한 인간이 눈이 어두워서 그랬으니 노여움을 푸십시오.'

'좋아요. 잊기로 합시다.'

'고맙습니다. 하지만 다시 꼭 찾아 뵙고 싶으니 거처를 알려주십시오.'

스승님은 간곡히 청원했습니다. 그러자 천정 도인은 고개를 저으며 마지못해 대답했답니다.

'당신은 나를 찾지 못해요. 당신 제자라면 모를까…….'

'네? 아, 네, 좋습니다. 어디 계신지요?'

'나는 정체가 없어요. 하지만 제자가 당신 나이가 되면 나는 노추산이란 곳에 돌아다니고 있을 거요.'

'아, 그렇습니까? 그럼 제자가 훗날 찾아 보면 됩니까?'

'공연히 왜 찾아 다닙니까?'

'공부를 위해서지요.'

'그래요? 허, 가상한 일이오. 좋아요. 방법을 일러 드리지요. 제자는 당신과 비슷한 운명을 살아갈 겁니다. 유명한 점쟁이가 되겠지요. 그런데 나중에 은퇴 무렵이면 중대한 문제가 있을 겁

니다. 그때 나를 찾아오도록 하시오.'

'그 전에는 안 됩니까?'

'절대 안 됩니다. 그리고 당신 제자도 나를 직접 찾지는 못해요.'

'그럼 어떡하지요?'

'세월을 흘러 보세요. 그때가 되면 방법이 있겠지요. 나를 찾는 데도 귀인을 만나야 합니다.'

천정 도인은 이렇게 사라졌습니다."

여암 선생은 얘기를 다 마치고 나서 허탈한 미소를 지었다.

김회장이 말했다.

"신비한 이야기군요! 어떻게 보십니까? 천정이란 그분을?"

"아주 심원한 도인입니다. 필경 인간 세계의 분이 아니겠지요. 우리 스승님께서는 그날 이후 잔칫집에 갔어요. 그런데 며칠 후 재난이 있었습니다. 부인께서 물에 빠져 죽고 스승님께서는 큰 화상을 입었습니다. 천정 도인은 모든 것을 알고 있었던 것이지요."

"……."

"저에 대해서도 예언이 정확했어요. 저는 큰 학문은 이루지 못하고 인간 세계에 겨우 알려진 점쟁이가 됐지요. 스승님께서는 죽기 전에 유언을 남겼습니다. 그분을 만나 술을 대접하고 또한 가르침을 청하라고 말입니다."

"그런 사연이 있었군요!"

"그런데 중대한 일은 무엇이겠습니까? 따님에 관한 일입니다.

저는 이제 죽을 날도 멀지 않았습니다. 저에게는 부귀영화도 필요 없지요. 하지만 따님의 문제는 반드시 풀어 보고 싶습니다. 그것이 저의 마지막 소원입니다.”

“아, 네, 고맙습니다! 이제부터 어떡하시렵니까?”

“천정 도인을 찾아야겠지요. 저는 그분을 찾을 때까지 따님의 이모저모를 살피며 각별히 보호하고 있겠습니다.”

“그럼 천정 도인부터 찾아야겠네요? 노추산이라고 했나요?”

“그렇습니다. 회장님은 사람을 동원해서 대대적으로 찾아보십시오.”

“알겠습니다. 그분의 연세는 얼마나 되었을까요?”

“저하고 비슷할 겁니다. 당시 스승님께서 그분을 젊다고 했으니까요.”

일은 새로운 방향으로 열리기 시작했다. 회장은 여암 선생에게 집무실과 숙소를 정해 주고 다음날 즉시 노추산에 사람을 파견했다. 그리고 박전무의 제안에 따라 추가로 탐색 전문가를 동원하는 한편 천정 도인을 찾아 주는 사람에 대해 현상금도 걸었다. 지민이의 운명을 바꾸려는 노력이 본격적으로 전개되고 있는 것이었다.

천재를 유인하다

이경숙이 석준일에게 말했다.

"선생님, 저를 좋아하세요?"

"예? 그…… 그럼요."

석준일은 이경숙을 귀여워 죽겠다는 듯이 쳐다보며 몇 번씩 고개를 끄덕였다. 이경숙은 일부러 우울하게 말했다.

"저…… 소원이 하나 있는데요."

"뭔데요?"

"들어 주실래요?"

"말을 해 봐요."

"싫어요. 먼저 대답해 줘요."

"……."

석준일은 고개를 끄덕였다.

"어머! 약속했어요? 나는 선생님이 좋아요."

이경숙은 석준일의 손에 뽀뽀를 하면서 애교를 섞어 말했다.

"선생님, 우리 친척 좀 도와주세요!"

"무슨 일인데요?"

"전에 말씀드렸던 친척 있잖아요. 저에게 잘해 주는 삼촌이에요. 그분은 큰 사업을 하시는데 선생님의 도움이 필요해요."

"점치는 일인가요?"

"네."

"어렵지 않은 일이군요. 점을 봐 주지요."

"그런 얘기가 아녜요."

"그럼요?"

"아예 단골로 점을 쳐 주는 거예요. 아주 회사에 들어가서 말예요."

"회사에 들어가다뇨?"

"아이 참, 회사 고문이 되는 것이지요. 돈을 많이 준대요."

"그래요? 그거 좋은데요."

준일이는 돈이라면 무조건 좋아한다. 최근에는 이경숙과 함께 다니느라고 돈이 더욱 많이 필요한 상황이다.

이경숙이 은근히 석준일의 팔에 기대며 말했다.

"선생님, 그 회사 고문이 되면 점쟁이 노릇 안 해도 돼요. 일 안 하고도 돈을 몇 배나 벌 수 있어요. 저랑 많이 놀러 다니면 좋잖아요!"

"음, 그래요."

석준일은 미소를 짓고 눈을 감았다. 아주 좋다는 표정이었다.

이경숙은 더욱 기대며 말을 이었다.

"됐어요. 나하고 약속했어요! 나중에 딴소리 하면 싫어요."

"그럼요. 약속은 지킵니다."

며칠 후 이경숙은 석준일을 데리고 대경산업에 찾아갔다.

최회장과 김실장이 두 사람을 반갑게 맞이했다.

"여기 앉으시지요."

석준일이 의젓한 자세로 자리에 앉자 이경숙은 석준일의 팔짱을 끼며 말했다.

"선생님, 인사하세요. 우리 삼촌이세요."

"안녕하십니까? 최일찬입니다."

"네, 저는 석준일이라고 해요."

석준일은 제법 격식에 맞게 인사를 나누었다.

이어 이경숙이 말했다.

"삼촌, 선생님께서 이 회사에 들어오겠다고 했어요. 그렇지요, 선생님?"

"……."

석준일은 고개를 끄덕였다.

최회장이 말을 받았다.

"고맙습니다. 회사일을 도와주시면 보수는 섭섭지 않게 드리겠습니다."

"……."

"그리고 한 가지 당부 드릴 일이 있습니다. 저희 회사 고문이 되시면 다른 회사일을 보시면 안 됩니다."

"……."

석준일은 영문을 몰라 이경숙을 쳐다봤다.

이경숙이 나섰다.

"선생님, 대답하세요. 뻔하잖아요? 이 회사와 정식으로 계약하
면 다른 회사일을 보면 안 되는 거예요."

"……."

석준일은 잠시 생각하고는 고개를 끄덕였다.

그러자 최회장이 일어나서 악수를 청하며 말했다.

"선생님, 이제 계약이 체결된 겁니다. 앞으로 잘 좀 부탁합니
다."

석준일은 일어나서 악수를 받았다.

최회장이 다시 말했다.

"오늘은 좋은 날입니다. 어디 가서 함께 한 잔 하실까요?"

"……."

석준일은 고개를 저으며 이경숙을 바라봤다.

이경숙이 말했다.

"삼촌, 선생님은 저하고 단둘이 시간을 보낼 거예요."

"오, 그런가?"

최회장은 그럴듯하게 말을 이었다.

"그럼 네가 선생님을 모시고 가거라. 그리고 참…… 선생님에
게 계약금을 드려야지!"

"……."

석준일은 고개를 끄덕였다. 돈이라면 무조건 좋다는 것이다.
최회장은 천만 원을 선뜻 석준일에게 내주었다.

"우선 천만 원인데 이건 계약금입니다."

석준일은 상기된 모습으로 돈을 받았다. 천만 원이라면 석준일

에게 있어서 상당히 큰 돈이었다.

"선생님, 나가요."

이경숙은 다정스럽게 기대며 석준일을 일으켜 세웠다.

두 사람이 나가자 김실장이 말했다.

"회장님, 일이 잘되었습니다. 며칠 후 큰 건이 있지 않습니까! 그것을 맡겨 보지요."

회장은 고개를 끄덕였다. 큰 건이라는 것은 정부 공개입찰을 말한다. 몇 년 전에는 석준일이 남양물산을 도와 김회장에게 낙찰을 받게 해 준 적이 있었다. 이번 것은 그 당시보다 더욱 큰 것이었다. 최회장은 이번 일로서 몇 년 전 일을 당장에 만회할 생각을 하고 있었다. 이제 석준일이 대경산업에서 일하게 되면 사사건건 남양물산을 이길 수 있으리라!

운명의 단서

　이경숙은 석준일과 함께 회사에 다녀간 다음날 김실장으로부터 거금 일억 원을 받았다. 꿈 같은 일이었다. 김실장은 돈을 건네주면서 말했다.
　"이양, 앞으로 돈을 더 벌고 싶지 않아? 석선생만 꽉 잡고 있으면 평생 일 안 하고 큰돈 벌 수 있어. 알겠어?"
　"알아요. 앞으로도 잘할 거예요."
　"좋아. 무슨 짓을 해서라도 완전히 녹여 놓으라고!"
　이경숙은 요염한 미소를 지으며 고개를 끄덕이고 있었다.
　이런 일이 있고 나서 며칠 후 남양물산에서는 영천 철학관에 사람을 보내 왔다. 용건은 두 가지가 있었다.
　최비서가 말했다.
　"며칠 후 우리 회사에서는 정부 사업에 응찰을 하게 됩니다. 전처럼 도와주시겠지요?"
　"안 됩니다."
　"네? 지난번에도 도와주셨잖습니까! 이번에는 돈을 많이 드리겠습니다."

"싫어요."

"싫다니요? 왜 그러시지요?"

"나는 다른 회사에 소속됐어요."

"다른 회사라니요?"

"대경산업이라는 곳입니다."

"네?"

최비서는 깜짝 놀랐다. 대경산업은 남양물산의 라이벌 회사가 아닌가! 최비서는 속으로 짐작했다. 필경 무슨 공작이 있었던 것이리라! 대경산업에서는 능히 그런 일을 할 수 있었을 것이다. 천재를 내버려 둘 리가 있겠는가! 최비서는 잠시 생각하고는 태연하게 다시 말했다.

"선생님, 그럼 개인적인 일을 묻겠습니다. 대답해 주시겠지요?"

"말해 보세요."

"사람을 찾고자 합니다."

"누구요?"

"천정 도인이란 분입니다."

"천정?"

"떠돌아다니는 분이군요."

"그렇습니다."

"모르겠는데요. 아니, 노추산에 가 보세요."

"언제요?"

"몰라요. 왔다갔다하니까 계속 찾아보세요."

"아, 네. 그분은 살아 계십니까?"

"그렇습니다."

최비서는 물러 나왔다. 회사 입찰 건은 대답을 듣지 못했지만 천정 도인에 대해서만은 단서를 얻은 셈이었다. 천정 도인은 실제로 존재하는 사람이고 노추산에 출현하고 있는 중인 것이다.

남양물산에서는 최비서의 보고를 받고 적이 실망했다. 입찰 건에 대한 답을 들을 수 없었기 때문이다. 하지만 김회장은 천정 도인에 대한 실재 여부를 확인한 것을 기뻐하고 있었다. 이에 따라 회사측은 더욱 기대를 가지고 수색에 박차를 가했다.

여암 선생은 며칠에 한 번씩 회사에 나와서 자문에 응하고 있었다. 남양물산 산하 운명 연구원의 책임자인 박전무는 김지민에 대한 모든 자료를 수집하여 여암 선생에게 일일이 자문을 구하였다. 여암 선생은 운명 연구가 입장에서 단 한 사람의 운명이 어떻게 되는가를 연구하고 있는 것이다.

한 사람의 운명을 알기가 이토록 어렵다니! 여암 선생은 평생을 통해 수많은 사람의 운명을 감정해 주었다. 그런 방식으로 김지민의 운명도 살필 수 있었다. 하지만 석준일이 예언한 그런 재난의 시점을 알 수가 없었다.

김지민은 월주, 일주, 시주에 묘(卯)가 들어 있고 연주에 자(子)이다. 이는 근본이 수(水)로서 나무를 자라게 하고 나무는 불을 부른다는 뜻이 있다. 이는 명예와 부, 그리고 아름다움이라는 뜻이 있지만 화재를 부르는 뜻이 있다.

김지민의 관상은 원래 귀상(貴相)이려니와 미간에 재앙을 감추

고 있다. 음성은 화(火)음, 손금은 문양이 다양하고 가벼워서 이
것도 불을 부르는 형상, 신상은 학과 같아서 부귀와 장수의 상
이려니와 이것은 불을 조심해야 하는 상이다.

이름은 나무랄 데가 없다. 다만 사주에는 화택규(火澤규), 손위
풍(巽爲風), 풍화가인(風火家人), 택수곤(澤水困) 등이 있어 이는
모두 불과 관련이 있다.

화택규는 바다에서 떠오르는 태양의 형상으로, 유명하고 화려
한 운수이지만 불이 움직이는 것이고, 풍화가인은 좋은 배필을
만나고 또한 나무에 불이 붙는다는 뜻이 있다.

손위풍은 외국에 많이 나다니고 변화가 많고 풍족한 운수이나
이것도 불을 일으킨다는 뜻이 있다.

택수곤은 호수에 물이 메마른다는 뜻이니 자손이 귀하고 불을
조심해야 하는 운세이다.

여암 선생은 김지민에 대해 모든 것을 연구하는 중이다. 오늘
은 회장으로부터 이정현에 대한 얘기를 듣고 있었다.

"귀인입니다. 딸아이에게는 은인이며 아주 상서로운 사람 같습
니다."

회장은 여암 선생에게 이정현을 설명하면서 자신의 의견을 덧
붙였다.

"선생님, 딸아이와 그 사람은 어떤 인연입니까? 딸아이는 그
사람에 대해 관심이 많습니다. 궁합 관계는 어떻습니까?"

여암 선생이 대답했다.

"궁합은 깊은 산에 깃들인 새와 같습니다. 그 남자의 품에서

따님은 평화를 얻을 수 있습니다. 또한 땅 속에 저장된 물과 같아서 풍요와 저력이 무한합니다. 궁합으로 말하면 아주 이상적입니다. 그 사람은 따님을 사랑하고 행복하게 해 줄 수 있습니다."

"……."

회장은 적이 만족해 하며 다시 물었다.

"결혼을 시켜도 좋겠습니까?"

"궁합은 아주 좋습니다. 그러나 당사자간의 사랑이 문제겠지요. 그 문제만 해결되면 운명상 문제는 전혀 없습니다. 서로 상보적 관계를 유지하여 행복한 인생을 살아갈 것입니다."

"그렇군요! 딸아이도 그 사람을 무척 맘에 들어 하고 있습니다. 날이 갈수록 더욱 친해지고 있는데 딸아이의 운명이 문제이군요."

"네, 그게 문제입니다. 하지만 남녀가 만나서 함께 살면 서로의 운수를 주고받기 때문에 액운을 면할 수도 있습니다. 그러나 영천 선생이 말한 따님의 운명은 결코 쉽게 피해질 것 같지가 않습니다."

"영천 선생이 누구지요?"

"석준일을 말합니다. 그 사람의 예언은 절대적입니다."

"아, 네. 석선생의 호(號)를 말씀하시는 것이군요. 그분의 예언은 틀림없겠지요."

"……."

여암 선생은 눈을 지긋이 감고 고개를 끄덕였다.

회장이 다시 말했다.

"선생님, 천정 도인을 찾는다면 딸아이의 운명을 바꿀 수 있겠습니까?"

"글쎄요, 천정 도인이 제아무리 높은 도인이라 할지라도 영천 선생이 말한 운명이 틀려지는 법은 없을 것입니다. 다만 천정 도인은 최선을 다하겠지요. 천정 도인과 영천 선생은 필사적인 대결을 벌일 것 같습니다."

"대결이라니요?"

"따님의 운명을 놓고 말입니다. 영천 선생은 자신이 말한 운명은 절대로 벗어나지 못한다고 극언할 것입니다. 그리고 천정 도인은 이에 맞서 따님의 운명을 바꾸어 보려고 있는 힘을 다할 것입니다."

"천정이 이길 가능성이 있을까요?"

"그것은 장담할 수 없습니다. 운명은 하늘이 정해 준 것입니다. 천정 도인은 필사적인 노력을 기울이겠지만 운명을 바꾼다는 것은 쉽지 않을 겁니다. 아무튼 천정 도인을 하루빨리 찾아서 따님을 의뢰해야겠습니다."

"네, 지금 애쓰고 있습니다. 노추산 일대를 샅샅이 뒤지고 있는 중이지요. 산 중턱과 입구에는 상주 인원을 배치하고, 그 지역에 사는 모든 사람에게 협조를 구하고 있습니다."

"잘돼야 할 텐데요. 운명의 기간이 얼마나 남았는지 몰라서 난감합니다."

"최대한 조심하고 있습니다. 불이 날 만한 곳에는 아예 가지 않습니다.”

“그래야겠지요. 하지만 평생을 그렇게 살 수가 없으니 문제지요. 자, 그건 그렇고 이제 따님의 사생활을 들려 주시지요.”

회장은 김지민의 이모저모에 대해 얘기하기 시작했다. 운명의 단서를 잡기 위함이었다. 여암 선생은 김지민의 어린 날에서부터 최근에 이르기까지의 생활, 그리고 취미나 기호, 친지나 가족, 교우, 옷이나 음식 취향, 학업이나 포부 등 모든 것을 듣고 있었다.

그 중에는 이정현이 최근에 김지민을 구한 일도 포함되어 있었는데, 이에 대해 여암 선생은 특별한 의미를 부여하고 있었다. 이정현은 한번 김지민을 구해 주었지만 두 사람의 관계는 귀인과 은덕 관계로서 이정현은 일종의 수호신 역할을 한다는 것이다. 따라서 평생을 함께 살면 김지민은 그로부터 보호를 받을 수 있으며 많은 액운을 면할 수도 있다는 것이다. 이는 두 사람의 결혼이 운명에도 잘 부합된다는 뜻이다.

원래 부부는 그러한 법이다. 서로 모든 것을 주고받는 관계이기 때문에 재앙이나 복도 주고받는다. 다만 여자는 남자에게 액운을 주기가 쉽고 남자는 여자에게 행운을 주기가 쉽다. 이는 음양의 이치거니와 남녀가 서로 잘 부합되는 관계라면 서로의 액운을 풀어 주고 행운을 취득할 수가 있다. 하지만 한 개인이 갖고 있는 절대적인 운명, 즉 숙명은 남이 풀어 줄 수 있는 것이 아니다.

회장은 이정현에 이어 친구인 최명숙에 대해서도 얘기했는데,

여암 선생은 이에 대해서도 의미를 부여해 줬다. 인간 관계란 서로 주고받는 관계가 있으므로 좋은 운을 가져다 주는 사람과 그렇지 않은 사람이 있다는 것이다. 이는 인간이 서로 친하고 안 친하고와는 관계가 없다. 친한 친구도 액운을 가져다 주는 수가 있고, 서로 미워하는 사이일지라도 행운을 가져다 주는 수가 있는 것이다.

어쨌건 여암 선생은 최명숙과 만날 때는 조심하라고 일러주고, 며칠 전 최명숙의 집에서 화재가 날 뻔했던 사실도 주목할 만하다고 말해 주었다. 이는 어쩔 수 없는 일이었다. 김지민이 그만한 운명이기 때문에 매사에 조심하고 생활상에서 발생한 일들에 대해 뜻을 부여할 수밖에 없는 것이다.

운명의 단서를 찾기 위해 여암 선생은 김지민의 모든 것에 뜻을 부여하고자 했다. 회장은 자신이 딸에 대해 알고 있는 모든 것을 얘기하고 있었다. 운명의 단서, 액운의 그림자, 이것만 찾을 수 있다면 운명을 피해 갈 수 있을까?

기쁜 자와 슬픈 자

　영천 석준일 선생은 대경상사의 회의실에 앉아 있었다. 옆에는 최회장과 김실장, 그리고 전무, 재정 담당 상무 등 회사 간부들이 자리를 함께 했다. 오늘은 중대한 결정을 해야 하는 날, 영천 선생이 초청된 것도 이 일 때문이다.

　김실장은 돈의 액수를 적은 각각의 메모 카드 10장을 내놓았다. 이것은 정부 공개입찰에 응찰할 액수였다. 영천 선생이 할 일은 이 중에서 한 장을 골라내는 것이었다. 정부 입찰에는 남양물산을 비롯하여 10여 개 회사가 나설 예정이었다. 응찰 액수는 남보다는 많게 적어야겠지만 가급적 최소 액수를 정해야 하는 것이다.

　석준일은 이러한 개념을 잘 알고 있었다. 전에도 한번 해 봤기 때문이다. 그로 인해 남양물산에 커다란 이익을 안겨 주었거니와 이제는 대경의 최회장이 그것을 주문하고 있는 것이다.

　"……."

　모두들 숨을 죽이고 있는 가운데 석준일은 카드를 뒤적이고 있었다. 석준일의 눈은 어느새 꿈쩍거리고 있었다. 이는 미래를 보고 있는 자세였다. 손에 든 카드가 무심결에 옮겨지고 있었다. 이윽고 석준일은 눈을 떴다. 그리고는 카드를 다시 한 번 들여다보았다.

"이거예요!"

석준일은 최회장에게 카드를 넘겨 주었는데, 그것은 카드 10장 중 4번째 액수를 정한 것이었다. 최회장은 그 액수를 보고 고개를 끄덕였다. 만족한 액수였기 때문이다. 만일 이 정도의 액수로 낙찰이 된다면 회사는 막대한 이익을 얻게 된다.

최회장이 미소를 지으면서 정중하게 말했다.

"영천 선생님, 수고하셨습니다. 이대로만 하면 낙찰이 되는 것입니까?"

"……"

석준일은 고개를 끄덕였다.

"고맙습니다. 후일 큰 사례를 하겠습니다. 오늘은 약주나 한잔 하시지요."

최회장은 돈 봉투를 꺼내 주었다. 석준일은 이를 한 손으로 받아 급히 주머니에 넣었다. 이로써 오늘의 회의는 종료되었다.

석준일은 두툼한 돈 봉투를 받았으니 오늘은 기분이 좋은 날이다. 석준일은 언제나 돈을 좋아했다. 그리고 많이 쓰기를 좋아한다. 특히 이경숙에 대해서는 돈을 아끼지 않는다.

석준일은 김실장과 함께 밖으로 나왔다. 밖에는 이경숙이 기다리고 있었다.

"선생님……"

이경숙이 다가와서 다정하게 팔짱을 꼈다. 김실장은 다시 회의장 안으로 사라졌다. 석준일과 이경숙은 무엇인가 다정한 말을 주고받으며 회사를 나섰다. 석준일은 이제 행복한 시간을 보내게 될 터였다.

그런데 최근에 와서는 이경숙에게 묘한 감정이 일고 있었다. 그것은 석준일에 대한 감정인데, 실제로 석준일이 좋아지고 있는 것이었다. 처음에는 물론 거짓 마음으로 상대했었다. 그것은 오로지 돈을 벌기 위한 수단이었는데, 세월이 갈수록 정말로 석준일이 좋아진 것이다.

이경숙은 석준일과 함께 있으면 왠지 안도감을 느끼고 행복감을 느꼈다. 석준일에 대해 존경심도 갖고 있었다. 이경숙의 마음에 어느덧 석준일에 대한 사랑이 싹트고 있는 것이었다.

두 사람은 차에 올랐다.

"선생님, 오늘은 강변으로 놀러 가요."

이경숙이 운전석에 앉아 시동을 걸면서 말했다. 옆에 앉아 있는 석준일은 기쁜 표정으로 고개를 끄덕였다. 잠시 후 차는 달리고 있었다.

이럴 즈음 남양물산 회장의 딸인 김지민도 차를 몰고 있었다. 친구의 약혼식장에 가기 위함이었다. 친구 최명숙이 한 달 전에 만난 남자와 전격 약혼을 하는 것이다. 약혼식 장소는 경춘 가도에 있는 경치 좋은 카페였는데, 이곳은 최명숙이 그 남자와 처음 만났던 곳이었다.

지민이는 지금 그 장소를 찾아가고 있는 중이다. 운전석 옆에는 꽃과 선물이 놓여 있다. 지민이는 언뜻 시계를 보고는 속도를 높였다. 거리는 한산했다. 우측으로는 시원하게 트인 강변이 전개되고 있었다.

잠시 후 지민이의 차는 주유소에 멈추었다. 연료를 보충하기 위해서였다. 주유소는 휴게소와 붙어 있었는데, 지민이는 마침 음료수를 마시고 싶었다. 주유소에는 차가 여러 대 몰려 있었다. 지민이는 기다릴까 하다가 음료수를 먼저 먹기로 했다. 휴게소 안은 상당히 넓었는데, 손님은 보이지 않았다. 지민이는 차 있는 쪽을 뒤돌아 보면서 휴게소 문을 열었다. 바로 이때였다. 지민이는 자신도 모르게 뒤로 나자빠졌다.

"꽝!"

그와 동시에 격렬한 폭음이 진동했다. 지민이는 고막이 멍멍해지면서 얼굴에는 더운 기운을 느꼈다. 건물은 불타고 있었다. 가스가 폭발한 것 같았다. 지민이는 급히 몸을 움직여 사고 현장에서 물러났다.

불길은 어느새 옆 건물로 옮겨지고 있었다. 주유소 사람들은 급히 소화기를 들고 나섰다. 자칫하면 불길이 주유소 쪽으로 뻗쳐 올 수도 있었다. 지민이는 멀리 피해 버렸다. 불길은 바람을 타고 주유소 반대쪽으로 번져 갔다.

얼마 후 소방서 차량이 나타나고 불은 진압되었다. 주유소는 무사했다. 지민이는 놀란 가슴을 쓸어안고 주유소를 떠났다. 그곳에서 연료를 보충할 마음이 싹 가셨던 것이다.

만일 몇 초만 일찍 휴게소 문을 열었더라면 크게 화상을 입었

을 것이다. 아니, 몇 분만 일찍 휴게소 안으로 들어섰다면 불에
타 죽었을 것이다. 아슬아슬한 순간이었다.

지민이는 겨우 마음을 수습하고 약혼식장에 도착할 수 있었다.
마음은 왠지 슬펐다. 약혼식장에는 이미 여러 친구들이 도착해
있었고 최명숙은 기쁜 표정을 짓고 있었다.

운명 회의

휴게소 폭발 사고는 지민이에게 큰 충격을 안겨 주었고 김회
장의 마음도 흔들어 놓았다. 가혹한 운명이 늘 지민이를 따라다
니는 것처럼 느껴졌다.

김회장은 회의를 소집했다. 점차 다가오는 듯한 운명의 그날에
대비하기 위해서였다. 우선 여암 선생이 참석했고, 운명 연구소
의 연구원인 문형섭 교수도 초청되었다. 그 외에 지민이의 애인
인 이정현, 멀리 노추산에 가서 천정 도인을 탐색하는 책임자인
조상무, 여암 선생의 친구인 일송 선생 등이 배석했다.

김회장이 서두를 꺼냈다.

"요즘 내 느낌이 좋지 않아요. 무엇인가 임박했다는 느낌이 들
어요. 딸아이는 지금 슬픔에 잠겨 있습니다. 무슨 대책을 세워야
할 것 같습니다. 여러분의 좋은 의견을 듣고 싶습니다."

"……."

회의 참석자들이 잠시 생각하는 사이 문형섭 교수가 나섰다.

"제가 말씀 드리지요. 저는 운명을 믿고 있는 사람입니다. 그
것은 과학적으로도 입증되어 있습니다만……. 지민 양의 운명은

지금 현안이 되어 있습니다. 저는 먼저 며칠 전 발생했던 휴게소 사건을 살펴 보겠습니다.

그날 지민 양은 간발의 차이로 참변을 면했습니다. 그것은 우선 시간상의 문제였습니다. 만일 지민 양이 몇 초 정도 일찍 주유소에 도착했더라면 어떻게 되었겠습니까! 그날 사고로 휴게소 직원 다섯 명과 손님 한 명이 사망했습니다. 휴게소 안에 있었던 사람들 전원이 사망한 것이지요. 지민 양은 몇 초 차이로 화를 피할 수 있었습니다. 그날 꼼짝없이 당할 뻔한 것입니다.

제가 이것을 강조하는 데는 이유가 있습니다. 그날 일을 분석해 보죠. 지민 양은 집에서 나서기 바로 전에 이정현 군의 전화를 받았습니다. 정현 군은 그곳에 데려다 준다고 했지요. 지민 양은 시간이 늦었다며 자신이 혼자 가겠다고 했습니다. 아무튼 전화를 받는 바람에 출발 시간이 몇 분 늦어졌습니다. 그로 인해 휴게소 도착도 늦어졌겠지요. 결과적으로 지민 양은 화를 면했습니다.

사실 그날 지민 양은 화를 당할 운명이었던 것처럼 보여집니다. 석선생이 미래를 살펴봤을 때 나타났던 광경은 그날이었을 것이라고 봅니다. 저는 그렇게 생각하는 바입니다. 따라서 지민 양의 운명은 지나갔다고 생각됩니다. 앞으로 더욱 조심은 하되 슬픔에 잠겨 있을 필요는 없다고 봅니다.

인생의 일은 대개 우연이 많습니다만, 그날 휴게소 사건은 너무나 자명하여 운명이었던 것 같습니다. 그러나 지민 양이 휴게소에 몇 초간 늦게 도착한 것은 우연이었습니다. 즉 우연이 운명을 피하게 해 준 것이지요. 이 점이 중요합니다.

제가 생각건대 석선생은 분명한 미래를 봅니다. 하지만 오차가 있을 수 있습니다. 더구나 지민 양이 가는 곳마다 화를 당할 리 있겠습니까! 이번 일로써 소위 액운을 피했다고 보는 것입니다.”

문형섭 교수가 말을 마쳤다. 일종의 위로의 말이었다. 하지만 김회장은 교수의 의견에 찬성하지 않았다. 위로는 좋았다. 지민이는 슬픔에서 벗어나고 용기도 가져야 한다. 그러나 액운이 지나갔다고 방심한다면 화를 자초할 수도 있을 것이다.

물론 교수는 여전히 조심할 것을 권하고 있다. 결국 교수의 말은 내용이 없는 것이 된다. 액운이 지나간 것 같으니 슬퍼하지 말라, 하지만 혹시 또 모르니 조심하라는 것이었다. 회장이 말없이 고개를 끄덕이자 여암 선생이 나섰다.

“제가 말씀 드리지요. 운명은 세 가지로 요약됩니다. 시간과 장소, 그리고 내용입니다. 사람에 따라 나쁜 시간이 있습니다. 그럴 경우 그 사람은 그 시간만 피하면 액운은 사라집니다. 일진이 나쁜 날이 바로 그것이지요.

다음은 장소입니다. 어떤 사람은 산이나 강, 혹은 모종의 장소가 운명상 나쁜 사람이 있습니다. 그런 사람은 그 장소에 안 가는 것으로 화를 면할 수 있겠지요.

그런데 문제는 내용입니다. 만일 어떤 사람이 무슨 일을 당한다는 운명일 때 이것은 시간과 장소가 문제가 아닙니다. 이 사람은 시간과 장소는 상관없이 그 일을 당하고야 만다는 뜻입니다. 저도 얼마 전 그런 일을 당한 바 있습니다. 석선생이 저의 운명을 예언했는데, 그대로 되었지요. 피할 수가 없었습니다. 유사한 사건이 발생해서 안심하는 순간 진짜 운명이 준비되어 있었던 것입니다.

저는 하늘이 일부러 운명을 만든다고 보지 않지만 방심하는 순간 운명이 다가온다고 봅니다. 따라서 지민 양은 더욱 조심해야 할 것이라고 생각되어집니다. 휴게소 사건은 분명 액운을 면한 것입니다. 하지만 그것으로 안심해서는 안 됩니다. 오히려 징조로 보건대, 이제부터는 각별히 조심해야 할 것이라고 봅니다. 운명이란 언제나 방심할 때 나타나는 법입니다. 어쨌든 지민 양의 운명은 아직도 진행 중입니다.

그래서 저는 항상 긴장을 늦추지 않으려고 합니다만, 이번 사건을 통해 한 가지 드러난 것이 있습니다. 그것을 설명하겠습니다."

"……."

"운명이란 참으로 알기 어려운 것입니다. 하지만 반드시 전조(前兆)라는 것이 있는 법입니다. 전조란 큰 사건 앞에 부수적으로 일어나는 작은 사건입니다. 소위 단서라는 것인데, 이를 보고 큰 사건을 알 수 있습니다. 저는 지민 양의 사생활 속에 단서가 드러난다고 보기 때문에 자주 대화를 나누고 싶습니다.

그리고 모든 운명은 사람 따라 일어납니다. 나쁜 일의 경우는 반드시 악연이란 것이 있게 마련입니다. 저는 지민 양의 악연이란 것을 살펴보았습니다. 그 결과 한 사람이 눈에 띄었는데, 그 사람은 바로 최명숙입니다."

"……."

"물론 최명숙은 인격적으로는 하자가 없습니다. 단지 악연일 뿐이라는 겁니다. 악연이란 오히려 친한 사람 쪽에 많은 법입니다. 지민 양은 앞으로 최명숙을 각별히 조심해야 하는 한편 그 여자와 관계된 모든 일을 연구할 필요가 있습니다. 지민 양은 최명숙 때문에 두 번이나 죽을 뻔했습니다. 또 한 번은 큰 사고는 없었지만 불길하게도 화재를 당할 뻔한 일을 보여 주었습니다. 저는 지민 양이 최명숙을 언제 어디서 어떻게 처음으로 만나게 되었는가를 듣고 싶습니다. 어쩌면 그 얘기 주변에서 운명의 단서를 찾아낼 수도 있습니다.

그리고 이번 휴게소 사건은 지민 양의 운명이 석선생의 예언대로 되어 간다는 것을 입증했다고 봅니다. 지민 양은 더욱 조심해야 하고 외출할 때에는 필히 위험을 염두에 둬야 합니다. 특히 먼 곳으로 나갈 때는 경호 체제를 분명히 해야 할 것입니다."

여암 선생이 말을 마치자 일송 선생이 나섰다.

"두 분 얘기를 잘 들었습니다. 저는 객인(客人)입니다만 한 가지 얘기하기로 하죠. 정현 군에 관한 것입니다. 제가 생각건대 정현 군은 지민 양에 대한 귀인입니다. 귀인이란 운명상 액운을 제거해 주는 존재입니다. 따라서 지민 양은 하루바삐 정현 군과 결혼을 해야 한다고 봅니다. 그리하면 귀인인 정현 군이 좀더 가까이서 지민 양을 보호할 수 있을 것입니다. 그리고 결혼 전이라도 지민 양은 가급적 정현 군과 많은 시간을 가져야 할 것입니다. 이번 휴게소 사건만 해도 정현 군과 함께 갔었다면 하필 그 주유소에 들렀겠습니까! 그리고 특히 최명숙과 관계된 일에 나설 때는 필히 정현 군을 대동해야 할 것입니다. 아무튼 귀인을 가까이하라고 권고하고 싶습니다.”

일송 선생이 말을 마치자 김회장은 조상무를 지명했다.

조상무가 나섰다.

“저는 천정 도인을 찾고 있습니다만 그 상황을 말씀 드리겠습니다. 천정 도인은 노추산이란 곳에 출현할 것으로 알려져 있습니다. 저는 그곳 일대에 사람을 상주시키고 있는 중입니다. 노추산 입구에는 구절리라는 자그마한 마을이 있는데, 그곳 주민은 200명 가량 됩니다. 그 사람들 중에 천정 도인과 관련 있는 사람이 있을까 해서 전원 조사해 봤습니다. 그 결과 한 가지 중요 사실이 드러났습니다.”

“······.”

“천정 도인이란 분은 몇 년 전에 그곳을 다녀갔답니다. 장소는 풍곡(風谷) 산장이란 곳인데, 어느 날 비를 피하러 왔다가 물을 마시고 사라졌다고 합니다. 그런데 그날 심상치 않은 말을 남겼답니다.”

“······.”

“천정 도인은 산장 주인에게 이렇게 말했습니다.

‘이곳은 상서로운 곳이야. 장차 나를 찾는 사람도 이곳으로 오겠지······. 하지만 아무나 온다고 나를 찾는 것은 아닐세.’

산장 주인은 흥미를 느껴 물었습니다.

'선생님께서는 어떤 분이십니까?'

'나는 천정이란 사람일세. 나를 찾아올 사람은 가혹한 운명 속에 갇혀 있다네.'

'아, 그렇습니까! 그 운명 때문에 누가 선생님을 찾고자 하는 겁니까?'

'음, 하지만 나라고 해서 운명을 뜻대로 바꿀 수는 없어. 더구나 운명을 바꿨다가는 천벌을 받을 거야.'

천정 도인은 다시 오겠다는 말을 남기고 떠나갔습니다."

조상무가 말을 이었다.

"산장 주인의 말에 의하면 천정 도인은 그곳 산장을 아주 마음에 들어 했답니다. 그래서 다시 한 번 쉬러 오겠다고 말했다 합니다. 날짜는 정하지 않았습니다. 그래서 저는 그곳에 사람을 배치해 두었지요. 앞으로 몇 년이라도 그곳에 상주시킬 겁니다. 산장 주인도 협조하겠다고 했습니다."

조상무는 이렇게 보고를 끝냈다.

그러자 일송 선생이 다시 나섰다.

"한 가지 제안을 하겠습니다. 사람을 찾는 데도 귀인이 필요합니다. 천정 도인은 아무나 자기를 찾을 수 없을 것이라고 했습니다. 저는 이번 일에 정현 군이 나섰으면 합니다. 정현 군은 이미 지민 양을 두 차례나 구한 바 있습니다만, 이번에도 천정 도인을 찾는 데 나서 주었으면 합니다. 어쩌면 정현 군이 천정 도인을 찾을 운명을 갖고 있는지도 모릅니다. 저는 그렇게 기대하고 있습니다.”

　일송 선생이 말을 마치자 김회장은 고개를 끄덕였다. 그리고는 이정현에게 말했다.

　“정현 군, 자네가 나서면 좋을 것 같네.”

　“네, 분부대로 하겠습니다. 그렇지 않아도 그럴 생각이었습니다. 지민 씨를 위해서라면 그까짓 일을 못 하겠습니까!”

　“고맙네, 언제 노추산에 가겠나?”

　“제가 알아서 하겠습니다. 요즘 중요한 일이 있어서 그것을 마치는 대로 휴가를 얻겠습니다.”

　회의는 이렇게 끝났다. 운명은 어떻게 찾아올 것인가? 회의에 참석한 사람들은 암담한 마음을 금할 길이 없었다.

사랑에서 운명으로

　이정현은 김지민의 운명을 고찰하는 회의에 참석한 이후부터 줄곧 일이 손에 잡히지 않았다. 지금도 자신의 연구실에서 깊은 상념에 잠겨 있었다. 회사 업무가 모두 끝났음에도 불구하고 이정현은 퇴근을 하지 않고 망연히 허공을 바라보고 있다. 연구실의 조명은 어두웠다. 주변의 물건이 어렴풋이 보이는 정도이다. 그러나 이런 분위기일 때 이정현의 정신은 가장 맑아진다.

　이정현은 김지민의 모습을 그려 보았다. 상상 속의 그녀는 무척 창백해 보였다. 그러나 청초하게 빛나는 아름다움은 여전했다.

　이정현은 김지민의 모습을 상상 속에서 끌어안았다. 운명은 왜 이리도 불합리한 것일까? 그토록 아름답고 연약한 지민, 이 가련한 여인은 무엇 때문에 혹독한 운명에 쫓겨야 하는지. 지민은 육체의 아름다움뿐만 아니라 그 마음마저도 선하고 고귀했다.

　이정현은 석준일이 예언하던 순간을 떠올리며 온몸을 떨었다.

　'불에 타 죽으리라⋯⋯.'

　절대로 그런 일이 있어서는 안 된다. 어쩌면 이 예언이 틀릴지도 모른다. 하지만 이정현 자신의 조사에 의하면 석준일은 미래를 정확히 내다보는 힘이 있었다. 이제 와서 예언을 부정하는 것은 아무런 의미도 없다. 그것은 만용일 뿐이다.

이정현은 고개를 저으며 굳게 다짐했다.

'나 자신 백 번 천 번 죽는 한이 있더라도 지민을 꼭 구하리라.'

이정현은 자신을 희생하여 김지민을 구할 수만 있다면 아무런 미련도 거리낌도 없었다. 이정현은 김지민을 사랑하는 그 자체만으로 이미 행복했다. 이정현은 2년 전 맨 처음 김지민을 만났을 때부터 그런 마음을 가지고 있었다. 이 간절한 사랑을 지금은 김지민도 느끼고 있었다. 김지민은 이정현의 진실한 사랑을, 사랑에 대한 용기를 존경하며 받아들였던 것이다.

그러나 행복감에 취할 시간도 잠시 김지민은 예언의 불안에 떨고 있다.

이정현은 눈을 지긋이 감았다.

'과연 내 힘으로 사랑하는 지민의 운명을 구해 줄 수 있을까?'

이정현은 갑자기 눈을 떴다. 불현듯 하나의 사실을 깨달았다. 사랑하는 님의 인생은 바로 이정현 자신의 인생이고 운명이라는 것을. 이정현은 천천히 고개를 끄덕이며 다짐했다. 기필코 자신의 운명을 행복하게 바꾸어 보리라.

행운인가 액운인가

　여암 선생은 도반인 일송 선생과 함께 김회장을 만났다. 지민에 대해 의논도 할 겸 저녁 회식자리를 가진 것이다. 술이 한순배 돌아가자 일송 선생이 말을 건넸다.

　"회장님, 기분이 어떠신지요?"

　"아, 네, 좋습니다."

　그러나 김회장의 얼굴에는 고뇌가 깃들어 있었다. 일송 선생은 고개를 끄덕이고 부드럽게 말했다.

　"회장님, 심려가 많겠습니다. 하지만……."

　"……."

　"모든 것이 결정적이지는 않습니다. 현재 제가 관심을 갖고 있는 일은……."

　"무엇인지요?"

　"정현 군의 운명 인데. 그것은 아주 중요하지요."

　"네……?"

　김회장은 의아스럽게 생각하였다. 현재 문제는 딸의 운명이 아닌가?

일송 선생이 김회장의 얼굴을 빤히 보며 말을 이었다.

"회장님, 사람의 운명은 귀인을 만나게 되면 어떤 변화가 일어날 수도 있지요, 만일 정현 군이 따님과 결혼할 운이고 또한 행복하게 살 운이라면 그의 운에 의해 따님의 운명이 약화될 수도 있습니다."

"그런 일이 정말 가능한가요?"

김회장이 여암 선생을 보며 관심을 보이자 여암 선생이 나섰다.

"회장님, 합운(合運)이란 것이 있습니다. 남녀가 깊게 사랑하여 한 가정을 이룰 때 이는 운명 공동체가 되지요. 이 때는 두 사람의 운명 중 강한 쪽이 대표적 운명이 됩니다. 물론 사랑의 결속력이 아주 커서 두 사람이 완전히 하나가 될 때만이 가능합니다만……."

"아, 네……."

김회장이 고개를 끄덕였다.

일송 선생이 말을 이었다.

"그래서 말입니다, 회장님……."

"예, 말씀하십시오."

"만일 정현 군이 행복할 운이라면 따님의 액운과 혼합되어 새로운 운명이 생길 수도 있습니다……."

"가능성이 있나요?"

"글쎄요, 제가 보기에는 정현 군은 따님을 무척이나 사랑하고 있는 데다 운명도 좋은 것 같습니다. 그가 자신을 희생하면서까지 나선다면 따님의 운명에 변화가 생길 수 있습니다.”

김회장은 고개를 끄덕이며 대답했다.

“네, 그렇게만 된다면 그 보다 더 좋은 일이 어디 있습니까? 그런데 선생님……”

“말씀하시지요.”

“정녕, 운명이란 바뀔 수 있는 것입니까?”

“이론적으로는 그렇습니다.”

“무슨 뜻인지요?”

“운명에는 강도가 있습니다. 액운의 강도에 따라 변화의 차이가 생깁니다.”

“그런가요? 그럼 우리 아이의 액운은 얼마나 강할까요?”

김회장은 여암 선생과 일송 선생을 번갈아 보며 물었다. 여암 선생이 대답했다.

“글쎄요, 석준일의 예언대로라면 분명 강할 것이라고 봅니다. 하지만……”

“……”

“정현 군의 운명이 얼마나 강한가가 또한 문제겠지요.”

“그렇겠군요. 정현 군은 행복한 운명일까요?”

“석준일은 정현 군이 여자 때문에 고생한다고 했습니다.”

“그게 무슨 뜻일까요?”

“글쎄요, 제가 생각하기에는 깊은 뜻이 있다고 봅니다. 석준일의 말에 의하면 정현 군에 대해 여자 때문에 고생한다고 말했을 뿐 자살한다고 하지는 않았습니다.”

“네……?”

“이를테면 말입니다. 정현 군은 따님에게 무슨 일이 있으면 자살하겠다고 했습니다. 그 사람은 실제로 그럴 만한 사람이고요.”

“…….”

김회장은 여암 선생의 말뜻을 이해하려고 애쓰고 있었다.

그러자 일송 선생이 나섰다.

“회장님.”

“…….”

“정현 군이 자살하지 않는다는 뜻은 따님에게 변고가 발생하지 않는다는 뜻도 될 수 있습니다.”

“그럴까요?”

“네. 아무튼 저는 정현 군의 행운을 기대합니다. 그 사람은 영웅의 기상이 있습니다. 영웅은 운이 강하게 마련이지요.”

“그렇습니까? 정현 군은 이미 딸아이의 은인인데…….”

김회장은 막연히 이정현의 운명을 생각해 보고 있었다.

천재의 눈물

　세월은 흐르고 있었다. 어느덧 연말이 다가왔다. 그 동안 지민 양은 별 사고 없이 지냈다. 다만 일송 선생의 제안대로 이정현과 많은 시간을 함께 했다. 물론 그것은 운명 때문만은 아니었다. 세월이 갈수록 지민 양은 이정현에 대해 사랑이 깊어지고 있었다. 이정현은 지민 양을 언제나 아끼고 잘 보호하고 지냈지만 아직도 천정 도인을 찾아 나서지 않고 있었다.

　운명 연구원은 끊임없이 연구를 거듭하는 중이다. 지민 양은 며칠에 한 번씩 회사에 나와 여암 선생과 상담했다. 상담 내용은 하루 일과라든가 특별한 일들, 그리고 꿈을 꾼 것 등 모든 일이었다. 때로는 여암 선생이 여러 가지 질문을 했다.

　지민 양은 항상 조심하며 지냈다. 생활은 물론 위축되어 있는 상태였다. 불이 날 만한 곳을 가지 않다 보니 점점 소심해졌기 때문이다. 지민 양은 백화점이라든가 큰 건물에는 가지 않았고 운전도 가급적 삼갔다.

　그리고 외출을 해서 어느 장소에 가더라도 출구가 아주 가까운 곳만 찾아다녔고 한 곳에 오래 있지도 않았다. 그리고 최명숙과는 가급적 만나지 않았고 부득이한 경우에는 공원이나 일층 건물에서 만났으며 반드시 이정현을 대동했다. 불안한 나날이었다. 운명은 언제 도래할 것인가!

지민 양이 이런 세월을 보내는 동안 아버지인 김회장도 의기가 많이 꺾여 있었다. 딸 걱정 때문에 언제나 조바심이 나 있는 것이다. 김회장은 몇 달 사이에 많이 늙은 것 같았다. 회사일은 전보다 의욕이 줄어들었다.

그리고 최근에는 회사일에 한 가지 실패가 있었다. 정부 입찰 건이었는데 라이벌 회사인 대경상사로 낙찰되었던 것이다. 김회장은 실망했거니와 또한 당연하게도 생각했다. 대경상사에는 석준일이 있는 것이다. 그만한 인물이 있으니 대경상사는 성공할 수밖에 없었다.

석준일은 행복한 나날을 보내고 있었다. 짧은 세월에 많은 돈이 굴러들어 왔으며 이경숙과의 사랑도 깊어만 갔다. 석준일은 지금 손님을 맞이하고 있다. 이것은 석준일이 매일 하고 있는 일이다. 최근에 와서 복채를 대폭 인상시켰는데도 손님은 여전히 늘어나기만 했다. 지금 맞이한 손님은 중년 남자였다.

"먼저 복채를 내세요."

석준일은 당당한 자세로 말했다.

손님은 석준일이 요구한 복채의 세 배 가량을 꺼내 주었다.

"한 가지 일을 알고 싶습니다."

손님은 석준일의 명성을 듣고 찾아왔기 때문에 정중한 신뢰감을 보이고 있었다. 석준일에게는 상관없는 일이었다. 석준일은 한 번도 자신이 틀린 말을 한 적이 없기 때문에 자신에 대한 신뢰감은 너무나 당연한 일이었다.

"무슨 일입니까?"

"이 사진을 봐 주십시오!"

사진은 여러 장이었는데 아주 유명한 사람들이었다. 하지만 석준일이 이 사람들을 익히 알고 있는 것은 아니었다.

중년 남자가 말했다.

"누가 귀인입니까?"

"네? 귀인이라니요?"

"아, 네, 이 사람들 중 누가 대통령이 됩니까?"

중년 남자는 정치인인 것 같았다. 이 사람은 선거 관계를 묻고 있었다.

석준일은 잠시 눈을 꿈쩍였다. 그리고는 이내 사진 한 장을 골라냈다.

"이 사람입니다."

"이 사람이 대통령이 됩니까?"

석준일이 고개를 끄덕였다.

중년 남자가 다시 물었다.

"분명합니까?"

석준일이 말했다.

"또 한 번 듣기를 바랍니까?"

"아, 네, 그렇습니다만……."

"복채를 더 내세요."

"네? 이미 드렸잖습니까?"

"그랬지요. 또 한번 들으려면 돈을 더 내세요."

중년 남자는 미소를 지으며 돈을 더 꺼내 놓았다.

석준일이 말했다.

"이 사람이 대통령이 됩니다."

석준일은 처음에 골라낸 사진을 다시 가리키면서 단호하게 말
했다.

"하하, 알겠습니다. 선생님, 안녕히 계십시오."

중년 남자가 기분이 좋은 듯 큰소리로 인사를 하고 떠나갔다.
석준일은 다음 손님을 들이기 위해 이경숙에게 신호했다. 오늘
은 이경숙이 와서 시중을 들고 있었다. 이경숙은 최근에 와서
술집 생활을 걷어치우고 종종 '영천 철학관'에 나와 이렇게 시
간을 보내곤 했다. 이는 이경숙이 자청한 일이려니와 석준일은
크게 기뻐하고 있었다.

다음 손님이 들어왔다. 마지막 손님이었다. 석준일은 점 보는
시간을 오후 6시까지로 엄격히 정해 두었다. 현재 시간은 6시 5
분 전이다. 손님은 여자였다.

"무슨 일로 왔소?"

"네, 선생님! 저는 장사를 하려는데 상호(商號)를 지으려고 해
요."

"……."

석준일은 잠시 생각했다. 미래를 알려 달라고 하면 그것은 쉬
운 일이다. 하지만 문자를 써서 이름을 짓는다는 것은 석준일에

게 있어 어려운 일이 아닐 수 없었다. 그러나 석준일은 한동안 눈을 꿈쩍거리고 나서 태연하게 말했다.

"목선(木船)이라고 지으십시오."

"네, 알겠습니다. 그러면 사업이 잘될까요?"

"아주 잘됩니다."

여자는 기뻐하면서 돌아갔다.

석준일은 어떻게 이름을 지은 것일까? 그 동안 공부를 해 둔 것일까! 석준일은 미래에 있을 상호를 읽고 그것을 말해 준 것에 불과하였다.

오늘은 점을 마쳤다. 이제 이경숙과 함께 자유 시간을 가질 차례였다.

"선생님, 수고했어요."

이경숙은 방으로 들어와 다정하게 말했다.

석준일은 일어나서 이경숙의 손을 잡았다. 자연스러웠다. 이제 석준일은 이경숙을 똑바로 바라볼 수도 있고, 당당히 포옹도 할 수도 있었다. 두 사람은 서로 사랑하고 있는 사이가 되었기 때문이다. 석준일은 자신이 사랑을 받고 있다는 것을 확실히 알고 있었다.

두 사람은 밖으로 나왔다. 오늘은 함께 영화관에 가기로 한 날이다. 거리는 한산했다. 두 사람은 택시를 타려고 큰길로 나왔다. 저쪽에서 빈차가 오고 있었다. 그런데 이 순간 석준일은 허공을 응시하면서 눈을 꿈쩍거리기 시작했다. 이경숙이 택시를 세웠다.

"선생님, 먼저 타세요."

"……."

석준일은 움직이지 않고 있었다.

"어머, 선생님!"

석준일은 눈물을 흘리고 있었다. 이경숙은 석준일을 부축했다.

"선생님, 왜 그러세요?"

"……."

석준일은 고개를 저으며 여전히 눈물을 흘리고 있었다. 택시는 머뭇거리다 떠나 버렸다. 이경숙은 눈물을 닦아 주며 다정하게 물었다.

"어디 아프세요?"

"……."

석준일은 고개를 저었다.

"선생님, 집으로 들어가시지요. 힘드신가 보군요!"

"……."

이경숙은 석준일을 부축하고 다시 철학관으로 돌아왔다. 그러자 석준일이 울먹거리며 말했다.

"우리 어머니가 죽을 거야."

"네?"

이경숙은 놀라고 있었다. 석준일은 자신의 미래를 보았던 것이다.

이경숙이 석준일을 포옹해 주자 석준일은 더욱 눈물을 흘리며 말했다.

“집에 가 봐야지.”
“네, 선생님! 함께 가요.”
두 사람은 다시 밖으로 나와 택시를 탔다. 석준일은 창밖을 내다보며 하염없이 눈물을 흘리고 있었다.

무상한 인생

여암 선생은 지난밤 꿈에 최여사를 보았다. 최여사는 남편과 함께 있었다. 오래 전에 죽은 남편과 함께 있다니 이상한 일이었다. 하지만 단지 꿈일 뿐이다. 여암 선생은 잠에서 깨고 나서 잠시 생각했다.

'최여사가 죽으려나?'

여암 선생은 불현듯 이런 생각이 들었다. 꿈은 아주 불길했다. 최여사와 남편은 꿈에 작별인사를 하고 있었던 것이다. 심상치 않게 생각한 여암 선생은 최여사의 사주를 풀어 보았다. 전에도 풀어 본 적이 있지만 수명에 관한 것은 살피지 않았었다. 그런 데 오늘은 그것이 궁금했다.

잠시 후 수명이 풀어져 나왔다. 금년이 죽는 해였다. 그런데 지금이 12월이니 죽음이 임박한 것이다. 어쩌면 이미 죽었는지도 모를 일이었다. 여암 선생은 최여사의 가게로 전화를 걸었지만 신호만 가고 전화를 받지 않았다. 여암 선생은 다시 집으로 전화를 걸어 보았다. 그러자 젊은 여자의 목소리가 들렸다. 누굴까? 여암 선생은 잠깐 생각하면서 말했다.

"최여사님 계십니까?"

"누구신가요? 그분은 돌아가셨습니다."

"……."

허무한 일이었다. 천재의 어머니! 여암 선생의 마음속에서는 최여사의 일생이 아지랑이처럼 그려지고 있었다. 젊은 날 석준일을 낳을 때 시일을 앞당긴 일, 가정이 몰락했던 일, 아들이 불구가 되자 괴로웠던 인생, 석준일의 천재성을 발견할 당시 기뻐했던 모습, 긴긴 세월 여암 선생을 찾아와 운명을 물었던 일들이 이제는 꿈처럼 지나간 것이다.

천재의 어머니는 이렇게 일생을 마쳤다. 죽음이란 누구에게나 찾아오는 운명이다. 최여사는 인생에 어떤 보람을 느꼈을까? 죽어서는 어느 곳으로 갔을까?

여암 선생은 최여사의 빈소를 찾아갔다. 상복을 입고 있는 석준일이 그를 정중히 맞이했다.

"선생님……."

빈소에는 많은 사람이 모여 있었다. 젊은 아가씨는 석준일의 애인일까? 여암 선생은 분향을 한 뒤 밤을 지새면서 석준일과 몇 마디 대화를 나누었다.

"영천, 공부는 잘하고 있는가?"

"네, 《주역》을 공부하고 있습니다."

"음, 대단한 공부를 하고 있군!"

"……."

"어머니께서는 명대로 사신 게야."

“그런가요?”

“영천이 훌륭해져서 어머니도 기뻐하셨겠지. 세상 떠난 어머니를 생각해서라도 더욱 열심히 하게.”

“네, 선생님!”

“그런데 저 아가씨는 누군가?”

“결혼할 사람입니다.”

“오, 좋은 여자구만. 행복해야지!”

장례식은 조용히 끝났다. 석준일은 혼자서 가끔씩 울고 있었다. 천재의 어머니에게도 운명은 어김없이 찾아온 것이다. 석준일은 어머니의 죽음에 대해 한없는 비애를 느꼈으며 인생의 무상함도 느꼈다. 인생은 이런 것이려니! 운명 속에 살다가 다시 운명 속으로 사라지는 것이 우리네 인생이리라.

세월은 또다시 흘러 한 해가 가고 다시 한 해가 돌아왔을 때 석준일은 평상의 생활로 돌아와 있었다. 많은 사람의 운명을 예언해 주고 자신의 운명을 살아가고 있는 것이다.

귀인이 나서다

운명에 대해서는 누구나 겸손해야 한다. 제아무리 잘난 사람이라 할지라도 하루아침에 몰락하는 경우도 있기 때문이다. 운명 앞에서는 그 누구도 큰소리 칠 수 없다. 어떤 사람은 불행이 뭔지도 모르다가 갑자기 사고를 당한다. 사지가 절단된다거나 실명을 하기도 한다. 그로써 인생이 갑자기 전락하는 것이다. 승승장구하던 사업가도 순식간에 빚을 지고 사면초가에 몰리는 경우도 있다.

만일 어떤 사람이 행복하다면 그것은 그 사람이 잘나서가 아니라 운명이 좋기 때문이다. 따라서 사람은 항상 운명에 감사해야 하고 또한 운명을 두려워할 줄 알아야 한다. 이정현은 언제나 그렇게 살려고 노력한다. 행복할 때도 조심하고 괴로울 때도 기운을 잃지 않는다. 오늘날 이정현은 행복한 가운데 근심을 떨쳐 버릴 수가 없었다. 사랑하는 사람을 항상 옆에서 바라볼 수 있다는 행복의 이면에는 언제 그것을 상실할지도 모를 근심이 숨어 있었다.

지난해는 무사히 넘어갔다. 앞으로의 운명은 어떠할까? 석준일이 말한 지민이의 가혹한 운명은 어디에 숨어 있을까?

이정현은 봄이 되자 직장에 휴가원을 제출했다. 그것은 쉽게 받아들여졌다. 이정현은 지난해에 휴가를 가지 않았으며 최근에 와서는 중요 연구를 마무리지은 것이다.

이정현은 휴가를 지리산에서 보내기로 결정했다. 천정 도인을 찾기 위해서였다. 지리산? 현재 기대되는 곳은 노추산이다. 이것은 천정 도인 자신이 얘기했던 바이고 그 행적도 노추산에서 찾고 있는 중이다. 그러나 이정현은 부득불 지리산을 선택했다. 당초 여암의 스승이 천정 도인을 만난 곳은 지리산이었기 때문이다.

이정현은 지민이와 함께 여행길에 올랐다. 지민이는 여암 선생과 아버지가 말렸는데도 불구하고 이정현을 따라나선 것이었다. 지민이는 한사코 만류하는 여암 선생과 아버지에게 이렇게 말했었다.

"아빠, 저도 이제 내 운명을 개척해 보고 싶어요. 그리고 선생님, 정현 씨는 저를 위험 속에서 두 차례나 구했어요. 정현 씨와 함께 하면 왠지 안심이 돼요."

지민이는 이렇게 아버지와 여암 선생을 설득하고 나서 여행에 나선 것이다. 경호원은 대동하지 않았다. 애인인 이정현이 바로 경호원이 아닌가! 게다가 이정현은 운명상 귀인이라고 일송 선생이 지적해 주었다. 귀인이란 운명상 일어나는 독극을 제거해 주는 해독약과도 같은 것이다.

두 사람은 기차에 올랐다. 운전만은 꺼림칙했던 것이다. 이번 여행에서 이정현은 기필코 천정 도인을 찾아내겠다고 다짐했다.
기차가 서울역을 출발하고 나서 얼마간 시간이 흐르자 지민이가
얘기를 꺼냈다.

"정현 씨, 우리가 왜 지리산으로 가지요?"

지민이는 궁금했던 것이다. 당초 지리산으로 방향이 정해진 것
은 천정 도인이 지리산에 처음 출현했다고 해서 정해진 것이다.
하지만 그렇다고 해서 밑도끝도 없이 지리산에 가서 어쩌겠다는
것일까?

이정현은 태평하게 대답했다.

"네, 그저 놀러 간다고 생각하세요."

"좋아요. 하지만 무슨 대책이 있을 게 아니에요?"

"있지요. 얘기해 줄까요?"

"네, 궁금해요."

"……."

이정현은 잠시 눈을 가늘게 뜨고 생각에 잠기는 듯했다. 그리
고는 천천히 서두를 꺼냈다.

"지민 씨, 나는 작년부터 계획을 세워 두었어요. 여행 날짜도
아예 정해 두었지요."

"……."

"나는 여암 선생과 지난해 상세한 얘기를 나누었습니다. 여암
선생의 스승께서는 40여 년 전에 천정 도인을 만났지요. 스승께
서는 그 날짜를 여암 선생께 얘기해 주었습니다. 그게 중요합니
다. 나는 그날을 음력으로 따져 봤어요. 내일모레가 바로 그날입

니다."

"그게 무슨 뜻이지요?"

"네, 나는 생각해 봤습니다. 천정 도인은 40여 년 전에 지리산에 와서는 벗을 찾아왔다고 했습니다. 혹시 그 벗이란 분이 아직도 지리산에 계실까 하고 생각해 본 것이지요."

"그래서요?"

"만일 말입니다. 그날이 특별한 날이라고 할 때, 예를 들어 제삿날이라든지 그 벗의 생신일 같은 날이라면 천정 도인이 또다시 나타날 수도 있지 않겠어요?"

"그럴 수도 있겠지요. 하지만 생일이라고 매년 찾아오겠어요?"

"아니, 그런 뜻이 아닙니다. 생일이 아니라도 그날이 중요한 날일 수도 있어요. 도인들은 원래 특별한 이유가 있을 때 나들이를 하는 법입니다. 그래서 40여 년 전 그날도 무슨 뜻이 있다고 가정해 본 것이지요."

"막연하네요!"

"그렇지요. 그렇지만 한번 시도해 볼 만하지요."

"어떻게 하려는데요?"

"네, 여암 선생의 스승께서 천정 도인을 만났던 장소에서 기다려 보렵니다."

"그래요? 안 될 것도 없겠지요. 실패하면 어떡할래요?"

"다음 방법이 있습니다."

"뭔데요?"

"아, 잠깐 음료수를 마시고 할까요?"

이정현은 마침 지나가는 열차 내 판매원을 세워 콜라 두 캔을 사서 하나는 지민이에게 건네주었다. 콜라를 한 모금 마시고 나서 이정현은 다시 시작했다.

"지민 씨, 좀전의 방법은 시간에 의미를 둔 것인데, 이번에는 장소를 생각해 봐야지요!"

"장소라니요?"

"도인들은 한 곳에 오래 사는 법입니다. 천정 도인의 벗이 아직도 그곳에 있을 가능성이 많습니다."

"그럴 것 같군요."

지민이도 고개를 끄덕였다. 그리고 반문했다.

"그렇다면 어디 가서 찾아요? 지리산이 얼마나 넓은데……."

"방법이 있어요. 천정 도인의 벗이라면 필경 누군가에게는 알려져 있을 겁니다. 화엄사의 노승이라든가 오래 된 산지기 노인, 혹은 지리산에서 오랫동안 주막을 경영하고 있는 사람이나 산림청 직원, 나이 많으신 어른 등 누군가 그분에 대한 소문을 듣고 있겠지요."

"그럴듯하군요. 그것도 안 되면요?"

"그러면 또 방법이 있습니다. 이것은 틀림없는 방법이지요."

"네? 그게 뭔데요?"

"하하하, 지리산 꼭대기에 올라가 소리치는 것입니다. '천정 도인아, 이리 오너라' 하고……."

이정현은 농담을 하고 있었다. 지민이는 예쁘게 눈을 흘겼다.

기차는 벌판을 달리고 있었다. 차창을 통해 바라본 정경은 평화로운 느낌이었다. 지민이는 시원하게 열린 세계를 바라보며 생각에 잠겼다.

'아름답구나……. 평화롭구나…….'

지민이는 눈에 보이는 자연에 대해 이런 생각을 하고 있었다. 그리고 또한 자신의 처지를 생각해 보았다. 지민이가 우선 생각할 수 있는 것은 집안이 부자라는 것이었다. 돈에 관한 한 지민이는 걱정이 있을 턱이 없었다. 세상에 이런 팔자를 타고난 사람이 몇이나 될 것인가! 지민이는 하늘이 낸 사람인 것이다. 돈뿐이 아니다. 여자로서 뛰어난 미인이고 건강하다. 공부도 많이 했다. 도대체 다른 사람에 비해 부족한 것이 무엇이란 말인가! 지민이는 이정현이라는 훌륭한 애인도 있다. 부족한 것은 찾아볼래야 찾아볼 수 없는 것이다. 이러한 사람이 이 아름다운 세상을 살아간다면 얼마나 행복한 것이랴!

그런데 그런 지민이에게도 한 가지 무서운 액운이 따랐던 것이다. 너무나 안타까운 일이 아닐 수 없다. 완벽한 인생에 그러한 운명이 있다니! 이런 것을 두고 옥에 티라고 해야 한단 말인가! 그것도 불에 타 죽을 운명이라니! 그 순간 얼마나 괴로울까? 어느 순간 고립되어 구원의 손길을 받지 못한 채 외롭게 죽어 가는 것이다.

지민이는 자기도 모르게 흠칫 놀라고 눈물을 흘렸다. 이때 이정현이 손을 가만히 잡아 주었다.

"지민 씨, 우리는 이길 수 있습니다. 나는 목숨을 기꺼이 바쳐 지민 씨를 구해 낼 겁니다."

"……"

오, 고마운 사람! 이런 훌륭한 사람이 자기와 함께 죽는 것을 지민이는 결코 원하지 않았다. 오히려 함께 살면서 행복을 누려야 하지 않겠는가! 그리고 운명이란 것을 누구 마음대로 대신할 수 있으랴! 비록 이정현이 죽도록 지민이를 사랑한다 하더라도 운명마저 도맡을 수 있는 것은 아니리라!

지민이는 긴긴 날 생각하며 때로 체념하고 때로 운명을 부정했다. 하지만 운명이 도래한다는 것을 지민이는 느끼고 있었다. 특별히 근거가 있는 것은 아니었지만 지민이는 스스로 그렇게 느끼고 있었다.

먼 옛날 지민이는 이런 일이 있었다. 친구들과 산에 놀러 갔을 때의 일이다. 모닥불을 피우며 즐기고 있었는데 지민이는 문득 무섭다는 생각이 들었다. 별일이었다. 모닥불을 보면 평화로워지고 아름다운 추억을 연상하는 법인데……. 그런데도 지민이는 불의 무서움을 느꼈던 것이다. 그 당시는 잠시 신경과민이었다고 생각했었다. 물론 이유는 있었다. 공연히 친구들이 화재 얘기를 했기 때문이었다. 하지만 지민이는 유독 무서움을 느꼈었다. 불에 타 죽는 사람은 얼마나 뜨겁고 아플까? 생각만 해도 끔찍한 일이었다. 그 당시 지민이는 몸을 움츠렸었는데 이는 운명에 대한 직감이 아니었을까? 생각해 보니 지민이는 어렸을 때부터 불을 무서워했다. 그리고 소방차가 사이렌을 울리며 달려갈 때는 마음이 왠지 다급해졌던 것이다.

이정현은 지민이의 어깨를 가볍게 보호해 주었다. 오늘날의 지민이에게는 이정현만큼 편안하게 해 주는 사람이 없었다. 이정현과 함께 있으면 어떠한 고난도 이길 수 있을 것만 같았다. 정말로 그랬으면 얼마나 좋으랴! 지민이는 이정현과 결혼을 하려고 마음먹고 있는 중이었다. 이러한 사람이 운명마저 지켜 준다면 이토록 행복한 일은 없을 것이다.

기차는 강과 나란히 달리고 있었다. 지민이는 다시 생각했다. 물가에서 살면 어떨까! 불을 이기는 것은 물이다. 영원히 섬에서 살면 어떨까! 불은 바다를 건너오지 못할 것이 아닌가!

기차는 속도를 줄이고 있었다. 종착역에 들어서고 있는 중이었다. 이정현은 가방을 챙겼다. 지민이는 현실로 마음이 돌아왔다. 두 사람은 남보다 일찍 기차에서 내렸다.

역을 빠져나오자 마침 택시가 대기 중이었다.

"지리산으로 가 주세요!"

택시는 두 사람을 싣고 희망의 장소인 지리산으로 향했다. 천정 도인이여, 어서 나타나소서!

예견된 해후

  지리산에 도착한 두 사람은 호텔에서 여장을 풀었다. 방은 두 개를 얻고 잠시 휴식을 취했다. 이정현의 계획은 해질 무렵 예전에 천정 도인이 출현했던 곳에 가 볼 셈이었다. 원래는 내일이 기대되는 날이지만, 약속을 한 것은 아니기 때문에 당일을 전후해서 연속 3일을 가 보기로 했다.

  이렇게 해서 천정 도인을 만날 수 없다면 다음 단계를 추진할 셈이다. 그것은 지리산에서 오랜 세월 동안 살고 있는 지인(知人)들을 만나서 탐문해 보는 것이다.

  우선은 첫 단계가 남아 있다. 이정현은 목욕재계를 하고 몸과 마음을 경건하게 했다. 구원의 화신을 만나는 데 있어 지극한 정성을 들인다는 것은 천우신조(天佑神助)를 기원하는 뜻이 있다. 이것은 이정현의 도인에 대한 존경심의 표시였다. 지민이도 샤워를 하고 단정한 옷으로 갈아 입었다. 그리고는 잠시 동안 묵념을 했다. 천지신명께 자신의 앞날을 돌봐 달라고 기원한 것이다.

  두 사람은 해가 뉘엿뉘엿 질 무렵 호텔을 나섰다. 지리산의 공기는 청량했다. 산길에는 사람이 많이 보였다. 등산복 차림에 하산하는 사람들, 그리고 산책하는 사람도 있었다. 두 사람은 왼쪽으로 흐르는 냇물을 바라보며 천천히 걸었다. 그러던 중 특별히 눈에 띄는 것이 있었다. 점쟁이였는데, 산길에 한적하게 앉아 있는 모습이었다.

"정현씨, 저길 봐요!"

지민이가 손가락으로 한쪽을 가리키며 말했다. 점쟁이는 몇 명이 있었는데 그 중에 아주 나이 많은 노인이 있었던 것이다. 옷차림도 특이했다. 한복에 건을 썼는데 수염이 가슴 아래까지 내려와 있었다.

"가 볼까요?"

이정현은 미소를 짓고 그곳으로 다가갔다.

이정현은 정중히 고개를 숙이고 나서 말했다.

"선생님, 점을 치시나요?"

"그렇소."

"아, 네! 우리 두 사람의 궁합을 한번 봐 주세요."

이정현은 즉흥적으로 말했다. 노인은 두 사람의 사주를 묻고 궁합을 풀어 주었다. 노인의 풀이에 의하면, 두 사람의 궁합은 아주 아주 보기 드물 정도로 좋다는 것이었다. 백년해로하며 행복할 것이라고 했다. 여암 선생이 봐 준 것과 대체로 비슷한 내용이었다.

이정현이 다시 물었다.

"선생님, 이 동네에 사시나요?"

"그렇소."

"오래 사셨나요?"

"아니, 작년에 들어왔지요."

"네, 그러시군요. 혹시 천정 도인이란 분을 아십니까?"

"모르겠군요."

점쟁이는 그저 평범한 사람이었다. 이정현도 크게 기대를 한 것은 아니었다. 두 사람은 또다시 산길로 향했다. 예전에 천정 도인이 출현했던 곳은 좀더 위쪽에 있었다. 산길은 올라갈수록 숲이 나타나고 있었다.

이윽고 목표했던 장소에까지 왔다. 아무도 앉아 있는 사람은 없고 공원 관리인이 무엇인가를 만지고 있었다.

"저쪽에 앉을까요?"

이정현이 산길 옆의 편안한 곳을 가리키며 말했다. 그곳에서 천정 도인이 나타나기를 기다릴 생각이었다. 날은 점점 어두워지고 있었다. 산길을 내려오는 사람은 뜸해졌다. 두 사람은 산공기를 마시며 시간을 보내고 있었다. 지민이는 막연한 심정이 들었지만 이정현은 열심히 기다리고 있는 듯이 보였다.

어느덧 주변은 캄캄해지고 하늘에는 별도 나타났다. 오늘은 틀린 것 같다.

지민이가 말했다.

"정현 씨, 이제 그만 내려가요."

"……."

이정현은 무엇이 아쉬운지 시계를 보며 주위를 두리번거렸다.

"내려갑시다!"

이정현이 멋쩍은 미소를 지으며 자리에서 일어났다. 그런데 바로 그 순간 저만치서 그들 앞으로 다가오는 사람이 있었다. 스님이었는데 나이가 아주 많아 보였다.

이정현과 지민이는 잠시 서 있었다. 그러자 노스님이 그들 앞으로 와서 말을 걸었다.

"젊은이들, 여긴 웬일이오?"

"네, 저희는 이곳에서 사람을 기다리고 있었습니다."

"못 만났지요?"

"그렇습니다."

"그럴 테지. 밑도끝도 없이 기다리면 누가 찾아오나……."

"네, 그렇군요. 스님께서는 누구신지요?"

"나는 풍운이라고 하지. 당신들은 분명 천정 도인을 찾아왔을 게야."

"네? 아, 네, 그렇습니다, 스님!"

이정현은 놀라며 다급하게 말을 이었다.

"천정 도인을 아십니까?"

"그럼, 알다뿐인가! 방금 그 사람을 보내고 오는 길일세."

"네? 그분이 어디 계신데요?"

"다급할 것 없네. 나는 천정 도인의 심부름을 왔다네."

"아, 그러시군요."

풍운 스님은 지민이를 흘끗 보며 말했다.

"천정 도인이 말하더군. 이곳에 오면 자네들을 만날 수 있다고. 전달할 얘기가 있다는구먼.”

“네, 무슨 말씀이신지요?”

“노추산에서 만나자고 했다네.”

“언제요?”

“열흘 후일세. 갑자(甲子)일이야. 잘 기억하게. 그날 못 만나면 영원히 못 만나네.”

“네, 반드시 찾아뵙겠습니다. 노추산 어디지요?”

“풍곡 산장일세. 알고 있나?”

“네, 알고 있습니다. 그날 기다리고 있으면 되는 건가요?”

“음, 자시(子時)에 나타날 걸세. 자네 혼자 와야 하네.”

“아, 네, 알겠습니다.”

“그럼 가 보게. 아니, 잠깐!”

“……”

“이 아가씨는 자네 애인인가?”

“네, 그렇습니다.”

“허, 안 됐군.”

“무슨 말씀이신지요?”

“불을 조심해야 돼. 운명이 가혹하군.”

“바로 그 일 때문에 천정 도인을 만나려는 겁니다. 가르침을 주십시오.”

“글쎄, 천정 도인이라고 해서 운명을 바꿀 수는 없을 거야. 그리고 자네 운명도 난감할 게야.”

“네?”

"그만 가 보게. 인간이 어떻게 천명을 바꾸겠나."

"스님, 절을 받으십시오."

이정현은 그 자리에서 큰절을 올렸다.

풍운 스님은 고개를 저으며 혼잣말을 하였다.

"안 되지, 안 돼. 천정 도인도 고난을 겪겠군."

풍운 스님은 표표히 떠나갔다.

이정현과 지민이는 서로를 바라보며 잠시 마음을 수습했다. 뜻밖에 일어난 일이었다. 천정 도인은 자신을 찾아올 사람을 미리 알고 풍운 스님을 보냈던 것이다. 일은 갑자기 잘 풀려 가고 있었다. 그토록 막연했던 천정 도인이 현실로 나타난 것이다. 지민이와 이정현은 기쁨을 나타내며 포옹을 하고 있었다.

천정 도인의 출현

이정현이 나서자 당장에 천정 도인이 찾아졌다. 이런 것을 두고 운이 좋다고 해야 할 것이다. 노력으로 될 일이 아니었다.

지리산에서의 성과를 듣고 김회장은 또 한 번 놀랐다. 이정현은 과연 지민이에게 있어 귀인이었다. 더구나 천정 도인은 이정현을 만나자고까지 했다지 않은가! 지금에 와서 문제는 천정 도인이 지민이의 운명을 과연 고쳐 줄 수 있느냐만 남았다.

천정 도인은 열흘 후에 만나기로 되어 있다. 이에 대해 김회장과 여암 선생은 노추산에 함께 가기로 정했다. 천정 도인이 이정현에게 혼자 와야 한다고 했으니 그 이후에 만날 생각이다. 특히 여암 선생은 스승의 유언도 있고 해서 필히 천정 도인을 만날 작정이었다.

이정현은 며칠 앞두고 노추산으로 떠났다. 일의 실수를 방지하기 위함이었다. 풍운 스님의 말에 의하면, 이번에 만나지 못하면 평생 만나볼 수 없다고 했으니, 미리 가서 기다리는 것이 안전하다고 생각했던 것이다. 그리고 김회장과 여암 선생은 하루나 이틀 앞두고 떠나기로 했다.

지민이는 이제야말로 자신의 운명이 결정될 때가 왔다고 생각했다. 석준일이 이미 운명을 예언했거니와 그것을 천정 도인에게 의뢰하여 바꾸려고 하는 것이다. 과연 천정 도인에게 그럴 만한 능력이 있을까? 천정 도인에게 미래를 내다보는 힘이 있다는 것은 분명했다. 그렇기 때문에 이정현과 지민이가 지리산으로 자신을 찾아올 것을 정확히 알고 있지 않았나!

풍운 스님은 필경 천정 도인의 벗이겠지만 범상한 사람은 아닌 것 같다. 그리고 지민이에 대해 나쁜 운명을 예언해 주었는데, 그것은 석준일이 말한 내용과 다르지 않았다. 결국 지민이의 운명은 석준일이 예언한 대로 되어 있는 것이다.

만일 천정 도인이 지민이의 운명을 바꿔 준다면 그것은 새로 태어난 것과 마찬가지 의미를 가질 것이다. 그렇게 되면 이정현과 즉시 결혼식을 올리고 일생을 착하게 살겠다고 지민이는 결심하였다. 다만 천정 도인마저 운명을 고칠 수 없다고 선언하면 지민이는 자살이라도 하고 싶은 심정이었다.

이정현은 승용차를 운전하여 노추산에 당도했다. 풍곡 산장은 노추산 입구에 있었다. 이정현은 산장 주인에게 자신의 사정을 얘기하고 산장에 머물 수 있기를 청했다. 산장 주인은 상당한 흥미를 보이며 흔쾌히 허락하였다.

이정현은 매일같이 산장 앞에 흐르는 개울물에 목욕을 하고 심신을 단정히 했다. 산장 주변은 그윽한 기운이 감돌고 있었다. 계곡에는 시원한 바람이 불고 있었다. 산장 뒤로 보이는 봉우리는 경산(經山)이라 불리는 산인데, 숲이 아주 깊었다. 이정현은 가파르고 깊은 경산에 올라 자주 생각에 잠겼다.

만일 운명을 안다면 그것을 고칠 수 있을까? 이정현이 항상 생각하고 있는 명제는 바로 이것이었다. 예를 들어, 어느 곳에서 불에 타 죽을 운명임을 안다면 그곳에 가지 않으면 그만 아닌가! 화재가 나는 것은 또 다른 운명으로서 전개되겠지만, 그곳에 사람이 가고 안 가고는 선택의 문제일 것이다. 물론 운명을 알고 불이 날 것을 알았을 때만 가능하겠지만…….

이정현은 천정 도인이 그만한 능력이 있다고 믿었다. 미래를 꿰뚫어 보는 능력은 석준일이야말로 가히 천하 제일이다. 그러면 운명을 넘어서는 방법이 있을지도 모른다. 하지만 석준일은 한사코 운명은 피할 수 없는 것이라고 말하고 도움을 주지 않았다. 그러니 이제 이 일은 천정 도인이 해 주어야 한다. 그 길만이 지민이의 운명을 고칠 수 있는 유일한 희망인 것이다. 그런데 천정 도인은 과연 어떠한 사람일까? 이 사람도 석준일처럼 미래를 아는 힘이 있을까? 필경 그럴 것이리라.

천정 도인은 이미 40여 년 전에 여암 선생이 이번 문제로 난감해질 것을 알고 있었다. 그뿐이 아니다. 천정 도인은 이정현의 존재도 오래 전에 알고 있었던 것처럼 보인다. 40여 년 전에는 지민이는 물론 이정현도 아직 태어나기 전이다. 천정 도인은 그 시기에 지민이가 태어날 것을 알았고, 또한 그를 사랑하는 이정현이 있을 것을 알았던 것이다. 그렇다면 가혹한 운명은 지민이가 태어나기도 전에 존재했단 말인가!

그리고 하나 이상한 것이 있었다. 천정 도인은 전혀 상관이 없는 제3자인 지민이에 대해 어째서 관심을 갖는 것일까? 우연히 지민이의 운명을 알게 되었다고 해도, 하필 태어나지도 않은 먼 사람의 운명이 보여졌는가 말이다.

게다가 이정현이 찾아올 것도 알고, 40여 년 전에 이미 귀인만이 자기를 찾을 수 있을 것이라는 암시를 주었었다. 그 귀인이 바로 이정현이라는 것은 재론할 필요도 없겠지만, 그렇다면 이정현과 지민이의 만남은 운명이었단 말인가! 그러면 앞으로는 또 어떻게 될 운명인가? 지민이가 불에 타 죽는 것으로 두 사람은 영영 이별하는 것일까? 그리고 천정 도인은 여암 선생이 철학관의 단골손님으로 알고 있는 김회장의 딸에 대해 필사적인 관심을 가질 것을 알았는데, 이것도 운명이란 말인가!

여암 선생은 어떻게 될까? 40여 년 전에 천정 도인은 여암 선생을 보지도 못한 상태에서 '제자가 앞으로 난감한 문제에 봉착할 것'이라고 그 스승에게 말한 바 있다.

운명이라면 운명이겠지만 참으로 기이한 일이다. 사실 오늘날 문제는 지민이 개인의 운명인 것이다. 그녀를 사랑하는 이정현이 함께 괴로워하는 것은 당연한 일이겠지만, 여암 선생은 어째서 지민이의 운명에 그토록 필사적으로 매달리고 있는 것일까? 단순한 동정심일까? 그렇지는 않을 것이다. 여암 선생은 지민의 운명을 구하기 위해 자신의 모든 일을 걷어 치웠다. 그리고 분명한 것은, 천정 도인은 어디까지나 여암 선생을 지목하여 난감한 문제에 봉착할 것이라고 예언했었다. 그러나 여암 선생이 지민이란 사람을 대수롭게 생각하지 않았다면 여암 선생에게는 아무런 문제도 없었을 것이다.

여암 선생은 평생 동안 남의 운명을 감정해 주면서 불행한 사람도 많이 봐 왔을 것이다. 그런데도 유독 지민이의 문제만은 자신의 중대한 문제로 간직했고, 여암 선생이 그러할 것을 천정 도인은 미리 알고 있었던 것이다. 운명은 인연으로서 연결되어 있는 것일까?

오늘날 지민이의 운명은 바로 이정현의 운명이 되었다. 만일 지민이에게 무슨 일이 생기면 이정현 자신도 목숨을 끊어 버릴 작정이었다. 이정현은 자신의 모든 것을 바쳐 지민이를 구할 결심이었다. 만일 자신이 죽음으로써 지민이를 구할 수만 있다면 이정현은 기꺼이 그 길을 택할 것이다.

그 점에 있어서는 김회장은 물론 여암 선생도 그런 것 같다. 현재 지민이를 구하려는 귀인들은 상당히 많다. 그 아버지인 김회장, 여암 선생, 이정현, 그리고 천정 도인인 것이다. 이들은 마침내 지민이를 구해 낼 수 있을 것인가! 이들 모두의 운명은 과연 무엇이란 말인가!

시간은 흐르고 있었다. 이정현은 산장의 근처에서만 여러 날을 지냈다. 노추산에도 올라가 보지 않았고 읍내에 나가 보지도 않았다. 천정 도인과 약속한 장소이기 때문에 왠지 산장을 떠나기 싫었다. 약속 당일에는 아예 방에서 나오기도 꺼려 했다. 밖으로 나돌다가 행여 다른 운명에 휩쓸릴지 모르기 때문이었다.

이윽고 약속한 시간이 다가오고 있었다. 자시(子時)에 찾아오기로 했으니 방으로 찾아올 것인가? 이정현은 그렇지 않다고 생각했다. 천정 도인은 필경 경산을 통해서 나타나리라! 이정현은 자시가 임박해지자 방에서 나왔다.

주변은 어둡고 적막했다. 하늘에는 많은 별들이 반짝이고 있었다. 이정현은 삼태성을 잠시 바라보고는 의식을 경산 쪽으로 집중했다. 그러자 숲에서 인기척이 느껴졌다. 바람 소리일까? 이정현은 그쪽으로 다가갔다.

“……”

숲은 캄캄하고 그윽함이 서려 있었다. 이때 이정현은 숲에 누군가 서 있다는 것을 분명히 느꼈다. 이정현은 몇 걸음 더 다가섰다. 그리고는 조심스럽게 말했다.

“누가 계십니까?”

“…….”

“천정 도인 아니십니까? 저는 이정현입니다.”

“…….”

숲은 고요했다. 이정현은 잔뜩 긴장하고 있었다.

마침내 말소리가 들려왔다.

“혼자 왔는가?”

인자하고 맑은 목소리였다.

이정현은 급히 무릎 꿇었다.

“인사 올리겠습니다. 저는 지시하신 대로 혼자 왔습니다.”

“일어나게.”

“네, 감사합니다!”

천정 도인은 숲에서 걸어 나왔다. 이정현은 일어나 두 손을 모으고 공손히 서 있었다.

천정 도인이 인자한 목소리로 말했다.

"산을 오를 수 있겠나?"

"네, 오를 수 있습니다."

"음, 나를 따라오게나."

"……."

천정 도인은 이정현을 데리고 경산의 가파른 언덕으로 사라졌다. 바람은 시원하게 불어오고 있었다.

전생(前生)의 빛

다음날 아침 김회장과 여암 선생이 산장에 도착했다. 이들은 지난밤 읍내에 있는 한 호텔에서 묵고 오늘 산장으로 이동한 것이다. 천정 도인은 이정현을 혼자 오라고 했기 때문에 일부러 피해 있었던 것이다. 이제 그 약속 시간은 지나갔다. 산장에 와 보니 이정현은 어디론가 떠나고 없었다. 산장 주인의 말에 의하면, 이정현은 어젯밤 천정 도인과 함께 사라졌다는 것이다.

김회장과 여암 선생은 기뻐했다. 마침내 구원의 화신이 등장한 것이다. 지금쯤 무엇인가 대책을 강구하고 있으리라! 천정 도인이 이정현을 데리고 간 것은 필경 지민이의 일에 나서고 있는 것이 분명했다. 그 일은 지민이의 천생 배필인 이정현과 함께 이루고자 하는 것이다. 무슨 일을 하고 있을까? 경산을 향해 올라갔으면 그곳은 어디일까?

김회장은 산장의 마당에 나와 까마득한 경산을 올려다보며 잠시 생각에 잠겼다. 마음은 편안했다. 난감하던 상황에서 든든한 구원자가 나섰기 때문이다. 천정 도인은 과연 석준일이란 인물을 능가할 수 있을까?

김회장은 언뜻 이런 생각을 하며 두 사람의 모습을 상상해 보았다. 석준일의 모습은 괴이함 그 자체이다. 하지만 천정 도인은 모습이 그려지지 않았다. 한 번도 보지 못했기 때문이지만, 인자한 모습일 것이라고 상상하였다.

경산은 고요가 서려 있었다. 산 위로 올라가는 길은 보이지 않았다. 산장 주인의 말에 의하면 아무도 다니지 않는 산이라고 한다. 산 위에는 구름이 한가히 떠 있었다. 김회장은 산장 주인의 안내에 따라 개울가로 가서 식사를 하기로 했다. 이제 기다리는 일만 남았을 뿐이다. 마침 경치가 좋은 곳에 왔으니 잠시 휴식을 취하고 있으면 그만이었다.

"내려가시지요."

산장 주인은 돗자리를 들고 앞장서 개울가로 향했다. 그런데 바로 이때 손님이 찾아왔다. 산장 주인이 익히 알고 있는 사람이었다.

"아이구, 스님! 안녕하세요?"

산장 주인은 손님을 보고 크게 반색하고 있었다. 갑자기 나타난 손님은 노스님으로 기색이 온화하고 상서로운 품위가 있었다. 산장 주인은 김회장과 인사를 청했다.

"스님, 인사를 나누시지요."

"……"

스님은 인자한 미소를 지었다.

산장 주인은 먼저 김회장에 대해 설명하고 나서 말했다.

"회장님, 풍운 스님께서는 천정 도인의 친구분이십니다."

"아, 네, 지리산에서 제 딸을 보셨던 분이군요."

"……."

풍운 스님은 미소를 지으며 고개를 끄덕였다. 그리고는 갑자기 안색을 바꾸며 말했다.

"회장님, 나는 일이 있어서 왔소이다."

"……."

"당신 따님 일이오. 지금 급한 일을 당하고 있는 중입니다."

"네? 무슨 말씀이신가요?"

김회장은 흠칫 놀라며 반문했다. 풍운 스님은 잠시 눈을 감았다 뜨며 말을 이었다.

"지금 딸아이는 어느 건물에 있지요. 그 건물은 곧 불에 탈 것입니다."

"네? 아, 네, 알겠습니다!"

김회장은 급히 방으로 들어갔다. 그리고는 전화기를 들어 서울을 연결했다. 저쪽에는 박전무가 받고 있었다.

"박전무, 나요."

"아, 회장님, 일이 잘되고 있습니까?"

"말할 시간 없어요. 내 말 잘 들어요!"

"……."

"내 딸아이가 지금 어디 있소?"

"결혼식 피로연에 참가한다고 했습니다."

"급히 수배할 수 있소?"

"물론입니다. 경호원도 함께 가 있습니다."

"빨리 건물을 떠나라고 하시오! 그 건물은 불이 난답니다."

"아, 네, 알겠습니다."

박전무는 전화를 끊고 다시 전화를 걸어 지민이와 함께 동행한 경호원을 찾았다. 전화는 즉시 연결되었다.

"김군인가?"

"네."

"아가씨는 어디 있나?"

"9층에 계십니다. 파티에 참석 중이지요."

"자네 어디 있나?"

"저는 로비에 내려와 있습니다."

"뭐? 이런 바보 같으니! 항상 가까이에 있어야 하지 않나! 이보게 지금 당장 아가씨를 모시고 건물을 떠나게. 어서 빨리! 건물이 곧 불에 탈 거야!"

"네? 알겠습니다."

경호원은 전화를 끊고 엘리베이터로 달려갔다. 그런데 마침 엘리베이터가 움직이지 않았다. 고장이었다. 경호원은 층계를 달리기 시작했다. 층계에는 다니는 사람이 없었다. 경호원은 쉬지 않고 달려 순식간에 9층에 당도했다. 건물은 멀쩡한 상태였다. 하지만 그것을 살필 여유가 없었다. 경호원은 급히 파티장으로 뛰어들었다. 마침 지민이의 모습이 보였다.

"아가씨!"

경호원은 숨을 몰아쉬며 다급히 말했다.

"어서 나갑시다! 얘기할 시간이 없어요!"

경호원은 지민이의 팔을 잡아끌었다.

"……."

지민은 묻지도 않고 신속하게 행동했다. 두 사람은 사력을 다해 층계를 뛰어내려왔다. 이윽고 1층에 당도, 이때 화재 경보가 울리기 시작했다. 불은 2층에서 발생, 순식간에 번지고 있었다. 지민이는 무사히 빠져나왔다. 건물은 연기가 자욱했다. 가스 누출이 심해서 불은 어느덧 3층으로 번지고 있었다. 거리에서는 사이렌 소리가 들려왔다.

건물 속에 있었던 사람들은 층계로 몰려들었다. 그러나 다 빠져나오기 전에 건물은 화염에 휩싸였다. 특히 9층에 있던 파티 손님들은 완전히 갇히고 말았다. 소방관들은 불을 끄기 시작했다. 지민이를 구해 낸 경호원은 회사에 전화를 걸었다.

"전무님, 아가씨를 무사히 구출했습니다!"

"다친 데는 없는가?"

"네, 불이 나기 전에 나왔습니다."

"잘했네! 아가씨를 모시고 회사로 오게."

지민이는 최명숙의 결혼 피로연에 참석하고 있었던 것이다. 평소 같으면 건물의 높은 곳에는 잘 가지 않지만 친구의 결혼식이었기 때문에 부득이 참석했던 것이다. 건물은 온통 화염에 휩싸여 있었다. 그나마 소방차가 일찍 출동하여 재빨리 화재 진압에 나서고 있는 것이다. 헬리콥터가 동원되고 구명밧줄이 내려지고 있었다.

김지민은 놀란 가슴을 쓸어안고 눈물을 흘렸다. 자신의 운명이

한탄스러웠다. 하지만 화재의 현장을 사전에 피할 수 있었던 것은 천만다행이었다. 건물은 오랜 시간이 흐른 끝에 진화되었지만 인명 피해가 많았다. 최명숙은 무사히 피할 수가 있었다.

박전무는 산장에 전화를 했다.

"회장님, 따님은 무사합니다."

"지금 어디 있나?"

"제 곁에 있습니다."

"화재가 있었나?"

"네, 따님이 나오면서 막 건물이 불타고 있었습니다."

"알겠네. 바꿔 주게."

"……."

"아빠……."

지민이는 흐느껴 울었다.

김회장도 울먹이며 말했다.

"얘야, 다친 데는 없니?"

"네."

"집에 가서 쉬고 있으렴."

"싫어요, 아빠. 그곳으로 갈래요."

"음? 그럼 이쪽으로 오거라. 정현이는 지금 천정 도인을 만나고 있단다."

전화를 끊고 회장은 물가로 내려갔다. 그곳에는 풍운 스님이 앉아 있었다. 회장은 큰절을 올렸다.

"스님, 감사합니다, 제 딸의 목숨을 구해 주셔서!"

"허허, 무사하면 다행이오. 운명이 가혹할 뿐이오."

"네, 스님! 다시 한 번 감사드립니다. 그리고 지금 운명이라고 하셨지요?"

"그렇소만……."

"가르침을 내려 주십시오. 제 딸아이의 운명은 어떻게 되는 것입니까?"

"……."

풍운 스님은 한동안 눈을 감고 있었다. 고뇌에 찬 모습이었다. 이윽고 눈을 뜬 풍운 스님이 말했다.

"말해 주겠소. 불행한 일이지만……."

"……."

"먼저 말해 둘 것은 따님의 운명이오. 그 아이는 불에 타 죽을 운명입니다."

"네? 이번 일로 액운이 떠나가지 않았습니까?"

김회장은 기대를 가지고 물었다. 그러나 풍운 스님은 고개를 가로저었다.

"따님은 잠시 운명을 연기했을 뿐이오. 불은 따님을 평생 쫓아다닐 겁니다."

"도대체 왜 그렇습니까?"

김회장은 다소 원망적으로 말했다. 그러자 풍운 스님은 잠시 측은한 미소를 짓고는 천천히 말을 이었다.

"숙명입니다. 설명해 드리지요."

"……."

"모든 사람에게는 운명이 있습니다. 당신이나 나 또한 운명이 있지요. 따님도 마찬가지입니다. 아시겠지요?"

"네, 운명이란 것을 알고 있습니다."

"운명을 거역할 수는 없어요. 누구나 따라야 하는 것이지요. 왠지 아시겠습니까?"

"……."

"운명이란 이유가 있지요. 하늘이 억지로 만든 것이 아닙니다. 자기 자신이 만드는 것이에요. 우리 모두는 지난 생에서 살아온 대로 운명이 만들어집니다. 따님의 운명도 스스로가 만들었지요."

"……."

"전생에서 따님은 남방신 주작(朱雀)에 빚을 졌습니다."

"네, 주작이라니요?"

"상징이라고 생각하세요. 따님은 전생에 귀인이었고 좋은 일을 많이 했지요. 그래서 행복한 집안에 태어났습니다. 단지……."

"……."

"지난 생에 커다란 실수가 있었습니다. 그것 때문에 많은 중생이 죽었습니다. 그들은 따님에게 전생의 빚을 받아 낼 운명이 있는 것입니다."

"전생이란 것이 있나요?"

"……."

풍운 스님은 말없이 고개를 끄덕였다.

"좋아요, 그게 이번 생과 무슨 관계가 있습니까?"

"세계는 영원합니다. 시간은 고리를 이루고 자연의 법칙을 주고받는 것입니다. 준 것은 받고, 빼앗은 것은 다시 줘야 합니다. 운명이란 남을 탓할 게 아니에요. 스스로의 입장에 따라 정해집니다. 따님은 그럴 만한 입장이 있어서 불의 보복을 받는 것이지요. 세상에는 가혹하게 죽는 사람이 많아요. 하지만 그들은 다 그만한 이유가 있어서 당하는 것뿐이지요."

"피할 방도는 없겠습니까?"

회장은 얼굴이 창백해져서 물었다.

풍운 스님은 허공을 응시하고 고개를 젓다가 말했다.

"회장님의 심정은 잘 압니다. 애비의 심정이니 오죽하겠소. 하지만 천명은 바꿀 수 없습니다. 설사 바꿀 수 있다 하더라도 누가 그것을 감당하겠습니까! 운명을 억지로 바꾼 자는 천벌을 받습니다."

"스님, 제가 딸아이 대신 그 운명을 받을 수는 없겠습니까?"

"허허, 안타까운 일이군요. 나까지 관여했으니……."

"……"

"회장님, 이것도 인연인가 봅니다. 도와주겠습니다. 하지만 운명이 바뀌는 운명이 있는지가 중요합니다. 남이 운명을 대신할 수는 있습니다. 다만 당신이 딸아이의 운명을 대신할 수는 없지요."

"그럼 누가?"

"정현 군과 천정 도인만이 그 일을 할 수 있습니다."

"그분이 도와줄까요?"

"그렇겠지요. 방법이 문제입니다. 나는 그 방법을 모릅니다. 천정 도인이 있는 힘을 다하겠지요."

"가능할까요?"

"글쎄요, 영천 선생의 예언은 틀리지 않습니다. 그분은 하늘 아래에서 가장 통찰력이 깊습니다. 천정 도인조차 그분에게는 못 미칩니다. 영천은 인간이 있는 힘을 다해서 운명을 고치고 고친 최후의 것을 바라봅니다. 그분은 점신(占神)입니다. 우리도 따님의 운명을 보고 있지만 영천 선생이 보는 것과는 다릅니다. 우리는 운명의 겉모습만 조금 볼 뿐이지요."

풍운 스님은 먼 하늘을 잠시 바라보며 탄식했다.

"애처롭군요. 운명이란 알고 나면 괴로운 법입니다. 천정 도인이 대책을 강구하겠지만 그로 인해 천정은 천벌을 받게 될 겁니다. 이것이 모두 따님 때문에 초래되는 운명입니다."

"……."

"자, 대책을 세워 봅시다. 우선은 정현 군이 따님을 구할 운명이 있는가가 중요합니다."

"그런 운명이 있을까요? 그 사람은 딸아이를 여러 번 구해 준 바 있습니다만……."

"글쎄요, 알아봅시다. 따님을 봐야겠는데요."

"아, 네, 지금 오고 있는 길입니다."

"좋아요, 나는 내일 다시 오리다."

풍운 스님은 이렇게 떠나갔다. 상황은 종잡을 수 없었다. 지민이의 운명을 둘러싼 기묘한 일들이 벌어지고 있는 것이다. 김회장의 마음은 무조건 딸아이가 잘되길 바랄 뿐이었다. 개울물은 쉬지 않고 흐르고 있었다.

천정 도인의 운명

지민이는 오후 늦게 도착했다. 초췌한 모습이었다. 불의 재앙을 면한 일은 다행이었지만 이번만은 운명을 실감했던 것이다. 김회장은 딸을 위로하며 함께 하루를 보냈다. 풍운 스님은 다음 날 새벽에 다시 왔다.

"안녕하세요, 스님?"

지민이는 풍운 스님을 한 번 만난 적이 있기 때문에 반갑게 인사를 하고 다시 큰절을 올려 정중히 예의를 표했다.

풍운 스님은 잠시 지민이의 기색을 관찰하고 나서 서두를 꺼냈다.

"아가씨, 운명을 극복하는 일이 쉬운 일은 아니오. 더군다나 아가씨는 하늘에 진 빚이 있어요."

"……."

"이제부터 우리는 운명을 바꾸려는데, 성패는 하늘에 달려 있는 것이오. 한 가지 묻겠소."

"말씀하십시오."

"아가씨는 정현 군을 사랑합니까?"

"네."

지민이는 고개를 끄덕이며 분명히 대답했다. 풍운 스님이 말을 이었다.

"좋아요, 정현 군이 당신을 구할 수 있는 운명이기를 바랄 뿐이오. 내 얘기를 잘 들으시오."

"……."

"아가씨는 하늘에 빌고, 자신의 운명에 대해 남을 원망하는 마음을 버리시오. 아시겠소?"

"네, 명심하겠습니다."

"당신은 원래 귀인이오. 한 가지만 빼놓고 모든 것이 행복하게 잘되어 있는 운명입니다. 자신의 행복한 운명에 대해서는 겸허한 마음을 가져야 합니다."

"네, 그렇게 하겠습니다."

"음, 이제부터 할 일이 있소. 돌탑을 쌓는 일이오. 천지신명께 지성을 보이는 것이지요. 중요한 것은 뜻이지 행위가 아닙니다."

"……."

"이곳에서 하시오. 적당한 크기의 돌을 1만 개 사용하여 아홉 개의 탑을 세우시오. 지성을 들여야 하지요. 천하를 위하고 만민을 위한다는 생각을 해야 합니다. 운명이란 마음 따라 오는 법인데 마음이 바뀌면 운명도 바뀌게 됩니다. 돌탑을 쌓는 동안 산장을 떠나지 말고 몸과 마음을 단정히 하십시오."

"네, 스님. 있는 힘을 다하겠어요!"

지민이는 눈을 반짝이며 굳은 결의를 다졌다.

"오랜 시간이 걸릴 것이오. 탑이란 공(功)을 뜻하는 것이고, 돌은 흙의 수기(秀氣)로서 불이 변해서 된 겁니다. 당신이 갖고 있는 불의 운명을 돌로 변환시키기 바랍니다."

"……."

지민이는 고개 숙여 대답했다. 풍운 스님은 경산을 향해 떠났다. 천정 도인을 만나러 가는 것이리라!

이정현은 한밤중에 천정 도인을 따라 경산을 올라 산 능선을 타고 몇 시간을 이동했다. 이윽고 도착한 곳은 밀처(密處)의 암자였다. 동굴과 자그마한 기와집이었다. 천정 도인은 이날 밤 아무 말도 하지 않고 하룻밤을 쉬게 했다.

아침에 깨고 보니 천정암은 경치가 아주 빼어난 곳이었다. 앞쪽으로는 깎아 세운 절벽으로 전망이 광대했고, 삼면은 깊은 숲이었다. 한쪽에는 맑은 물이 흐르고 있었다. 과연 도인이 사는 곳이었다.

그런데 이곳에는 또 한 사람이 살고 있었다. 천정 도인은 동굴 속에서 기거하고 있었는데, 암자에는 여자가 살고 있었다. 천정 도인은 다음날 아침 이 여자를 소개했다.

"내 딸아이일세. 놀라지는 말게."

"……."

이정현은 천정 도인의 말을 무심코 들었다. 천정 도인의 딸이라면 필경 나이가 많으리라! 그런데 놀라지 말라는 뜻은 무엇일까? 천정 도인은 앞장서 방 안으로 들어섰다. 방은 자그마했다. 이런 곳에서 사는 사람이라면 수도 생활을 하는 여자일까? 이정현은 이런 생각을 하면서 방으로 들어섰다.

그런데 그 순간 이정현은 소스라치게 놀랐다. 방에는 사람이라고 보기는 힘든 괴인이 앉아 있었다. 이정현은 비명은 지르지 않았다. 워낙 침착하고 용기가 있는 사람이었기 때문이다. 그러나 이정현은 평생 이렇게 놀란 적이 없었다.

괴인은 한쪽 눈이 없었다. 얼굴은 찌그러져 있고 아주 컸다. 세상에! 이렇게 추한 얼굴이 있다니! 괴인의 얼굴은 심하게 일그러져 있는데, 얼굴 한가운데는 붉은 반점이 있었고 한쪽 머리는 완전히 벗겨져 허연 살이 드러나 있었다. 그나마 그것도 보기 흉하게 우둘우둘 튀어나와 있었다. 도저히 그 모습을 바로 볼 수 없었다.

천정 도인이 딸이라고 해서 여자인 줄 알고 또한 사람인 줄 알았지, 그대로 보면 여자일 수가 없었고 좀처럼 사람이랄 수 없었다.

천정 도인이 태연히 말했다.

"인사를 나누게, 착한 아이야."

"……."

이정현은 놀란 가슴을 억누르고 말없이 고개만 숙였다. 그러자 여인의 목소리가 먼저 들려왔다. 목소리는 그런 대로 들을 만했다. 제법 여자 목소리였던 것이다.

"안녕하세요? 저는 유설언입니다."

설언? 이름도 괴상했다. 이정현은 마지못해 자기 이름을 대었다.

"아, 네, 저는 이정현이라고 합니다."

"……."

천정 도인은 유설언을 인자하게 바라보고는 이정현을 향해 말했다.

"딸아이는 지금 스물여섯 살일세. 병이 나서 얼굴이 상했다네. 그래서 이곳에서 살고 있지. 마음씨는 그만이야. 두 사람 좋게 사귀게……."

"……."

이정현은 어처구니가 없었다. 좋게 사귀라니? 이런 사람과 어떻게 마주 설 수 있겠는가! 바라보고 있으면 소름이 끼칠 뿐이었다. 게다가 몸에서 웬 이상한 냄새가 진동하는가!

천정 도인이 말했다. 이정현의 마음을 알고 하는 소리였다.

"냄새는 차차 익숙해질 거야. 우리 이만 나갈까!"

다행이었다. 그 방에 더 이상 오래 앉아 있게 된다면 꼭 토해버릴 것만 같았다. 밖으로 나오자 천정 도인이 한숨을 쉬며 말했다.

"운명일세! 늦게 본 아이인데 괴질에 걸렸어. 불쌍하지……."

"……."

이정현은 할말이 없었다. 동정의 말조차 나오지 않았다.

그날 아침 이정현은 밥맛이 없었다. 그 여자를 생각하니 도저히 음식이 목구멍으로 넘어가지 않았다. 산의 좋은 경치도 그 여자로 인해 완전히 잊혀졌다. 여자란 아름다움으로 주변을 더욱 빛나게 하지만 추하게 생긴 모습은 주변마저 흐리게 하는가!

불쌍한 인생, 가혹한 운명, 죽음보다도 못한 것 같았다. 마음은 착하다고 하는데 인생은 몸이 먼저 아닐까?

이정현은 이 문제에 대해 결론을 내리지 못하고 있었다. 이정현의 평소 지론은 인생이란 곧 마음이라고 생각했었다.

천정 도인은 또 하루를 말없이 넘겼다. 그런데 마침 풍운 스님이 나타났다.

"스님, 안녕하세요?"

이정현은 반가운 마음에 다가서며 인사를 올렸다. 풍운 스님은 인자한 미소를 지었다. 잠시 후 천정 도인은 차를 끓여 내왔다.

풍운 스님이 먼저 서두를 꺼냈다.

"산장에 다녀오는 길일세."

"음, 지민이는 다치지 않았나?"

"지민이 아버지가 서울로 전화를 걸어 보니 무사히 빠져나왔다는군."

"다행이군. 운명이 항상 저러니 문제일세!"

"천정, 자네가 좀 구해 주게."

풍운 스님이 천정 도인을 빤히 바라보며 말했다.

천정 도인이 이정현을 흘끗 보면서 말을 이었다.

"쉬운 일이 아니야. 최선을 다해 봐야지."

"그래, 우리의 운명 아닌가! 그건 그렇고, 지민이를 만나 지시를 내리고 왔네."

"무슨?"

"돌탑을 쌓으라고 했지."

“돌탑이라니?”

“음, 그 아이의 마음을 고쳐 놓으려는 것일세.”

“그래, 마음의 문제는 자네가 잘 알겠지…….”

“…….”

풍운 스님은 고개를 잠시 끄덕이다가 이정현을 가리키면서 말했다.

“천정, 이 사람이 지민이를 구할 만한가?”

“그렇다고 볼 수도 있어. 그러나 결과는 하늘에 맡겨야겠지.”

“음, 자네가 잘 계획해 보게.”

“해 보겠네. 위험이 따르겠지. 게다가 중요한 것은 이 사람의 운명일세. 그리고 내 운명이라고 봐야겠지…….”

“…….”

이정현은 영문을 모르니 가만히 듣고 있을 수밖에 없었다. 천정 도인은 무슨 일을 하려는 것일까? 하루가 또 지나고 있었다.

지민이의 고행

천정 도인은 다음날 이정현을 물가로 데려갔다.

"……."

"정현 군, 저 물을 막아 놓으면 어떻게 되겠나?"

"계속 쌓이겠지요!"

"음, 그 다음엔?"

"넘어설 겁니다."

"처음보다 더 강하겠지. 물이 쌓였으니까!"

"네, 그렇겠지요."

"……."

천정 도인은 고개를 끄덕이고는 다시 말했다.

"운명도 마찬가지일세. 막아 놓는다고 끝나는 게 아니란 말일세. 지민 양은 자네가 우연히 구해 주었고 풍운 스님이 일부러 구해 주었어."

"……."

"이제 운명의 힘은 더욱 강하게 쌓여 가고 있다네."

"어떡하면 좋겠습니까?"

"그건 차후에 논의하기로 하고 자네는 이제 그만 가 보게."

"네."

"지민 양이 돌탑을 다 쌓거든 다시 올라오게. 2년이 넘어서는 안 되네."

"네, 알겠습니다. 그 동안은 별탈이 없겠습니까?"

"음, 지민 양이 산장에서 돌탑을 쌓고 있는 동안은 괜찮을 걸세. 그리고 자네는……."

"……."

"지민 양이 일을 다 마칠 때쯤 되어서 회사를 그만두고 올라오게."

"네? 퇴직을 하라구요?"

"음, 지민 양을 구하기 위해서일세. 어렵겠나?"

"아닙니다. 회사가 무슨 문제겠습니까! 지민 씨를 구할 수 있는 일이라면 무슨 일이든 다할 것입니다."

"좋아. 자네의 그 정성 때문에라도 지민 양은 반드시 구해질 걸세. 그럼 어서 가 보게."

이정현이 하산하자 산장에서 기다리고 있던 사람들이 그의 주위로 모여들었다.

이정현은 먼저 지민이에게 미소를 보이고 서두를 꺼냈다.

"돌탑이 중요하답니다. 저는 그 일이 진행되는 것을 봐서 회사를 그만두고 다시 이곳에 와야 합니다."

"회사를 그만두다니?"

김회장이 물었다.

“네, 그 다음부터는 제가 지민 씨를 위해 무슨 일인가를 해야 되는가 봅니다.”

“그게 지민이의 운명을 극복하는 길이라던가?”

“그렇답니다. 제가 할일이 무엇인지는 나중에 봐야지요.”

“그 동안은 별탈이 없을까?”

“괜찮답니다. 지민 씨가 이곳에서 돌탑을 쌓고 있으면…….”

“음, 해야 된다면 해야지……. 지민아, 할 수 있겠니?”

“네, 아빠. 돌탑을 쌓고 있으면 정신 수양도 되고 얼마나 좋아요. 운명도 고칠 수 있다니 열심히 할 생각이에요.”

지민이는 즐거운 표정을 짓고 있었다.

이로써 만사는 결정되었다. 지민이는 산장에 남고 다른 사람들은 모두 서울로 돌아갔다. 이날부터 지민이의 고행은 시작된 것이다. 산장 주인은 지민이를 최대한 돌보기로 하고 돌탑을 쌓는 방법도 알려주었다. 이렇게 해서 지민이의 또 다른 운명이 전개되고 있었다.

선녀의 공(功)

　서울로 돌아온 김회장은 마음이 편안했다. 비록 딸아이가 고생을 하고 있다지만 그로써 운명을 극복할 수 있다면 천만다행인 것이다. 지민이도 좋다고 하지 않았는가! 돌탑을 쌓는 일은 중노동이겠지만 그로써 심신이 단련된다면 슬픈 일도 아니다. 김회장은 이렇게 마음먹고 편안한 마음으로 사업에 임했다.

　여암 선생은 기회를 봐서 천정 도인을 예방할 생각이었다. 지민이의 운명에 관한 일은 일단 천정 도인에게 넘어갔으니 여암 선생도 마음이 편했다. 이정현은 마음이 홀가분했다. 지민이는 고행길로 들어섰지만 이는 장차 인생을 살아가는 데 큰 도움이 되리라!

　세월은 쉬지 않고 흘러갔다. 그 동안 지민이에게는 과연 아무런 탈도 발생하지 않았다. 이정현은 수시로 산장에 전화를 걸었고, 주말이면 찾아가서 함께 시간을 보내곤 했다. 김회장도 자주 산장에 찾아갔다. 세월이 갈수록 지민이는 그곳 생활에 잘 적응해 가고 있었다. 돌탑 쌓는 일도 점점 익숙해져서 3개월이 지나자 제법 솜씨가 생겼다. 탑을 쌓는 속도도 빨라졌다. 6개월이 지나자 돌탑은 4개나 만들어지고 있었다. 겨울에는 돌탑 쌓는 속도가 아주 더디어졌다. 하지만 지민이는 쉬지 않고 열심히 일했다.

돌탑은 구경거리가 되었다. 산장 주변의 동네 사람들도 찾아왔지만, 김회장의 회사에서는 많은 사람이 다녀갔다. 지민이의 친구들도 다녀갔고, 최명숙도 남편과 함께 다녀갔다.

지민이는 사람이 많이 변하고 있었다. 인내심이 생기고 마음이 평정되고 침착해졌다. 사람에 대해 이해심도 넓어져 갔다. 지민이는 어느새 도인이 되어 가고 있는 것일까? 아름다움은 깊이가 더해 갔다. 여인의 아름다움은 정신과 더불어 신비해지는 법이다. 지민이는 흡사 천상의 선녀와도 같았다.

김회장은 딸의 변신에 색다른 행복감을 느끼고 있었다. 지민이의 운명은 현재 순탄한 흐름을 타고 있는 중이다.

이러는 사이 지민이의 주변에는 한 가지 변화가 있었다. 석준일에 관한 일인데, 그가 결혼을 한 것이다. 지민이의 가혹한 운명을 예언해 준 석준일도 자기 운명을 살고 있는 것이다. 지민이로서는 석준일에게 개인적 원한이 없다. 석준일은 운명을 만들어 준 사람이 아니고 예언해 준 사람일 뿐이다. 끔찍한 예언을 했지만 아주 고마운 사람이다.

여암 선생은 석준일의 결혼식 주례를 맡았다. 신부는 이경숙. 김회장도 하객으로 참석했다. 석준일의 신분은 대경상사의 고문이었다. 예전에는 김회장의 고문이었던 그가 지금은 그렇게 되어 있는 것이다. 그로써 대경상사는 발전 일로에 있었다.

김회장은 서운해 하지 않았다. 자신에게 행운을 가져다 준 석준일이 남에게도 행운을 나누어 줄 수 있는 것이다. 이제 와서 김회장이 바라는 것은 회사의 발전보다는 딸의 행복이었다.

세월은 순탄하게 흘러갔다. 그러던 어느 날 이정현은 회사를 퇴직했다. 돌탑이 완성되어 가고 있었던 것이다. 돌탑은 8개가 완성되었고 나머지 1개는 마무리만 남아 있었다. 그러니까 돌탑 9개를 쌓는 데 1년 반이 소요되었던 것이다. 계절은 가을이었다.

돌탑은 훌륭했다. 풍운 스님도 다녀가면서 칭찬해 주었다.

"돌탑은 훌륭하군. 그러나 마음속에 쌓아 놓은 탑은 더욱 훌륭하다네."

"……."

지민이는 겸손한 미소를 지으며 고개를 숙였다. 돌탑을 쌓는 일은 선녀의 공(功)이었다. 그 동안 지민이는 수많은 것을 느끼며 깨달았다. 이는 돌탑이 쓰러져도 자신의 마음속에 남아 있을 것이다. 이제 운명과의 최후의 결전만이 남아 있었다.

가혹한 흥정

이정현은 산장에서 며칠 묵으며 지민이가 하는 일을 지켜보았다. 돌탑은 이제 며칠이면 완성될 터였다. 지민이는 운명이 극복되면 결혼식을 올리자고 했다. 두 사람의 사랑은 돌탑처럼 굳건했고 정성이 들어 있었다.

이정현은 행복감을 느끼며 경산을 올랐다. 산길은 여전했다. 제대로 된 길은 없었지만 큰 불편은 없었다. 이정현은 길을 잃지 않고 능숙하게 숲을 헤쳐 나갔다. 이때 이정현의 마음은 운명을 헤쳐 나가는 것으로 생각하고 있었다. 정상에 오를수록 산은 빛나고 있었다. 하늘은 구름 한 점 없었다. 맑은 가을 하늘은 희망을 주고 있었다. 이윽고 정상! 이제 산 능선을 타고 걷기만 하면 된다.

'천정 도인은 잘 계실까?'

이정현은 이런 생각을 하며 열심히 걸었다. 우측에 넓은 절벽이 나타났다. 바로 그때였다. 멀지 않은 곳에 인기척이 들리면서 천정 도인의 모습이 보였다. 미리 알고 마중을 나온 것이었다. 한 치도 어긋남이 없는 신비한 도인이었다. 오늘 이정현이 찾아올 운명이었단 말인가! 천정 도인은 인자한 미소를 띠고 있었다.

　이정현은 급히 무릎을 꿇고 인사를 올렸다.

　"그간 평안하시었습니까?"

　"오, 영웅, 일어나게!"

　천정 도인은 이정현을 극찬하면서 맞이했다. 이정현이 어째서 영웅이란 말인가! 지민이에 대한 사랑을 위대하게 봐 주는 것일까? 어쩌면 그럴지도 몰랐다. 이정현은 지민이를 위해서 모든 것을 걸고 있는 것이다.

　천정 도인이 말했다.

　"우리 여기서 얘기를 나누세."

　"……."

　천정 도인은 절벽 앞 편안한 자리에 걸터앉았다. 이정현도 우측에 앉아 잠시 절벽을 바라보고 있었다.

　천정 도인이 서두를 꺼냈다.

　"운명의 시간이 가까워지고 있네. 지민 양은 머지않아 가혹한 일을 당할 것이야!"

　"화재 말인가요?"

　"그렇다네. 그 동안 운명이 지연되고 있었지. 그것이 지금은 굉장한 압력을 받고 있다네."

　"……."

　이정현은 난감했다. 운명이 그토록 집요한 것인가!

　천정 도인이 말을 이었다.

“나도 시간이 없다네. 빨리 결말을 내도록 하지!”

“…….”

“자네, 지민 양을 기필코 구할 생각인가?”

새삼스러운 질문이었다.

이정현은 목소리를 높여 대답했다.

“물론입니다. 지민이를 위한 길이라면 목숨까지 바칠 각오가 되어 있습니다. 가르침을 주십시오.”

“좋아, 한 번만 다시 묻겠네. 자네 이 절벽에서 지금 당장 뛰어내릴 수 있겠나?”

“네? 제 목숨이 필요합니까?”

“그렇다면?”

“할 수 있습니다.”

이정현이 절벽 앞으로 한 걸음 다가서며 말했다.

“…….”

천정 도인은 눈을 감고 있다가 천천히 말했다.

“자네의 용기는 가상하네. 자네가 있어서 지민 양은 더욱 행복할 거야. 하지만…….”

“…….”

“자네는 지민 양과 합쳐질 수 없네.”

“네? 그렇다면 지민 씨가 죽기라도 한단 말입니까?”

“…….”

천정 도인은 고개를 저었다. 그리고는 앉은 방향을 바꿔 이정현을 바로 보며 말했다.

“자넨 내가 지민 양을 구해 줄 수 있다고 믿나?”

“네.”

“그렇다면 한 가지 조건이 있네.”

“말씀해 보십시오.”

“들어 주겠나?”

“물론입니다. 무엇이든 분부만 내리십시오.”

“음, 그럼 말하겠네…….”

“…….”

천정 도인은 잠시 망설이는 듯하더니 이윽고 말했다.

“자네, 나의 딸과 결혼해 주게.”

“네?”

이정현은 경악했다. 이 무슨 청천 하늘에 날벼락이란 말인가! 지민이를 버리고 어찌 그 추물과 결혼할 수 있단 말인가! 조건은 너무나 가혹했다.

“…….”

이정현은 대답을 못 하고 있었다.

천정 도인이 다시 말했다.

“대답하게. 나는 조건을 말하였네.”

“…….”

“못 하겠나?”

“네, 저……. 제가 따님과 결혼하지 않는다면 지민 씨는 어떻게 됩니까?”

“운명대로 되겠지!”

"어떻게요?"

"자네, 지민 양의 운명을 모르나? 불에 타 죽는다고 하지 않았나!"

"네, 그렇군요."

이정현은 고개를 숙이며 괴로워했다. 그 순간 불 속에서 더욱 괴로워하는 지민이의 모습이 떠올랐다. 이정현은 흠칫 놀랐다.

천정 도인이 다시 말했다.

"나는 시간이 없네. 빨리 대답하게."

"네, 하겠습니다."

"좋아, 얘기는 끝났네. 이제부터 내가 하는 얘기를 잘 듣게."

"……."

"나는 몹시 바쁘다네. 죽어야 할 때가 왔어. 지민 양을 위해서 죽는 것이지. 아니, 내 딸을 위해서라고 해도 되겠지."

"……."

"나는 그 동안 하늘에 빚을 졌다네. 수명을 빌렸어. 나는 벌써 죽었어야 하네. 하지만 자네를 만나기 위해서 기다렸지. 나는 오늘 죽을 것이네."

"네? 무슨 말씀이지요?"

"듣기만 하게. 나는 지민 양의 구원을 하늘에 호소하면서 자살을 할 것이야."

"……."

이정현은 놀라고 있었다.

계속해서 천정 도인의 말이 들려왔다.

"나는 가면서 지민 양의 운명도 거두어 갈 생각이네. 하지만 부족한 것은 따로 준비해 두었네. 지민 양은 기필코 구해 놓을 걸세."

"……."

"자네는 내가 죽으면 나의 유골을 가루로 만들어 돌탑에 뿌려 주게. 알겠나?"

"네, 알기는 하겠습니다만……."

"알았으면 됐네. 나랑 같이 가세."

천정 도인은 이정현의 말을 막으며 자리에서 일어났다. 그리고는 앞장서서 암자로 향해 갔다.

암자에 도착하니 천정 도인의 딸이 마중 나와 있었다. 언제 보아도 끔찍한 얼굴이었다.

"……."

딸은 이정현에게 고개를 숙여 보이고 천정 도인 앞에 섰다.

천정 도인이 말했다.

"애야, 나는 오늘 떠나겠다. 이분은 지금부터 너의 남편이니 잘 모셔야 한다. 알겠느냐?"

"……."

추물은 고개를 끄덕였다.

천정 도인은 계속해서 말을 이었다.

"너희는 방에 들어가 있다가 두 시간이 지나면 나와라."

"……."

"어서!"

천정 도인은 날카롭게 말했다.

두 사람은 하는 수 없이 방으로 들어갔다.

천정 도인은 두 사람을 방으로 들여보내 놓고 나서 마당 한가운데로 나왔다. 그곳에는 장작더미가 가지런히 놓여 있었다. 천정 도인은 그 위에 석유를 뿌렸다. 무슨 일을 벌이려는 것일까? 천정 도인은 잠시 하늘을 바라보며 마음속으로 무엇인가를 염원하고 있는 것 같았다.

이윽고 천정 도인은 장작 위로 올라갔다. 그리고는 불을 지폈다. 불은 순식간에 타오르면서 천정 도인의 옷으로 옮겨 붙었다. 그러나 천정 도인은 꼼짝도 하지 않고 그대로 앉아 있었다.

바로 그때 방안에서는 딸이 이상한 행동을 보였다. 돌연 자신의 얼굴을 양손으로 감싸고 흐느끼지 않는가! 이정현은 영문을 모르고 있었다. 다만 밖에서 심상치 않은 일이 벌어지고 있는 느낌이었다.

천정 도인은 힘없이 쓰러졌고, 불길은 거세게 타올랐다.

마침내 상황은 끝났다. 딸과 이정현이 밖에 나와 보니 천정 도인은 잿더미로 변해 있었다. 순식간의 일이었다. 이정현은 꿈꾸는 기분으로 서 있고 딸은 담담한 모습으로 유골을 수습하고 있었다.

운명의 최후

이정현은 닷새 만에 산에서 내려왔다. 그 동안 천정 도인의 장례를 치르고 딸과 많은 얘기를 나누었다. 천정 도인의 딸은 정신은 멀쩡했다. 아니, 총명한 것 같았다. 마음씨는 착한 듯 보였다. 하지만 그 모든 것이 추한 모습을 잊게 하는 데는 조금도 도움이 되지 못했다.

이정현이 산을 내려오자 마침 돌탑이 완성되어 있었다. 이정현은 천정 도인의 유언대로 유골을 그곳에 뿌렸다. 산장에 와 있던 김회장과 여암 선생은 적이 놀랐다. 도인의 운명이 그렇게 허무하다니! 이정현은 천정 도인이 자살했다는 것을 얘기했을 뿐이다.

두 사람의 거래는 얘기할 수 없었다. 지민이가 얼마나 놀랄 것인가! 이정현은 폭발하는 슬픔을 억제하고 있었다. 지민이는 모든 것이 끝났으려니 하고 기쁜 모습이었다. 그러나 이정현의 가슴은 찢어지는 것만 같았다. 이제 모든 것이 끝난 것이다. 지민이와 함께 결혼해서 행복하게 살려던 꿈은 사라진 것이다. 이정현은 그야말로 가혹한 운명을 맞이한 것이다.

석준일이 언젠가 말했었다.

'훌륭한 일을 할 것이다. 여자 때문에 고난을 겪을 것이다.'

지금 생각해 보니 여자란 바로 천정 도인의 딸을 일컫는 것이었다. 그때는 그것을 몰랐었다. 물론 훌륭한 일이란 지민이를 구해 준 일이리라. 이정현은 사랑하는 사람의 목숨을 구해 주기 위해 자신의 행복, 즉 지민이를 사랑하는 마음을 포기했던 것이다. 이것이야말로 진정한 사랑이 아닐까? 부질없는 일이었다. 사랑하기 위해 사랑을 포기해야 하다니!

이정현은 지민이를 끌어안고 귀에다 조용히 말해 주었다.

"지민 씨, 행복해야 돼요. 어떤 일이 있어도……."

"……."

지민이는 그 말뜻을 몰랐다. 이정현이 자신을 위로해 주는 것으로만 알았다.

이정현은 다음날 아침 말없이 사라졌다. 그러나 이 일도 지민이에게는 대수롭게 여겨지지 않았다. 단순히 볼일이 있어서 천정 도인의 암자에 간 것으로 생각했을 뿐이다.

이정현은 실제로 암자를 찾아가고 있었다. 산길은 쓸쓸했고 이정현의 마음은 슬프고 암담했다. 이윽고 절벽이 나타났다. 여기서부터가 천정암의 입구였다. 그런데 어느새 유설언이 마중 나와 있었다. 이정현은 반갑지 않았다. 바로 쳐다보지도 않았다. 그러자 유설언이 다가와서 말했다.

"급한 일이 있어요."

"……."

"지민 씨에 관한 일이에요. 지금 당장 지민 씨와 함께 풍운 스님을 찾아가 보세요."

"네?"

"아버님의 유언입니다. 이제 지민 씨를 운명에서 해방시킬 때가 되었습니다."

"아, 네! 그럼……."

"잠깐만요. 이것을 가지고 가세요. 지리산에 가서 케이블카를 타고 정상에 올라가 이것을 보고 행동하세요. 그 전에 펴 보면 절대 안 돼요."

"……."

"어서 가세요! 어서요!"

유설언은 돌아섰다.

이정현은 그녀가 준 편지 봉투를 받아들고 뒷모습도 보지 않고 급히 하산했다.

산장에 와 보니 파티를 준비하고 있었다. 석탑의 완성을 축하하는 파티였다. 이정현은 천정 도인의 유언을 알리고 곧장 지민이와 함께 지리산으로 떠났다. 이제 지민이의 운명이 결정적 단계에 와 있는 것이다.

천정 도인은 지민이를 구하기 위해 무슨 일을 준비해 두었을까? 이정현은 궁금한 가운데 굳게 믿으며 지리산에 도착했다. '급히 케이블카를 타라'는 것이 천정 도인의 유언이었기 때문에 두 사람은 지체없이 이를 행동으로 옮기려는 것이었다.

마침 오늘 마지막으로 운행되는 케이블카가 도착했다. 사람은 지리산 산장 관계자 한 사람뿐이었다. 산장지기는 짐이 많았다. 마침 사람이 없었기 때문에 상관은 없었다.

세 사람은 정상으로 이동하기 시작했다. 지민이는 즐거운 표정이었다. 이정현은 그저 꿈꾸듯 있었다. 세상이 귀찮을 뿐이었다. 사랑하는 사람이 바로 옆에 있는데 소유할 수 없기 때문이었다. 산장지기는 담배를 피우며 하계를 내려다보고 있었다. 바로 그 때였다. 지민이가 소스라치게 소리를 질렀다.

"어머! 불이에요!"

불이 붙고 있었다. 산장지기의 짐이 불타고 있었던 것이다.

"저런, 석유가 샜군!"

산장지기는 놀라며 급히 불을 끄기 시작했다. 산장지기는 산 위에서 쓰려고 석유를 운반하는 중이었던 것이다. 불은 순식간에 기세를 더하고 있었다.

"펑!"

석유통이 터지면서 불이 산장지기의 옷에 옮겨 붙었다.

"아악!"

지민이는 비명을 질렀다.

이정현은 신속히 행동했다. 지민이를 한쪽으로 밀어붙이고 배낭을 열었다. 배낭은 이정현이 항상 메고 다니는 것이었다. 불은 이미 크게 번져 산장지기는 쓰러졌다. 이때 이정현은 배낭 속에서 무엇인가를 꺼냈다. 소화기였다. 이정현은 그걸 능숙하게 작동시켰다. 불은 순식간에 꺼졌다.

"어머, 정현 씨!"

　지민이는 정현이의 가슴에 얼굴을 묻었다. 위기의 순간에 이정현은 신통한 물건을 꺼내었던 것이다. 어찌된 일일까? 이정현은 지민이의 운명을 아는 순간부터 늘 소화기를 휴대하고 다녔던 것이다. 언젠가 쓰임새가 있을 것으로 생각하고……. 그것이 적중했다. 만일 오늘 소화기가 없었다면 꼼짝없이 불에 타 죽었을 것이다. 이정현은 정말 귀인이었다. 산장지기는 혼수상태였다. 케이블카는 다행히 무사했다.

　한참 후 케이블카는 정상에 도달했다. 불이 난 것을 정상에 있는 사람들이 이미 알고 있었던 것 같았다. 여러 사람이 물통을 들고 법석이었다.

　이정현과 지민이는 팔짱을 끼고 밖으로 나왔다. 이제 지민이의 가혹한 운명은 끝난 것 같았다. 천정 도인은 이 순간을 준비한 듯 보였다. 꼼짝없이 죽게 된 상황에서 이정현의 운을 시험했던 것이다. 그것은 성공이었다.

　정상은 시원한 바람이 불고 있었다. 이정현은 유설언이 준 편지 봉투를 개봉했다. 거기에는 뜻밖의 글이 전개되고 있었다.

　정현 씨, 당신이 살아 있다면 이 글을 읽게 되겠지요. 아버지는 당신이 지민 씨와 함께 극단적인 위험에 처해야만 운명을 넘어설 수 있다고 하셨어요. 케이블카 속에서의 불, 아주 위험하겠지요. 저는 정현 씨가 그 위험 속에서 어떻게 벗어날 수 있을지 궁금해요. 운만 좋다면 어떡하든 벗어날 수 있겠지요. 저는 정현 씨, 아니 지민 씨가 살아 남기를 바라고 있어요. 그리고 정현 씨가 이 글을 읽고 있다면 지민 씨의 나쁜 운명은 사라진 것이랍니다.

그런데 저는 다른 얘기를 하려고 이 글을 쓰는 것입니다. 정현 씨, 정현 씨는 암자로 나를 다시 찾아 주었어요. 떠나고 안 돌아오실 줄 알았지요. 고맙습니다! 다만, 이젠 안 오셔도 돼요. 저는 정현 씨가 약속을 지키기 위해 내게로 오신 것을 알고 있답니다. 하지만 남녀는 그러한 약속이나 조건부가 아니라 사랑으로 만나야 합니다. 그래야 행복하지요. 저는 정현 씨가 지민 씨를 사랑하는 것을 잘 압니다. 저는 당신을 존경해요. 그 위대한 사랑, 제가 끼여들어서 그것을 망치고 싶지 않아요. 지민 씨와 결혼해서 행복하게 사세요.

참, 부탁이 하나 있습니다. 저는 당신이 이 글을 읽을 때쯤 불에 타서 죽어 있을 거예요. 저의 유골을 지민 씨와 함께 와서 수습해 주세요. 그리고 가루를 내어 돌탑에 뿌려 주세요. 저는 이 세상의 한을 풀고 더 좋은 세상으로 가는 것이니 저를 애석하게 생각하지는 마세요. 정현 씨는 영웅이에요. 당신 같은 사람을 만나서 저는 다음 생에는 행복할 겁니다. 지민 씨와 내내 행복하세요.

— 유설언 올림

이정현의 눈에서는 눈물이 흐르고 있었다.

6권/옥황부의 긴급사태

건영이는 하루가 다르게 도를 깨우치고 혼마 강리도 극강의 힘을 얻기 위해 땅벌파를 동원해 여체를 찾아 나선다. 그들은 드디어 무척 날쌔며 힘이 장사인 미친 여자를 만난다. 그러나 혼마는 뒤쫓던 좌설과 능인의 일격을 당해 중상을 입는다. 이 결투로 능인도 목숨을 잃을 위기를 당하지만 때마침 천계에서 건영이를 만나러 내려온 염라대왕의 도움으로 살아난다.

7권/여인의 숭고한 질투

빗자루 괴인은 마침내 정마을로 쳐들어오고 이를 미리 알아챈 건영이는 마을 사람들을 산으로 대피시킨다. 건영이는 염파를 보내 괴인을 자신에게로 이끌어 전생에 역성 정우였음을 밝히며 주역에 대해 문답을 나누어 위기를 넘긴다. 한숨 돌린 건영이는 또다시 천계에서 내려온 염라대왕을 만나 우주의 이변에 대해 상세히 진단을 내려준다.

8권/기습당한 옥황상제

좌설과의 결투로 중상을 당한 혼마 강리는 거지 무덕의 덕으로 목숨을 구했을 뿐만 아니라 극강의 힘을 향해 치달렸다. 이에 강리는 조합장측에 도움을 주고 있는 정마을의 위치를 알아내 단번에 섬멸해 버리기 위해 땅벌파들을 지방으로 내려 보낸다. 한편 정마을의 남씨는 전생에 천계에서 친구였던 수지선의 방문을 받는다.

9권/다가오는 정마을의 위기

풍곡선은 평허선공의 추적을 뿌리치기 위해 옥황부의 특사가 되어 요녀들이 들끓는 단정궁으로 향한다. 평허선공은 염라전에 나타나 염라대왕과 일전을 벌이는데 ……. 지상의 혼마 강리는 드디어 무덕의 신통력으로 극강의 힘을 얻고 정마을을 정복하기 위해 땅벌파와 함께 춘천으로 떠난다.

10권/슬픈 운명

정마을로 침투하려던 강리 앞에 수지선이 나타나 결투를 벌인다. 극강의 힘을 발출하며 강물 위에서까지 혈투를 벌인 끝에 강리가 생을 마감하여 바람처럼 사라져 버린다. 한편 천계에서는 평허선공의 사주를 받은 동화궁의 선인들이 옥황부로 쳐들어가고, 살상은 계속되었다. 지상과 천계의 이변을 수습할 방법은 없는 것일까? 그리고 단정궁으로 떠난 풍곡선의 운명은 …….

주역 김승호●대하소설

1권 /연진인의 천명재판

세상과는 멀리 떨어진 깊은 산, 범상한 신통력과 전생을 간직한 사람들의 마을, 지존한 신선들의 은밀한 행보는 지상으로 향하고, 정마을은 상상조차 할 수 없었던 기이한 사건의 소용돌이 속으로 휘말려 드는데……. 연이은 긴박한 사건 속에 속세에서 폭력에 맞섰던 한 사나이가 정마을로 숨어든다.

2권/평허선공, 염라전에 들다

정마을 촌장의 기이한 행적으로 인한 의문은 쌓여만 가고, 건영이의 신비한 힘이 주역을 통해서 서서히 드러난다. 이 때 천계에서는 우주의 이상현상에 대한 답을 구하기 위해 특사가 파견되지만 요녀들의 방해로 죽임을 당해 뜻을 이루지 못한다. 한편 정마을을 떠난 촌장 풍곡선은 천계에서 심문을 받고 …….

3권/ 종잡을 수 없는 천지의 운행

천계에서 서선 연행였던 전생의 기억을 회복한 남씨는 숙영이 어머니와의 이루지 못한 슬픈 사랑에 가슴 아파한다. 우주의 이상현상의 하나로 나타난 혼마 강리는 정마을 사람들을 위협하고, 천계의 대선관 소지선은 평허선공을 피해 하계로 숨어 버린다.

4권/단정궁의 중요 회의

우주의 혼란을 바로잡을 방법을 구하기 위해 단정궁에 파견된 특사는 아리따운 총관 본유의 유혹에 넘어가 정력을 소진한 채 자멸하고 만다. 한편 지상에 나타난 혼마 강리는 땅벌파에게 무술을 가르쳐 세상을 지배하려 한다. 그러나 풍곡선의 부탁을 받아 그를 뒤쫓던 검의 명수 좌설과 일전을 치르는데 …….

5권/선혈로 물든 인연의 늪

정마을 주변에서는 또 한번의 기이한 일이 발생한다. 빗자루를 든 괴노인이 나타나 닥치는 대로 사람을 죽이고 서울로 향하는 인규를 위협한다. 정마을이 지원하는 깡패 집단인 조합장측과 혼마 강리가 지원하는 땅벌파 간의 오랜 이권 다툼 끝에 드디어 협상이 이루어져 새로운 전기가 마련된다. 천계에서는 동화궁과 남선부 간에 전쟁이 일어나 아수라장이 되어 버린다.

선택된 인간

토마스 만 지음／이남수 옮김

노벨문학상을 수상한 토마스 만이 기독교에서 엄청난 죄악으로 다루는 이중 근친상간을 통해서 신의 은사를 받게 되는, 선택된 인간이 되는 과정을 다룬 작품이다. 죄악에 대해서 철저히 속죄하려는 의지, 죄를 자각함으로써 죄인은 자기 자신을 헤아릴 수 있고 그 죄악을 통해서 인간은 더욱 고귀하게 될 수 있음을 보여 준다.

마름풀꽃 연가

경요 지음／황병국 옮김

경요 특유의 풍부한 감각과 섬세한 문장으로 남녀간의 애정문제를 주제로써 각자 가정을 이룬 남녀가 그 가정의 테두리에서 벗어나 불륜의 관계를 맺음으로 비극적인 파국을 맞는다는 내용이다. 그들의 사랑은 진정한 사랑을 느끼지 못하는 현대를 살아가는 사람들에게는 새로운 인생관과 애정관에 신선한 충격을 줄 것이다.

소설 주역 1.2.

김화수 지음

국내 최초로 주역을 소설화해 좀더 쉽고 재미있게 64괘에 담겨진 화친과 질투, 반목과 화합, 추방과 환대, 멸망과 성공 등 수많은 이야기가 흥미진진하게 펼쳐진다. 그동안 자신의 운수를 막연히 역술가에게만 의존하던 것을 스스로 분석해 자신의 길을 판단하여 개척해 나갈 수 있다. 64괘가 펼쳐내는 이상적 삶과 정연한 철학 속에 모든 인생이 있다.

제2의 성 1.2.3.

시몬드 보부아르 지음

프랑스의 여권론자이며 자유주의자인 전세계 여성들의 대모 시몬드 보부아르. 그녀는 여성들의 일반적인 운명 즉 남자들의 경제적·사회적 지위 아래 놓이게 되는 전통적인 여자의 숙명을 세밀하게 그려 놓았다. 단지 여자라는 이유만으로 강요되는 생활과 속박당하는 그들의 문제를 철저히 파헤쳐 스스로 자각하도록 한다.

저자와의
협약에
의하여
인지 생략

점신

2010년 1월 20일 초판 인쇄
2010년 1월 30일 초판 발행
2020년 1월 20일 재판 발행

지은이 / 김승호

펴낸이 / 김영길
펴낸곳 / 도서출판 선영사
주소 / 서울시 마포구 서교동 485-14 영진빌딩 1층
전화 / (02)338-8231~2
팩스 / (02)338-8233
E-mail sunyoungsa@hanmail.net
Web site www. sunyoung.co.kr
등록 1983년 6월 29일 (제02-01-51호)

ISBN 978—89—7558—132—8   03810